Papierfresserchens MTM-Verlag

Bibliografische Information der Deutschen Nationalbibliothek:
Die Deutsche Nationalbibliothek verzeichnet diese Publikation in der Deutschen Nationalbibliografie; detaillierte bibliografische Daten sind im Internet über http://dnb.d-nb.de abrufbar.

Satz: Sandy Penner
Titelbild: Florian Hück

1. Auflage 2012
ISBN: 978-3-86196-099-7

Das Werk einschließlich aller seiner Teile ist urheberrechtlich geschützt.

Copyright (©) 2012 by Papierfresserchens MTM-Verlag
Heimholzer Straße 2, 88138 Sigmarszell, Deutschland

www.papierfresserchen.de
info@papierfresserchen.de

Florian Hück

Hüter des Gleichgewichts

Das goldene Medaillon

Inhalt

Prolog	7
Im Süden der Stadt	10
Die schwarze Pyramide	17
Das Amt für geheime Staatsangelegenheiten	35
Franziska und Pascal	45
Drei Aufgaben	59
Die Hüterin der Luft	72
Nächtliche Expedition	83
Zum Goldenen Ritter	95
Der Stein des Feuers	104
Malumis und Autumnus	119
Adrians Kräfte	134
Die Kunst der Magie	144
Kein normaler Nachmittag	159
Der Drache und das Einhorn	172
In Urbs Regentis	186
Bartholomäus' Nachkomme	202
Rückkehr in eine andere Zeit	217
Freund und Feind	235
Das Blatt wendet sich	242
Im Angesicht des Todes	251
Die Macht der Einhörner	261
Ende und Anfang	275

Prolog

Einst gab es in ganz Europa verstreut viele Zauberer und Hexen. Zwei von ihnen waren die mächtigsten, Autumnus und Malumis, aber nur dem guten Autumnus vertrauten die anderen Magier. Malumis war böse und hatte finstere Pläne. Das wussten die Magier, doch sie konnten nichts gegen Malumis ausrichten, da seine Macht zu groß war. Malumis konnte die Blitze beherrschen: Er konnte sie manipulieren und als Waffe einsetzen. Er konnte sogar ganze Gewitter heraufbeschwören. Autumnus hingegen konnte seinen Verstand als Waffe einsetzen: Er konnte mit seinen Gedanken Dinge bewegen, unsichtbare Schutzschilde aufbauen und sogar Druckwellen erzeugen. Als Malumis' Macht ihren Höhepunkt erreicht hatte, wollte er sich Europa Untertan machen. Dazu musste er die anderen Magier auf seine Seite bringen – oder vernichten.

Es brach ein Krieg aus, bei dem sich viele der Magier aus Angst Malumis anschlossen. Wer sich gegen Malumis' Willen stellte, wurde mit einem einzigen Blitz getötet. Die wenigsten konnten sich in die Festung des Autumnus retten, die sich in Urbs Regentis befand.

Autumnus errichtete einen riesigen unsichtbaren Schutzwall um die Stadt und es kam zu einem erbitterten Kampf zwischen Blitz und Verstand. Autumnus war bewusst, dass er einen über längere Zeit andauernden Angriff verlieren würde, und fasste einen Entschluss: Er würde die Blockade aufheben und mit all seinen Verbündeten gegen Malumis kämpfen. Aber vorher schuf er in einer Berghöhle in der Nähe von Urbs Regentis vier Steine. Sie waren schwarz glänzend, etwas kleiner als faustgroß und hatten die Form einer Pyramide. Auf einer Seite war jeweils ein Zeichen eingraviert: Bei dem ersten Stein war es eine Flamme, beim zweiten ein Tropfen, beim dritten eine Wolke und beim vierten ein Blatt. Diese Steine standen für die vier Elemente Feuer, Wasser, Luft und Erde.

Autumnus wusste, dass eines Tages die Elemente aus dem Gleichgewicht gebracht würden, ob durch Malumis oder jemand anderen, das war unerheblich. Es würde riesige Brände geben, heftige Unwetter, zerstörerische Überschwemmungen und starke Erdbeben. Wenn die Zeit gekommen war, würden die Nachfahren von vier ausgewählten Personen in die Höhle gerufen werden und bekämen durch die Steine die Macht der Elemente verliehen, mit denen sie das Gleichgewicht halten sollten. Also schuf Autumnus diese Steine und wählte vier Freunde als Hüter des Gleichgewichts aus. Er übertrug ihnen ihre Aufgabe, während sie schliefen. Von da an waren sie mit einer Narbe am Hals gekennzeichnet.

Die Narbe des ersten hatte die Form einer Flamme, die des zweiten die Form eines Tropfens, der dritte hatte eine Narbe in der Form einer Wolke und der vierte eine in der Form eines Blattes.

Malumis erfuhr von dieser Schöpfung und war darüber so erbittert, dass er selbst noch einen fünften Stein schuf, der als Zeichen einen Blitz trug. Auch er erwählte einen bösen Grafen und machte ihn zum fünften Hüter des Gleichgewichts. Malumis' Zorn war so groß, dass Autumnus nicht einmal mithilfe all seiner Verbündeten etwas dagegen unternehmen konnte. Schließlich löste Autumnus den unsichtbaren Schutzschild auf und Malumis und seine Anhänger stürzten in Autumnus' Festung.

Es starben sowohl gute als auch böse Zauberer und Hexen. Zuletzt gelang es Autumnus, Malumis in den Stein, den dieser selbst erschaffen hatte, zu verbannen und darin zu versiegeln. Dabei entstand eine so große magische Energie, dass alle Magier in direkter Nähe starben und die Höhle, in der sich die Steine der Elemente befanden, verschlossen wurde.

So blieben die Elemente vorerst im Gleichgewicht und die Hüter bekamen Söhne und Töchter, von denen immer ein Kind das Zeichen des jeweiligen Elements am Hals trug.

Bis heute.

Im Süden der Stadt

Adrian saß an einen alten Baum gelehnt und blinzelte nachdenklich in die Sonne. Plötzlich rutschte ein kleiner Teil des restlichen Schnees, der noch auf dem kahlen Ast über ihm lag, ab und plumpste in den Nacken des etwa vierzehnjährigen Jungen. Adrian schrie erschrocken auf, schoss aus dem Schneidersitz hoch und begann jaulend um den Baum herumzuhüpfen. Dabei schüttelte er sich so sehr, dass sein zerzaustes, braunes Haar nur so umherwirbelte.

Gerrit schaute kurz von dem kleinen Haufen Schneematsch auf, aus dem er versuchte, einen Schneemann zu bauen, und kicherte und sogar Bastian wachte aus seinem Tagtraum auf, stütze sich auf seine Ellbogen und beobachtete Adrian amüsiert.

„Lacht nicht!", rief Adrian, aber er klang dabei so, als wüsste er nicht so recht, ob er sauer sein sollte oder gleich selbst loslachen müsste.

„Wie denn?", entgegnete Bastian mit einem Grinsen und warf mit einer kurzen Kopfbewegung seine glatten, dunkelblonden Haare aus dem Gesicht. „Hast du dir mal selber zugesehen?"

Jetzt gab Adrian auf. Er ließ sich in das Gras vor dem Baum fallen und lachte laut los. Gerrit und Bastian schmissen sich sofort auf ihn und lachten mit. Sie waren Adrians beste Freunde, auch wenn sie jünger waren als er. Bastian war zwölf und Gerrit war sogar erst neun.

„Können wir gehen?", fragte der kleine Junge jetzt und

schaute Adrian mit seinen tief dunkelbraunen Augen an, deren Wirkung durch die langen, schwarzen Haare noch verstärkt wurde. Sein Blick war so eindringlich, dass Adrian gar nicht Nein sagen konnte. Also machten die drei Jungen sich auf, zurück ins Tal.

In den letzten Tagen war das Wetter im Resen, einem kleinen Gebirge auf der Insel Linäa, so gut gewesen, dass Adrian, Bastian und Gerrit jeden Tag den Melonaberg ein wenig hinaufgewandert waren, um dort auf ein paar Stücken alter Rinde einen kleinen beschneiten Hang hinunterzuschliddern. Mittlerweile war der Schnee jedoch so weit geschmolzen, dass das Fahren keinen Spaß mehr machte, sodass die Jungen sich auf dem Berg nur noch gelangweilt hatten.

„Wir müssen uns auch noch Essen besorgen", murmelte Adrian, während er hinter Bastian den kleinen Trampelpfad durch den Wald entlanglief, der nach Ressteinburg führte. Gerrit war schon vorgelaufen.

„Wo willst du es diesmal holen?", fragte Bastian Adrian über die Schulter und sprang über die dicke Wurzel einer großen Eiche.

Adrian zuckte die Schultern. „Ich weiß noch nicht. Wir haben noch Ketchup. Also sollten wir uns vielleicht bei der Imbissbude ein paar Brötchen und Würstchen holen."

Bastian nickte und folgte dem Pfad weiter. Als die beiden Gerrit einholten, war dieser schon längst am Waldrand angekommen und schaute über die großen Maisfelder auf Ressteinburg hinab. Wenn man wie die Jungen vom Norden her auf die kleine Stadt mitten im Resen zukam, dann machte sie eigentlich einen ganz guten Eindruck: Am nördlichen Stadtrand befanden sich einige kleine Einfamilienhaus-Siedlungen und dahinter ragten mehrere moderne Bürohäuser in den Himmel. Was man jedoch nicht sah, waren die etlichen leer stehenden Bauruinen und die einsturzgefährdeten Baracken im Süden der Stadt, ganz in der Nähe der großen Müllhalde.

In einer dieser Baracken lebten auch Adrian, Bastian und Gerrit. Adrian hatte keine Eltern mehr und war vor ein paar Jahren aus dem Kinderheim abgehauen und durch Linäa gereist. Dabei war er in Ressteinburg auch auf die Dachgeschosswohnung von Bastian gestoßen. Nach dem Tod seiner Mutter war Bastian in dieser Wohnung einfach vergessen worden, und als Adrian ihn fand, war er schon fast verhungert. Seitdem lebten die beiden zusammen in dieser Wohnung und hatten sie mithilfe einiger toller Funde auf der Müllhalde sogar noch einigermaßen renoviert und neu eingerichtet. Vor zwei Jahren hatten die beiden Gerrit in der Nähe von Ammergau, einem Vorort von Ressteinburg, im Schnee gefunden. Er wäre beinahe erfroren und konnte sich an nichts mehr erinnern, außer an seinen Namen. Deshalb hatten Adrian und Bastian ihn dann auch noch bei sich aufgenommen.

„Komm", sagte Adrian liebevoll und zog Gerrit mit sich den Traktorweg zwischen den Maisfeldern entlang hinunter zur Stadt. Da die Jungen die Siedlungen der Reichen mieden, mussten sie noch einen Umweg um die Stadt herum nehmen. Die Sonne stand noch recht hoch, als sie endlich an Renates Imbiss am südlichen Rand der Innenstadt ankamen.

„Schaut mal! Renate ist gar nicht da!", rief Gerrit verwundert, als er die Imbissbude entdeckte. Adrian und Bastian schauten sich suchend um, aber Renate war tatsächlich nirgendwo zu entdecken. Als die Jungen an die Theke der Imbissbude traten, sahen sie, dass die Hintertür offen stand.

Adrian reagierte blitzschnell. Er schaute sich noch einmal um, entdeckte aber keine Menschenseele auf der kleinen Kreuzung, also lief er einmal um die Bude herum und trat durch die Hintertür. Direkt neben dem Grill stand ein großer Korb mit noch etwa dreißig Brötchen, und als Adrian den Kühlschrank aufmachte, lagen dort auch noch drei geschlossene Würstchenpackungen. Adrian warf sie Bastian und Gerrit zu und schnappte sich den Brötchenkorb. Doch als er herumfuhr, stand Renate in der Tür. Erschrocken blieb Adrian kurz stehen, dann rempelte er die schon etwas ältere Frau um und rannte los. Adrian hörte Renate noch schreien und fluchen, doch er ignorierte sie. Vor der Imbissbude warteten auch schon Bastian und Gerrit ungeduldig auf ihn, und als sie ihn rennen sahen, sprinteten sie ebenfalls sofort los und blieben erst wieder stehen, als sie durch eine dunkle Toreinfahrt auf einen kleinen Hof gelaufen waren.

Der Hof war umgrenzt durch die hohen, grauen Wände riesiger Mietskasernen. In den Wänden befanden sich weiter oben ein paar eingeschlagene Fenster und an manchen Stellen hatte jemand sogar Löcher in die Wände geschlagen. Durch eines dieser Löcher nahe am Boden schob Adrian nun den Brötchenkorb hindurch und krabbelte hinterher. Bastian und Gerrit folgten ihm mit den Würstchen. Sie befanden sich nun in einem dunklen Treppenhaus. Adrian war mit den Brötchen schon die ersten paar Stufen der alten abgetretenen Holztreppe hinaufgelaufen und Bastian und Gerrit liefen ihm weiter hinterher bis unters Dach, wo sich ihre Wohnung befand. Adrian stellte den Korb neben der Wohnungstür ab, holte einen Schlüssel aus der Hosentasche und schloss auf, doch die Tür blieb zu.

„Sie klemmt wieder", bemerkte er genervt und warf sich vorsichtig gegen das Holz, weil er nicht wollte, dass die Tür zerbarst oder aus dem Rahmen fiel.

Doch es tat sich nichts. Also legten Bastian und Gerrit ihre Würstchen zu den Brötchen in den Korb und halfen Adrian, mit aller Kraft gegen die Tür zu drücken. Schließlich flog sie auf und die drei Jungen purzelten übereinander in die Wohnung. Gerrit fing an zu lachen, und Bastian stimmte mit ein, doch Adrian schüttelte ein wenig verärgert den Kopf und holte das Essen von draußen herein. Er brachte es durch den kleinen Flur ins Wohnzimmer und stellte es neben der Feuerstelle ab. Da weder Strom noch Gas funktionierten, brauchten die drei Jungen die Feuerstelle zum Kochen, und weil sie auch im Wohnzimmer schliefen, brauchten sie sie zusätzlich noch als Heizung. Adrian stieg über die drei zerfledderten Matratzen und die Wolldecken und holte aus dem kleinen Schrank an der Wand gegenüber dem Flur die beiden Feuersteine, gab sie Bastian und ging dann selbst in die Küche, um noch eine Pfanne und den Ketchup zu holen. In der Küche stand nichts weiter als ein Kühlschrank, der nicht funktionierte, und zwei Schränke mit Geschirr. Die restlichen Kochutensilien wie Pfannen oder Töpfe lagen in einem großen Haufen auf dem Boden.

Als Adrian wieder ins Wohnzimmer ging, war das Feuer noch aus und Bastian hielt ihm mit unschuldigem Blick die beiden Feuersteine entgegen.

„Es will einfach nicht."

„Das kriegen wir schon hin!", murmelte Adrian und kniete sich neben die Feuerstelle. Er nahm die zwei Steine und haute sie gegeneinander, aber es wollte einfach kein Funke auf das kleine bisschen Reisig überspringen, das Bastian und Gerrit unter das Holz gelegt hatten.

Gerrit kicherte. „Also das sieht nicht nach einem ordentlichen Feuer aus!"

„Das sehe ich!", entgegnete Adrian schroff und Gerrits Grinsen verschwand. Adrian konnte es nicht ab, wenn etwas nicht so klappte, wie er es wollte. Dabei klappte so vieles in seinem Leben nicht. Damit hatte er sich mittlerweile abgefunden und er war zufrieden, er hatte ja Gerrit und Bastian. Es waren dann die Kleinigkeiten, die ihn aufregten.

„Vielleicht sollten wir doch einfach ein Feuerzeug im Supermarkt klauen!", schlug Bastian vor.

„Wir können doch nicht immer nur klauen!", meinte Adrian. „Das muss doch irgendwie funktionieren. Sonst hat es doch auch immer geklappt!"

Adrian schlug noch ein paar Mal die Steine gegeneinander, dann warf er einen davon wütend auf den Boden. Im selben Moment brannte das Reisig in einer Stichflamme auf. Adrian, Gerrit und Bastian wichen erschrocken zurück.

„Was war das denn?", fragte Bastian verwundert.

Adrian schüttelte verständnislos den Kopf. „Da muss wohl doch ein kleiner Funke in das Reisig geflogen sein."

Langsam wurde die Flamme wieder kleiner. Jetzt war sie ein kleines, gemütliches Feuer. Aber Bastian und Adrian starrten immer noch mit großen Augen hinein. Gerrit schaute vom einen zum anderen und wieder zurück.

„Ist doch jetzt egal!", sagte er schließlich. „Ich habe Hunger!"

Adrian nickte und lächelte. „Du hast recht. Wir sollten einfach froh sein, dass das Feuer an ist." Er stand auf und stellte die Pfanne in die Flammen. Dann öffnete er eine der Würstchenpackungen, legte drei Würstchen in die Pfanne und schon nach kurzer Zeit war der kleine Raum von einem herrlichen Duft erfüllt. Adrian drehte die Würstchen ein paar Mal, dann waren sie fertig. Gerrit und Bastian hatten derweil drei der Brötchen aufgeschnitten und hielten sie nun Adrian hin, damit er in jedes ein Würstchen hineinsteckte und ein paar Tropfen Ketchup aus der Tube quetschte und darauf tropfen ließ. Dann ließen die Jungen es sich schmecken.

„Endlich mal wieder etwas Vernünftiges, Warmes zu essen!", sagte Bastian mit vollem Mund und wischte sich einen Ketchup-Fleck aus dem Mundwinkel.

Gerrit und Adrian nickten nur.

Nach dem Essen liefen die drei zu der Müllhalde am Rande der Stadt. Sie wühlten eine Zeit lang im Müll herum, fanden aber nichts Nützliches. Also begannen sie, mit anderen Kindern und einer verbeulten Konservendose Fußball zu spielen. Als es dunkel wurde, verabschiedeten sich alle und gingen zu ihren Unterschlüpfen. Auch Adrian, Bastian und Gerrit gingen wieder in ihre Dachgeschosswohnung, wo Adrian sich eine Geschichte für Bastian und Gerrit ausdachte, und die drei schließlich einschliefen.

Die schwarze Pyramide

Am nächsten Tag setzten Adrian, Bastian und Gerrit sich während der Heiligen Messe vor die alte Kirche in der Stadtmitte. Als die Messe vorbei war, bettelten sie nach Geld und die wenigen Leute aus den reichen Vierteln, die die Kirche hier besuchten, gaben ihnen tatsächlich ein paar Münzen, von denen sie sich an einem Kiosk drei Lutscher kaufen konnten.

Danach gingen sie wieder zu der Müllhalde, um ein paar Kinder zu treffen, mit denen sie spielen konnten. Kurz vor Mittag kam ein großer Müllwagen an und lud seinen Schrott ab, auf den sich die ganzen Kinder sofort begeistert stürzten. Aber Adrian fand nur einen alten Gaskocher, der noch halbwegs funktionierte. Adrian hätte ihn am liebsten sofort nach Hause gebracht, damit er ihm nicht noch geklaut wurde, aber Bastian und Gerrit hatten wieder angefangen, mit ein paar anderen Kindern zu spielen, und sie hatten so viel Spaß dabei, dass er sie nicht unterbrechen wollte.

Außerdem hatten sie ja Zeit. Also setzte er sich auf eine alte Metalltonne und schaute Gerrit und Bastian zu. Sie liefen wie wild herum, schrien und lachten und sahen vollkommen glücklich aus. Aber Adrian wusste, dass sie irgendwann in ein Alter kommen würden, in dem sie wie er anfangen würden, über die Dinge nachzudenken, und er fragte sich, ob sie dann immer noch so glücklich sein würden …

So versunken in seine Gedanken bemerkte Adrian gar nicht, wie die Zeit verging, und plötzlich war es schon so spät, dass er Hunger bekam. Also rief er seine beiden Freunde und machte sich mit ihnen auf den Heimweg.

Zu Hause stellte Adrian als Erstes den Gaskocher in die Küche, dann ging er ins Wohnzimmer, um sich dem Feuer zu widmen. Bastian und Gerrit hatten sich schon ganz erwartungsvoll neben die Feuerstelle gehockt, um zu sehen, ob es mit dem Feuermachen heute besser klappen würde als gestern.

Doch Adrian kam gar nicht so weit, es zu probieren, denn plötzlich stieß jemand die Wohnungstür auf und ein großer, dreckiger Junge, der etwas älter war als Adrian, kam gefolgt von zwei genauso großen, dreckigen Jungen in das Wohnzimmer. Er ging auf Adrian zu, der erschrocken zurückgewichen war, und riss ihm den Halm des Lutschers aus dem Mund, auf dem Adrian immer noch herumgekaut hatte. Er schnupperte daran, dann warf er ihn aus dem offenen Fenster. Erschrocken sprangen Gerrit und Bastian auf und zogen sich an die Wand zurück.

„Habt ihr etwa Angst?", fragte der Junge mit einem hämischen Grinsen. Bei dem Grinsen entblößte er eine Zahnlücke und gelbe, fast braune Zähne. Dieses Gebiss hatten Adrian, Gerrit und Bastian schon oft zu sehen bekommen. Der Junge hieß Simon und war fünfzehn. Seit anderthalb Jahren terrorisierte er mit seinen zwei Kumpanen Merten und Egon die Kinder aus der Gegend. Er zwang sie, für ihn Geld oder Essen zu besorgen, und wer das nicht tat, wurde gnadenlos verprügelt.

„Ich habe gehört, dass ihr gestern bei Renate ganz schön abgeräumt habt!", redete der Junge weiter.

„Wer ist Renate?", stellte Adrian sich blöd.

„Das weißt du ganz genau!", schrie Simon ihn an. „Ich will sofort meinen Anteil!"

„Aber wir brauchen das Essen!", entgegnete Adrian.

„Aber wir brauchen das Essen", äffte Simon Adrian mit weinerlicher Stimme nach. Dann brüllte er: „Sei froh, dass ich dir nicht alles abnehme! Immerhin hast du es gewagt, mir nicht sofort Bescheid zu sagen, dass du Essen eingefahren hast!"

„Weil ich wusste, dass du es mir wieder wegnehmen würdest", entgegnete Adrian trotzig.

Da holte Simon aus und schlug ihm ins Gesicht. Adrian ging sofort in die Knie und hielt sich mit zitternden Fingern die Nase. Sie blutete.

„Ist das Grund genug, das zu machen, was ich sage? Wenn nicht, dann nehme ich mir deine kleinen Freunde vor!"

„Nein, lass sie in Frieden!", rief Adrian. „Ich gebe dir ja was ab!"

„Geht doch!", sagte Simon zufrieden.

Adrian ging zu dem kleinen Schrank an der Wand und holte aus einer der Schubladen eine Plastiktüte hervor. Dann legte er die angefangene Würstchenpackung und sechs Brötchen hinein und reichte sie Simon. „Hier."

„Das behaltet ihr!", entgegnete Simon grinsend. „Wir nehmen den Rest."

„Aber ...", setzte Adrian an.

„Nichts aber!", schrie Simon und schlug Adrian ein weiteres Mal mit der Faust ins Gesicht.

Adrian fiel hin und starrte an die Decke.

Plötzlich fuhr eine eisige Windböe durch die Wohnung. Sie rüttelte an den Wänden und Türen und schließlich riss sie alle Fenster auf, die klappernd gegen die Wände schlugen. Es regnete jetzt von irgendwoher in das Wohnzimmer hinein und das ganze Gebäude fing an zu zittern. Die Wände knirschten und das Haus drohte einzustürzen.

„Was ist hier los?", rief Merten ängstlich.

Doch niemand antwortete ihm. Alle starrten fassungslos um sich herum und wagten kaum zu atmen, da sie glaubten, selbst die leiseste Bewegung könnte das Haus jetzt wie ein Kartenhaus in sich zusammenfallen lassen. Bastian reagierte als Erster, ergriff die Chance und schmiss sich von hinten an Simon heran. Da lösten sich auch die anderen aus ihrer Starre, alle außer Adrian. Gerrit rannte zu ihm hin und fragte besorgt, ob alles in Ordnung wäre, doch Adrian starrte einfach durch ihn hindurch. Seine Augen schmerzten.

Direkt vor ihm brach eine schwarze Pyramide durch den Boden des Wohnzimmers. Sie brannte lichterloh und plötzlich ging ein greller weißer Strahl von ihr aus. Adrian schrie auf und hielt sich die schmerzenden Augen.

„Adrian!", rief Gerrit ängstlich und schüttelte ihn.

Da machte Adrian seine Augen wieder auf und Gerrit fuhr entsetzt zurück. Sie waren nicht mehr braun, sondern rot.

„Lass mich los, du Bastard!", schrie Simon im selben Moment und schlug auf Bastian ein.

Gleichzeitig packte Egon Bastians Beine und zerrte an ihnen. Bastian konnte sich nicht mehr an Simon festhalten und rutschte ab. Egon schleuderte ihn herum und Bastian prallte gegen die Wand. Danach herrschte Stille. Man hörte nur noch das Prasseln des Regens, das Heulen des Windes und das Knirschen der Wände.

Simon grinste hämisch. „Los, Jungs, wir schauen, ob es hier noch mehr zu holen gibt. Merten, du hilfst mir, das Wohnzimmer zu durchsuchen, Egon, du gehst in die Küche!", befahl er seinen Freunden und beide gehorchten ihm.

Egon lief in die Küche und begann dort, die Schränke zu durchsuchen, als er hinter sich ein Zischen hörte. Er drehte sich rum und sah den kleinen Gaskocher, der neben einem Haufen von Pfannen, Kochtöpfen und anderen Dingen auf dem Boden stand. Egon grinste begeistert und ging auf den Gaskocher zu, als er wieder dieses Zischen hörte. Und plötzlich explodierte der Gaskocher mit einem lauten Knall.

Sofort wurde es wieder ruhig. Der Wind legte sich, es hörte auf zu regnen, und das Haus stand wieder still. Nichts regte sich mehr, nicht einmal die Jungen. Entsetzt starrten sie auf die zertrümmerte Küche und auf Egons leblosen Körper.

„Egon!", schrie Merten entsetzt, doch Simon zog ihn an der Schulter mit sich. „Los, hauen wir ab! Los!"

Die beiden rannten aus der Wohnung und das Treppenhaus hinunter. Bastian und Gerrit sahen sie durch das Loch, das die Explosion in die Hauswand gerissen hatte, über den Hof davonlaufen. Adrian sah sie jedoch nicht. Er schaute noch immer wie gebannt in die Mitte des Wohnzimmers, doch die schwarze Pyramide war verschwunden. Da waren kein Loch und keine schwarzen Rußflecken. Hatte er sich das Ganze nur eingebildet? Aber der Schmerz in seinen Augen war so echt gewesen.

„Ist er tot?", fragte Bastian mit brüchiger Stimme.

Hatte er denn die Pyramide nicht gesehen? Wunderte er sich nicht darüber, wie das Wetter verrückt gespielt hatte? Und dann war da ja noch dieses Erdbeben! Adrian fragte sich, ob er wohl den Verstand verloren hatte, aber dann sagte er sich, dass jeder mal Halluzinationen hatte, und stand auf.

Da erst realisierte Adrian, was Bastian ihn gerade gefragt hatte, und schaute sich erschrocken nach Gerrit um. Aber zum Glück stand Gerrit lebendig in dem kleinen Flur und Adrian atmete erleichtert auf. Gerrit war es also nicht, den Bastian für tot hielt. Adrian schaute sich noch einmal um und entdeckte die zertrümmerte Küche. Er nahm die

Zerstörung erst jetzt richtig war und fragte entsetzt, was passiert war.

„Der Gaskocher ist explodiert", stammelte Gerrit.

Adrian stieg über die Trümmer und beugte sich zu Egons leblosem Körper hinunter. Er fühlte keinen Puls. Schlagartig wurde ihm bewusst, dass sie jetzt nicht mehr hier bleiben konnten. In ihrer Wohnung lag eine Leiche. Sie waren zwar nicht die Mörder, aber wenn man sie fand, würde man sie wahrscheinlich trotzdem in Kinderheime stecken. Wahrscheinlich sogar in verschiedenen. Er würde Gerrit und Bastian nie wieder sehen.

Adrian schüttelte den Kopf: „Kein Puls." Er stand auf und schaute sich um. Die Brötchen und die Würstchen waren zum Glück unversehrt. „Packt so viel Essen wie möglich und die wichtigsten Sachen in alle Taschen, die wir haben", wies er Bastian und Gerrit an. „Rollt die Decken ein und bindet sie mit irgendwelchen Schnüren fest. Wir müssen hier weg!" Adrian erhob sich und ging zurück in den Flur.

Bastian starrte ihn entsetzt an. „Ich bin damals nicht hier weggegangen und ich werde auch heute nicht hier weggehen!", sagte er bestimmt.

„Bastian!", sagte Adrian leise. Er schaute ihm direkt in die Augen. „Sie werden uns suchen. Und wenn sie uns finden, werden sie uns trennen! Ich will bei euch bleiben!"

Bastian drehte sich um und raufte sich die Haare. Und Gerrit fing an zu weinen. Er saß auf dem Boden und lehnte an der Wand. Er schluchzte und eine Träne zog einen hellen Streifen durch sein schmutziges Gesicht. Adrian ließ sich neben ihn sinken und legte seinen Arm um Gerrits Schulter.

„Ich will nicht wieder allein sein!", jammerte Gerrit. „Ich will auch bei euch bleiben!"

Adrian drückte Gerrit ganz fest an sich. „Das wirst du auch!"

„Ich habe Angst, Adrian!", flüsterte Gerrit.

„Du brauchst keine Angst zu haben!", versicherte Adrian ihm. „Wir sind doch bei dir."

Plötzlich drehte sich Bastian wieder um. „Es ist ja okay!", schrie er. „Wir hauen hier ab, aber bitte hör auf zu weinen. Ich kann das nicht ertragen!"

Gerrit nickte und versuchte, das Schluchzen zu unterdrücken. Adrian stand auf und zog Gerrit mit sich hoch.

„Jetzt lasst uns endlich packen!", murmelte Bastian und stapfte mies gelaunt ins Wohnzimmer.

Wenig später hatten sie die Wohnung verlassen.

„Und wo willst du jetzt hin?", fragte Bastian, während die drei Jungen mit den Taschen und Decken bepackt durch die Straßen und Gassen von Ressteinburg zogen.

„Ich denke, wir werden erst einmal zu Bartholomäus gehen", antwortete Adrian. „Der kann uns bestimmt sagen, was wir machen sollen!"

Bastian nickte. „Aber wir können nicht lange bei ihm bleiben!"

„Ihm wird schon schnell eine Lösung einfallen", meinte Adrian zuversichtlich.

Bartholomäus war ein kluger Mann. Die drei Jungen waren schon oft bei ihm gewesen, meistens im Winter oder wenn sie mal wieder kein Essen gefunden hatten. Bartholomäus hatte ihnen immer einen Unterschlupf geboten und gerne für sie gekocht. Und gut zuhören konnte er auch.

Nachdem die drei Freunde eine Weile schweigsam nebeneinanderher gelaufen waren, kamen sie aus der Stadt heraus und bogen auf einen Trampelpfad ein, der sie über die grünen Wiesen, durch einen dunklen Wald und über eine kleine, morsche Holzbrücke, die über einen schmalen Fluss führte, zu einem kleinen Dorf namens Ammergau leitete. Als sie den Fluss überquert hatten, liefen sie noch einmal in einen kleinen Wald, der sich aber schnell wieder lichtete und die Sicht auf das Dorf in ein paar Hundert Metern Entfernung freigab. Bartholomäus' Haus stand einsam an dem Weg, der zu dem Dorf hinführte, und lag etwas näher an dem Wald als an den Häusern von Ammergau.

„Wir haben es gleich geschafft!", keuchte Gerrit erfreut.

Die ganzen Tüten, Decken und Taschen waren nicht leicht zu tragen. Adrian und Bastian nickten nur und wanderten weiter auf das kleine Haus zu. Es war weiß und hatte ein altes Strohdach. Hinter den Fenstern hingen blaue Gardinen, in die ein paar Wolken gestickt waren. Vor dem Haus standen auf einer Veranda ein Tisch und ein paar Stühle und hinter dem Haus war ein Stück Rasen eingezäunt, auf dem ein Kaninchenstall und ein Gartenhäuschen standen. Das ganze Grundstück war von einer Kuhweide umgeben.

Die drei Jungen schleppten sich noch die zwei Treppenstufen zur Veranda hinauf, dann klopfte Adrian an die Holztür. Hoffnungsvoll warteten sie darauf, dass Bartholomäus die Tür öffnete, aber in dem Haus regte sich nichts.

„Wartet hier!", sagte Adrian, stellte die Taschen ab und ging um das Haus herum. Er sprang über den Gartenzaun und lief über den Rasen zu dem Gartenhäuschen. Er klopfte, aber auch hier schien niemand da zu sein. Adrian drückte die Klinke herunter, als von drinnen ein lautes Piepen zu hören war. Kurz darauf folgte ein Geräusch, das sich anhörte, als ob eine Maschine angeworfen werden würde. Dann hörte Adrian ein metallisches Kratzen. Er wollte gerade die Tür öffnen, als Bartholomäus' barsche Stimme ihn davon abhielt: „Nicht reinkommen!"

Adrian fuhr erschrocken zurück und wunderte sich, warum Bartholomäus nicht wollte, dass er in sein Gartenhäuschen kam. Ob er dort irgendetwas Geheimes versteckt hielt? Aber so war Bartholomäus nun mal. Ein bisschen seltsam, aber interessant und gutmütig. Und in das Gartenhäuschen hatte er sie noch nie hineingelassen.

Da streckte Bartholomäus auch schon seinen Kopf aus der Tür heraus. Er hatte schneeweiße Haare und einen ebenso schneeweißen Stoppelbart. Auf seiner Nase saß eine Brille, die wackelte, wenn er den Mund bewegte.

„Was gibt's denn?", fragte er ein wenig genervt. Als er Adrian erkannte, kam er aus dem Haus heraus, aber so, dass Adrian nicht hineinschauen konnte. „Ach, du bist es. Was führt euch diesmal zu mir? Ich gehe einfach mal davon aus, dass du wie sonst auch nicht alleine gekommen bist, sondern dass deine beiden kleinen Freunde hier noch irgendwo herumstrolchen."

„Sie stehen auf der Veranda vor der Haustür."

„Dann wollen wir sie nicht warten lassen!", meinte Bartholomäus und ging mit Adrian Richtung Haus. „Den Grund für euer Kommen kannst du mir ja nachher noch erzählen. Jetzt werde ich euch erst mal ein leckeres Essen machen."

Während Adrian Gerrit und Bastian die Tür öffnete, ging Bartholomäus in die Küche, um den drei Jungen wie versprochen Essen zu kochen. Kurze Zeit später saßen alle am Esstisch vor Tellern, beladen mit Kartoffeln, Bohnen und Schweinefleisch. Gierig stürzten sich die hungrigen Jungen auf ihre Portionen und Bartholomäus lächelte zufrieden. Bastian und Adrian hatten schnell aufgegessen. Gerrit brauchte zwar etwas länger – er war ja noch kleiner –, aber auch er hatte seinen Teller schnell leer geputzt. Bartholomäus hingegen ließ sich genussvoll Zeit, während ihm Adrian schilderte, was passiert war. Wobei er die Sache mit der schwarzen Pyramide wegließ.

„Ihr wollt mir also erzählen, dass in eurer Wohnung eine Leiche liegt?", hakte Bartholomäus noch einmal nach, bevor er sich die letzte Kartoffel in den Mund schob.

Adrian nickte und fragte sich, wie Bartholomäus dabei

so ruhig bleiben konnte. Es schien ihn gar nicht so wirklich zu interessieren.

Bartholomäus schluckte die Kartoffel herunter und trank einen Schluck Wasser. „Aber so wie du das geschildert hast, konntet ihr doch gar nichts dafür. Schließlich ist die Gasflasche einfach so explodiert."

„Ich habe auch nur Angst, dass sie uns in Heime stecken und uns trennen!", erklärte Adrian.

„Verstehe!" Bartholomäus nickte und seine Brille hüpfte auf und ab.

„Wir möchten zusammenbleiben!", fügte Gerrit dem, was Adrian gesagt hatte, noch hinzu.

Bartholomäus schaute in Gerrits kleine, dunkelbraune Augen und sah die Angst in ihnen. Gerrit war zwar noch jung, aber in seinen Augen lag mehr Lebenserfahrung, als manche Menschen nach ihrem ganzen Leben hatten. Gerrit hatte schon so viel durchgemacht, so viel Schmerz erfahren, das konnte Bartholomäus nicht noch einmal zulassen.

„Vorerst könnt ihr hier bleiben!", sagte er daher mit einem Seufzer. Dass sich das Schicksal aber auch immer die gleichen Opfer aussuchen musste, dachte er sich im Stillen. Dann fügte er laut hinzu: „Ihr habt ja ein paar Sachen mitgebracht, auf denen ihr schlafen könnt."

Gerrit lächelte und aus seinen Augen wich ein wenig von seiner Angst.

„Danke!", sagte Adrian leise.

Am Abend waren Gerrit und Bastian schnell eingeschlafen. Es war ja auch ein anstrengender Tag gewesen. Erst hatten sie gespielt, dann hatten sie im Müll gewühlt, dann hatte Simon sie überfallen und dann waren sie mit all den Sachen zu Bartholomäus gewandert. Und die ganze Zeit hatten sie Angst gehabt, man könnte sie trennen.

Adrian lag noch lange wach. Er wusste, dass sie sich

noch lange nicht in Sicherheit wiegen konnten, nur weil sie jetzt bei Bartholomäus waren. Außerdem konnten sie nicht ewig bei ihm bleiben. Und dann war da noch die Sache mit der Pyramide. Sie hatte gebrannt. Und die Gasflasche war explodiert. Sie hatte also auch gebrannt. Und als er sich gestern aufgeregt hatte, dass das Feuer nicht anging, hatte es eine riesige Stichflamme gegeben. Gab es da vielleicht einen Zusammenhang?

Klar, das war ganz schön weit hergeholt, aber was, wenn er irgendwie ganz aus Versehen Funken versprühte? Vielleicht hatte er ja etwas Metallenes an seiner Kleidung gehabt, das irgendwo dagegen gestoßen war? Was, wenn er selbst daran Schuld trug, dass Egon gestorben war? Dann hätte die Polizei sogar einen Grund, ihn in den Jugendknast zu stecken. Gerrit und Bastian würden in ein Heim kommen, und wenn er aus der Haft entlassen werden würde, könnte er nicht wissen, in welchem Heim sie waren. Er würde sie nie wiedersehen.

Während Adrian darüber nachdachte, fiel er in einen unruhigen Schlaf. Er träumte von Polizisten, von Simon und seinen Freunden, die ihn im Knast verprügelten, träumte von sich, wie er ganz alleine in einer grauen Zelle ohne Gerrit und Bastian steckte. Und von einer schwarzen Pyramide.

Plötzlich brach sie vor ihm durch den Gefängnisboden. Sie brannte und die eingravierte Flamme leuchtete rot. Dann verschoben sich die Linien der Flamme und formten sich nach und nach zu einer Landkarte. Ein einziger Punkt leuchtete jetzt in einem grellen Orange, so, dass Adrian die Augen wehtaten. Aber er konnte nicht wegschauen. Die Pyramide zog seinen Blick auf sich. Es war, als wollte die Pyramide, dass sich Adrian die Karte genau anschaute. Doch er konnte nicht erkennen, was die Karte anzeigte. Es war jedenfalls keine von Ressteinburg. Der Punkt leuchtete jetzt hellgelb und wurde immer heller. Adrians Augen schmerzten und er fing an zu schreien. Das Licht wurde nur noch heller, es war jetzt schon weiß. Der Punkt brannte sich in Adrians Hornhaut. Er schrie und plötzlich fuhr er hoch. Er war aufgewacht. Er saß senkrecht und schweißgebadet auf seiner Decke. Es war hell im Zimmer, die Sonne schien schon.

Jetzt erst bemerkte Adrian Gerrit und Bastian, die neben ihm saßen und ihn ängstlich anschauten. Vor ihm in der Tür stand Bartholomäus in einem blau-weiß gestreiften Schlafanzug und schaute ihn entsetzt an. „Was war los? Du hast geschrien, als ob ... als ob ..." Aber Bartholomäus fiel kein passender Vergleich ein.

„Als ob sich eine Landkarte in mein Auge gebrannt hätte", dachte Adrian. Er sah da, wo der Punkt auf der Landkarte gewesen war, immer noch einen dunklen Fleck. „Ist schon okay, mir geht's gut. Ich hatte nur einen Albtraum."

Bartholomäus schaute Adrian skeptisch an, ließ ihn aber in Ruhe. „Ich werde Frühstück machen", murmelte er und verschwand wieder aus dem Zimmer.

„Ist wirklich alles okay?", fragte Bastian und Gerrit ergänzte noch: „Du hast echt schlimm geschrien!"

Aber Adrian nickte nur.

Etwas später saßen alle am Frühstückstisch und mümmelten schweigend ihr Brot. Gerrit sah ab und an zu Adrian auf, aber Bastians Blick klebte an seinem Teller. Bartholomäus schlürfte seinen dampfenden Tee und sah über den Rand der Tasse auf die Jungen, als ob er nur darauf wartete, dass einer von ihnen die Stille nicht mehr aushielt. Aber alle drei blieben ruhig, sogar Gerrit. Schließlich ergriff Bartholomäus selbst das Wort.

„Ich habe heute Nacht lange über euer Problem nachgedacht!", sagte er langsam.

Die Jungen schauten von ihren Tellern auf und sahen Bartholomäus erwartungsvoll an.

„Ich muss mir ein Bild von dem Unfall und der Leiche machen!", sagte er nach einer kurzen Pause. „Wenn ich euch helfen soll, muss ich einfach alles wissen. Und danach werde ich mir überlegen, was zu tun ist. Ich werde gleich nach dem Frühstück mit Adrian zu eurer Wohnung gehen, und Gerrit und Bastian, ihr beiden bleibt hier!"

Gerrit und Bastian nickten stumm.

Aber Adrian rief erschrocken: „Ich will nicht zurück in die Wohnung!"

Die anderen schauten ihn verwundert an. Klar, sie wussten ja nicht, dass Adrian dort eine schwarze Pyramide gesehen hatte, die durch den Boden gebrochen war, und ihm fast das Augenlicht geraubt hatte. Und er würde es ihnen auch nicht erzählen können, schließlich würden sie ihm sowieso nicht glauben. Aber Angst hatte er trotzdem. Was wenn die Pyramide wieder auftauchte?

Bartholomäus seufzte. „Das hat nicht zufälligerweise etwas mit deinem Albtraum zu tun?", fragte er.

Adrian schüttelte den Kopf. Er konnte die Sache mit der schwarzen Pyramide einfach nicht erzählen, also gab er schließlich doch nach. „Ist schon gut. Ich komme mit. Es war nur – wegen Egon."

Adrian nahm das letzte Stück Brot in den Mund, dann half er den anderen, den Tisch abzuräumen. Kurz darauf standen Adrian und Bartholomäus auf der Veranda.

„Und dass ihr mir ja im Haus bleibt!", ermahnte Bartholomäus Gerrit und Bastian. Sie nickten, dann schloss er die Tür.

Adrian führte Bartholomäus durch den kleinen Wald, über die Holzbrücke, durch den größeren Wald und über die grünen Wiesen in die Stadt.

Wenig später standen sie vor der alten Wohnungstür. Sie war mit Polizeiband abgeklebt. *BETRETEN VERBOTEN!*, stand fett darauf.

„Sie waren schon hier!", murmelte Adrian und sein Herz fing an zu klopfen.

Bartholomäus nickte. Er nahm die Türklinke und drückte sie herunter. Dieses Mal klemmte die Tür nicht, sondern schwang sofort auf. Bartholomäus und Adrian bückten sich unter dem Polizeiband hindurch und betraten den Flur. In dem Dreck auf dem Fußboden waren überall Fußspuren zu sehen. Langsam gingen die beiden weiter und betraten die Küche. Egons Leiche und die Überreste des Gaskochers waren verschwunden. Aber man sah noch genau, wo der Gaskocher explodiert war und welche Schäden er angerichtet hatte.

„Und er ist einfach explodiert?", fragte Bartholomäus plötzlich und Adrian erschrak ein wenig. Dann schilderte er noch einmal genau, was passiert war. Wobei er die schwarze Pyramide natürlich wieder ausließ.

„Sehr merkwürdig!", murmelte Bartholomäus vor sich hin. Dann wandte er sich wieder an Adrian. „Aber ich denke, sie werden euch nichts anhängen können. Das Schlimmste, was euch passieren kann, ist, dass sie euch kurz in Untersuchungshaft nehmen oder so. Ich hab da auch nicht so viel Ahnung von."

Adrian nickte. Er glaubte Bartholomäus zwar, aber so richtig überzeugt hatte dieser ihn nicht. Und selbst wenn er recht hatte, so konnten sie immerhin festgenommen werden und dann würden sie auch unweigerlich herausfinden, dass er, Bastian und Gerrit Straßenkinder waren und ins Heim gehörten. Es bestand also immer noch die Möglichkeit, dass man sie trennen könnte. Oder machte er sich einfach zu viele Sorgen? Schließlich hatte es auch nie jemanden gekümmert, dass sie mit all den anderen Straßenkindern auf der Müllhalde herumgetobt hatten.

„Lass uns von hier verschwinden!", schlug Bartholomäus vor.

Adrian nickte wieder und folgte Bartholomäus durch den Flur. Doch plötzlich stand ein Polizist in der Tür. Er hielt eine Pistole in der Hand und zielte auf sie. Adrians Herz fing an zu rasen.

„Hände hoch!", schrie der Polizist. „Und keine Bewegung! Was suchen Sie hier? Das ist ein Tatort. Sie dürfen hier nicht rein!"

„Wir wollten nur …", setzte Bartholomäus an.

„… Spuren verwischen?", unterbrach ihn der Polizist. Er schaute Adrian an. „Du siehst genauso aus, wie die beiden Jungen uns den Täter beschrieben haben! Ich nehme an, du bist Adrian?"

„Die beiden Jungen?", fragte Adrian verwirrt.

„Ja, sie haben gesagt, du hättest ihren Freund in die Luft gesprengt, haben dich beschrieben und uns den Tatort genannt, und ehe wir sie noch etwas anderes fragen konnten, sind sie wieder verschwunden. Wir sind hierher gefahren und – siehe da – in der Wohnung liegt ein toter Junge!"

„Simon und Merten …", murmelte Adrian zornig.

„Was hast du gesagt?", fragte der Polizist.

„Nichts!", entgegnete Adrian leise.

„Also warst du gestern hier oder nicht?"

Adrian nickte.

„Dann bist du jetzt festgenommen!"

Adrian blickte erschrocken auf. „Aber ich habe doch gar nichts gemacht. Die Gasflasche ist einfach explodiert!"

„Einfach explodiert?", wiederholte der Polizist und kicherte. In seinen Augen lag ein Ausdruck, der Adrian sagte, dass der Polizist ihm kein Wort glaubte.

„Hören Sie, Sie können den Jungen doch nicht einfach …", setzte Bartholomäus noch einmal an.

Aber der Polizist unterbrach ihn wieder: „Sie kommen übrigens auch mit!"

„Was?", rief Bartholomäus entrüstet.

„Unbefugtes Betreten eines Tatortes", murmelte der Polizist und trat zurück ins Treppenhaus. „Folgen Sie mir!"

Kopfschüttelnd schob Bartholomäus Adrian vor sich her aus der Wohnung heraus. Plötzlich sackte Adrian in sich zusammen und schrie auf. Ein wahnsinnig lautes Kreischen erfüllte das Treppenhaus.

„Hören Sie auf!", schrie Adrian.

Aber Bartholomäus und der Polizist schauten ihn verständnislos an. Sie hörten das Kreischen nicht. Trotzdem eilte Bartholomäus zu Adrian hin und kniete sich neben ihn. Doch viel Zeit, um sich um Adrian zu kümmern, hatte er nicht. Denn mit einem lauten Splittern platzte das Fenster an der gegenüberliegenden Wand des Treppenhauses. Ein heftiger Wind fegte hindurch und Bartholomäus und der Polizist mussten sich am Treppengeländer festhalten, während Adrian von dem Wind an die Wand gedrückt wurde.

„Was ist denn jetzt hier los?", rief der Polizist erschrocken. In diesem Moment begann das Treppenhaus so stark zu vibrieren, dass Staub von der Decke bröselte. Der Polizist schaute ängstlich um sich und schrie dann: „Diese ganzen Baracken sind total instabil! Wir müssen sofort hier raus, bevor alles einstürzt!"

Das Beben wurde immer stärker und jetzt peitschte auch noch Regen durch das zerstörte Fenster. Dann zertrümmerte die Spitze der schwarzen Pyramide die Treppen und stieß immer höher und höher aus den zerfetzten Holzbalken empor. Schließlich stand sie brennend vor Adrian. Er schrie immer noch, obwohl das Kreischen nachgelassen hatte.

„Junge, wir bringen dich ins Krankenhaus!", rief der Polizist. „Komm endlich!"

„Nein!", schrie Adrian. „Seht ihr das denn nicht? Die schwarze Pyramide!"

Ein heftiger Windstoß riss den Polizisten fast von den Beinen und er klammerte sich noch fester an das Geländer. Dann schüttelte er verzweifelt grinsend den Kopf. „Er halluziniert!"

Aber Bartholomäus starrte Adrian nur entsetzt an. Der Junge hatte seine Augen weit aufgerissen und sie waren nicht mehr braun wie sonst – sie waren rot.

„Macht, dass sie weggeht!", schrie Adrian, doch in diesem Moment ging wie beim letzten Mal auch ein weißer Lichtstrahl von der Pyramide aus. Adrians Augen schmerzten und er schrie wieder. Der Lichtstrahl wurde rot, schwächte ab und schließlich war nur noch die eingravierte Flamme rot. Dann verschoben sich ihre Linien wieder zu der Karte, auf der ein greller Punkt leuchtete. Adrians Augen schmerzten noch heftiger als beim letzten Mal. Er versuchte, sie zu schließen, aber es ging nicht.

„Komm zu mir!", ertönte plötzlich eine laute Stimme. War das Bartholomäus? Die Stimme hörte sich jedenfalls so an, doch sie schien aus der Pyramide zu kommen. „Komm! Komm zu mir!"

Aber Adrian wollte nirgendwo hingehen, er wollte, dass das aufhörte. Er ertrug diesen Schmerz in seinen Augen einfach nicht mehr und konnte das schreckliche Kreischen nicht mehr hören. Es sollte aufhören. Es musste einfach sofort aufhören!

Adrian schrie noch einmal und mit seinem Schrei explodierte irgendetwas in der Wand neben dem Polizisten. Mit einem grellen Blitz verschwand die Pyramide und der Wind, der Regen und das Beben ließen nach.

Bartholomäus stürzte zu dem Polizisten, der von der Explosion über das Geländer geschleudert worden war und sich jetzt mit angstfülltem Gesicht an die Geländerstangen klammerte. Bartholomäus half ihm hoch und ging dann zu Adrian.

Im Hintergrund beschwerte sich der Polizist: „So, für diese Explosion konntest du wohl auch nichts, wie? Das gibt noch mächtig Ärger!"

Aber das interessierte Bartholomäus überhaupt nicht. Er beugte sich zu Adrian hinab und machte seine Finger mit etwas Spucke nass. Dann fuhr er damit über Adrians dreckigen Hals und zum Vorschein kam eine kleine Narbe in der Form einer Flamme.

„Dass mir das nie aufgefallen ist ...", murmelte Bartholomäus.

„Was?", wollte Adrian wissen.

„Du bist ein Hüter des Gleichgewichts! Du hast doch eben bei dem Beben von einer schwarzen Pyramide geredet, oder? Hast du sie gesehen?"

Adrian nickte und Bartholomäus' Augen weiteten sich. „Dann hat der Stein dich gerufen."

„Wie bitte? Was für ein Stein?", fragte Adrian völlig verdattert.

Doch Bartholomäus antwortete nicht. Er redete einfach weiter: „Wenn der Stein dich gerufen hat, dann müssen die Elemente aus dem Gleichgewicht gekommen sein. Oder ..." Bartholomäus schluckte.

„Oder was?"

„Oder uns allen steht eine schwere Zeit bevor."

Das Amt für geheime Staatsangelegenheiten

Adrian saß jetzt schon seit Stunden in einem kleinen grauen Raum ohne Fenster. So kam es ihm jedenfalls vor. Auf der weißen Uhr mit dem silbernen Rahmen, die an der Wand ihm gegenüber hing, waren die Zeiger aber gerade einmal von kurz nach zwölf auf halb eins gerückt.

Als Bartholomäus Adrian gesagt hatte, dass er ein Hüter des Gleichgewichts wäre – was immer das sein mochte –, hatte der Polizist gemeckert: „Hüter des irgendwas hin oder her, der Junge ist festgenommen!" Er hatte sie mitgenommen und auf die Polizeiwache von Ressteinburg gebracht. Auf der Fahrt dorthin hatten Bartholomäus und er kein Wort reden dürfen und so fragte sich Adrian immer noch, was es mit dem Gerede von Hütern und Elementen und schweren Zeiten auf sich hatte.

Jedenfalls hatte der Polizist sie durch eine Tür hinter dem Schalter direkt an der Eingangstür geführt. Dahinter befand sich ein dunkler Gang und der Polizist hatte Adrian in das erste Zimmer auf der rechten Seite geschubst, Bartholomäus angewiesen, auf einem ungemütlichen Plastikstuhl vor der Glasscheibe, durch die man in das Zimmer schauen konnte, Platz zu nehmen, und war den Gang entlang verschwunden.

In dem grauen Raum stand ein einziger grauer Eisentisch, an dem auf der einen Seite ein und auf der anderen Seite zwei Stühle standen. An der Wand tickte die Uhr und auf dem Tisch stand ein Diktiergerät. Eine kleine Kamera in einer Ecke des Raums schien Adrian geradezu anzustarren. Adrian hatte sich gedacht, dass er wohl auf der Seite sitzen sollte, auf der nur ein Stuhl stand, und hatte sich dort niedergelassen. Jetzt saß er dort immer noch und wartete. Die Uhr tickte, aber die Zeiger schienen keinen Zentimeter vorzurücken, und das Starren der Kamera machte Adrian allmählich nervös.

Plötzlich regte sich etwas vor der Glasscheibe. Bartholomäus war aufgestanden und vor ihm standen zwei Männer in schwarzen Anzügen. Sie trugen schwarze Hüte und schwere, schwarze Aktenkoffer. Einer von ihnen hatte einen dicken schwarzen Schnurrbart und redete mit Bartholomäus. Jetzt hörte er auf zu reden und kam ins Zimmer. Der andere ging weiter und Bartholomäus folgte ihm.

Der Mann mit dem Schnurrbart blieb kurz im Türrahmen stehen und schaute Adrian stirnrunzelnd an, dann kam er zu ihm herüber. „Bist du Adrian?", fragte er mit einer sanften Stimme, die Adrian wohl glauben lassen sollte, er wäre bei ihm sicher.

Adrian nickte.

Der Mann stellte seinen Aktenkoffer auf den Tisch und öffnete ihn, aber Adrian konnte nicht sehen, was er enthielt. Sein Schnurrbart zuckte, als der Mann mit einem Lächeln ein längliches Gerät aus dem Koffer holte, das aussah wie einer von diesen Piepsern, mit denen die Kassiererinnen im Supermarkt die Ware einscannten. Der Mann schloss den Koffer wieder und hielt das Gerät nahe an Adrian, als wollte er ihn auch einscannen.

Und tatsächlich fing das Ding sogar an zu piepsen!

„Gut. Sehr gut." Der Mann lächelte zufrieden und fasste sich mit der rechten Hand ans Ohr, wo Adrian eine Art winziges Headset entdeckte, das ihm bis jetzt gar nicht aufgefallen war. „Sechsunddreißig, er ist es. Such nach der Anzeige, vernichte sie und lass sie es vergessen!"

Adrian kapierte gar nichts mehr. Wie sollte der Mann die Polizisten vergessen lassen, dass Adrian Egon umgebracht haben sollte? Warum sollte das denn auch irgendwer wollen? Und wer zum Teufel waren diese Männer überhaupt? Schließlich schienen sie nicht von der Polizei zu sein.

„Ich bin Agent Neun vom AGS, dem Amt für geheime Staatsangelegenheiten!", sagte der Mann, während er wieder in seinem Koffer herumwühlte. „In letzter Zeit gingen des Öfteren starke elektromagnetische Wellen von dir aus und wir möchten das gerne überprüfen!"

Der Mann zog sich weiße Gummihandschuhe über, wie sie auch Ärzte benutzten, und strich mit einem feuchten Wattebausch über Adrians Narbe am Hals. Was fanden denn plötzlich alle an seiner Narbe? Er hatte sie, seit er denken konnte, und nie war sie in irgendeiner Weise besonders gewesen!

„Was überprüfen?", fragte Adrian verwirrt. „Ob ich krank bin, oder was?"

„Nein!", sagte der Mann ruhig und ohne aufzublicken. „Wir möchten herausfinden, ob du ein Hüter des Gleichgewichts bist."

Adrian stockte der Atem. Schon wieder dieser Hüter-Quatsch! Was sollte das Ganze? Nahmen ihn vielleicht alle auf den Arm? Vielleicht war er ja Opfer einer versteckten Kamera geworden? Er hatte einmal so etwas in den Fernsehern im Schaufenster des Elektroladens neben Renates Imbiss gesehen …

Aber als der Mann plötzlich eine Spritze mit einer gelblichen Flüssigkeit aus dem Koffer hervorholte, kam Adrian ganz schnell auf andere Gedanken.

„W...was wird das denn jetzt?", stotterte er ängstlich.

„Das ist die Überprüfung!", sagte der Mann kalt.

In diesem Moment kam der andere Agent gefolgt von Bartholomäus herein. Als dieser die Spritze sah, schrie er entsetzt auf: „Spinnen Sie? Sie können dem Jungen doch nicht einfach eine Spritze verabreichen!"

„Es ist nichts Schlimmes!", versicherte der Mann, dann wandte er sich wieder an Adrian: „Aber wenn du dich wehrst, dann machst du es schlimm!"

Adrian hielt lieber still. Irgendetwas sagte ihm, dass es wirklich schlimmer kommen würde, wenn er sich wehrte. Der Mann setzte die Nadel an Adrians Narbe an und drückte sie ein kleines Stückchen unter die Haut. Dann spritzte er die gelbe Flüssigkeit ein. Plötzlich fing Adrians Narbe höllisch an zu brennen. Die Narbe leuchtete rot auf und der Schmerz wurde immer schlimmer.

„Machen Sie das weg!", schrie Adrian erschrocken.

Der Mann hatte schon ein kleines Döschen mit einer hellblauen Paste in der Hand und rieb die Paste auf der Narbe ein. Langsam ließ der Schmerz wieder nach und Adrian beruhigte sich wieder.

„Er ist einer!", sagte der Mann mit dem Schnurrbart. „Element Feuer." Er packte seine Sachen wieder in den Koffer und klappte ihn zu.

Da kam der Polizist herein, der Adrian und Bartholomäus festgenommen hatte. „Was ... was machen sie da mit meinem Verdächtigen?", rief er aufgebracht und baute sich in der Tür auf.

„Agent Neun, AGS!", sagte der Mann und nahm seinen Koffer in die Hand.

„AG was?", fragte der Polizist verwirrt.

„Ein Amt des Staates, von dem sie nie hören werden!", entgegnete Agent Sechsunddreißig und zückte einen kleinen Stab, der aussah wie ein Lippenstift. Er drückte ihn dem Polizisten an die Schläfe. Der erstarrte und blieb regungslos stehen. Eine bläuliche, durchsichtige Schale zog sich von dem Stift aus über den Körper des Polizisten, dann knisterte es kurz und sie verschwand wieder.

Der Polizist blieb regungslos stehen.

„Was haben sie mit ihm gemacht?", fragte Adrian ängstlich.

„Er wird sich nicht an dich oder den Mord erinnern!", sagte Agent Sechsunddreißig.

Adrian nickte. „Wird er immer so versteinert bleiben?"

„Nein." Der Agent lachte. „So weit dürfen wir nun auch wieder nicht gehen. Wenn ich mit dem Finger schnippe, wacht er wieder auf."

Der Agent schaute noch eine Weile auf den Polizisten, dann schritt er auf Bartholomäus zu. Dieser wich erschrocken zurück.

„Was wollen Sie? Sie können doch nicht … Der Junge … Aber …" Schon hatte der Agent ihm den Stift an die Schläfe gehalten und die blaue Schale zog sich über seinen Körper.

„Bartholomäus!", rief Adrian entsetzt und wollte ihm zu Hilfe eilen, doch Agent Neun hielt ihn fest.

Dann knisterte es wieder und die blaue Hülle verschwand. Agent Sechsunddreißig steckte den Stift in die Hosentasche und folgte dem anderen Agenten, der Adrian am Handgelenk hinter sich herzog, aus dem Zimmer. Er schnippte mit dem Finger und Adrian schaute sich um. Er sah noch, wie Bartholomäus und der Polizist erschrocken hochfuhren und die Köpfe schüttelten. Dann zog ihn der Agent weiter.

Adrian wollte sich wehren, aber der Griff des Agenten war so eisern, dass er das Gefühl hatte, er würde sich seinen Arm brechen, wenn er versuchte, sich zu befreien. Also gab er schließlich auf und folgte den Agenten aus der Polizeiwache heraus zu einer schwarzen Limousine mit getönten Scheiben. Agent Sechsunddreißig öffnete eine der hinteren Türen und wies Adrian an, sich dort hineinzusetzen. Dann schmiss er die Tür zu und stieg selbst auf der Beifahrerseite ein. Der Wagen fuhr los und Adrian rutschte unruhig auf dem hellbraunen Ledersitz herum. Bei dem ganzen Luxus, mit dem der Wagen ausgestattet war, wurde ihm ganz unwohl. Die Türen und die Decke waren mit glänzendem Marmor ausgelegt, den ein goldener Streifen umrahmte. Adrians Füße thronten auf dickem, weißem Fell. Eine glänzende schwarze Scheibe, auf der rechts und links goldene Wappen mit der Aufschrift *AGS* prangten, trennte Adrian von den beiden Agenten.

Plötzlich surrte es und das mittlere Stück der schwarzen Scheibe fuhr herunter. Agent Sechsunddreißig steckte seinen Kopf herein und lächelte. „Alles in Ordnung?"

Adrian nickte.

„Gut. Mach es dir ruhig gemütlich! Es wird eine Weile dauern, bis wir den Flughafen erreichen."

„Flughafen?", fragte Adrian verwirrt.

„Ja, wir fliegen dich zu unserem Stützpunkt", erklärte der Agent und mit einem Surren verschwand sein Gesicht wieder hinter der schwarzen Scheibe.

Adrian war noch nie geflogen. Das hatte er sich natürlich nie leisten können. Außerdem hätte er auch nicht gewusst, wo er hätte hinfliegen sollen und was er dort gewollt hätte. Das Einzige, was er übers Fliegen wusste, war, dass es in Ressteinburg keinen Flughafen gab. Das alles änderte aber nichts daran, dass er sich schon ein paar Mal gewünscht hatte, einmal in einem Flugzeug zu sitzen. Jetzt bereitete ihm jedoch schon der Gedanke ans Fliegen ein flaues Gefühl in der Magengegend. Nachdenklich schaute er aus dem Fenster. Aber durch die getönten Scheiben konnte er nicht wirklich viel erkennen. Er war sich nur sicher, dass sie gerade Ressteinburg verließen.

Da surrte es wieder, aber dieses Mal fuhr das Stück Scheibe, auf dem sich das rechte Wappen befand, nach unten. Dahinter war ein großer Bildschirm befestigt. Er leuchtete auf. Kurz rauschte es und man sah nur schwarze und weiße Punkte umherflitzen, aber dann erschien ein Bild. Ein riesiger schwarzer Würfel flog dort quer durchs Weltall. Es surrte wieder und Agent Sechsunddreißig teilte Adrian mit, dass das der Film *Transformers* wäre und er ihm viel Spaß wünschte.

Begeistert lehnte sich Adrian zurück. Nach der einen Folge der Versteckten Kamera, die er zusammen mit Bastian und Gerrit in dem Schaufenster des Elektroladens gesehen hatte, hatten sie Fernsehen ohne Ton für nicht besonders interessant befunden. Jetzt hingegen hatte er Ton, einen riesigen Fernseher und einen gemütlichen Ledersitz …

Währenddessen saßen Bastian und Gerrit am Küchentisch in Bartholomäus' Haus. Nachdem Bartholomäus und Adrian aufgebrochen waren, hatten sie den Tisch abgeräumt und das Geschirr gespült. Danach hatten sie sich wieder an den Tisch gesetzt und dort saßen sie immer noch.

Gerrit schaute auf die Uhr. „Sie sind jetzt schon über zwei Stunden weg!", bemerkte er.

Bastian nickte. „Du musst bedenken, dass sie eine Zeit lang brauchen für den Hin- und Rückweg."

„Aber so lange?", meinte Gerrit ungläubig.

„Weißt du noch, wie lange wir gebraucht haben, um hierherzukommen?"

„Wir hatten ja auch jede Menge Gepäck!", entgegnete Gerrit.

„Na und? Die anderen Male, als wir hierhergekommen sind, hatten wir kein Gepäck!", sagte Bastian mürrisch.

„Aber eine Uhr hattest du auch nicht, oder?"

„Wieso?"

„Die Wanderungen waren doch total langweilig, und wenn einem langweilig ist, kommt einem die Zeit viel länger vor!"

„Ja, genau wie jetzt!", sagte Bastian und ließ seinen Kopf auf die Tischplatte sinken.

„Mir ist auch langweilig", stimmte Gerrit ihm zu. Er betrachtete Bastians glatte Haare und schlug dann grinsend vor: „Dann lass uns doch Fangen spielen!"

„Weißt du nicht mehr, was Bartholomäus gesagt hat?", erwiderte Bastian. „Wir sollen im Haus bleiben!"

„Wer hat denn gesagt, dass ich von draußen rede?"

Bastian hob seinen Kopf und schaute Gerrit an. Der grinste. Da sprang Bastian auf und rannte Gerrit hinterher. Sie liefen durch die ganze Wohnung, hin und her, bis Bastian stolperte. Er fiel gegen die Gartentür, diese flog auf und Bastian purzelte hinaus in den Garten. Erschrocken sprang er auf, schaute sich ängstlich um und rannte wieder ins Haus. Gerrit kugelte sich vor Lachen.

„Das ist nicht witzig!", sagte Bastian, während er immer noch ängstlich aus dem Fenster schaute. „Jemand hätte mich sehen können!"

„Ach, komm schon!", lachte Gerrit und schaute auch aus dem Fenster. „Da draußen ist doch niemand." Er schaute in den Garten. „Es sei denn, jemand versteckt sich hinter dem Gartenhäuschen. Und selbst wenn, was wäre daran so schlimm?"

„Sehr witzig!", murmelte Bastian. „Bartholomäus hat nun mal gesagt, wir sollen im Haus bleiben. Das wird schon seine Gründe haben. Vielleicht kommt die Polizei und nimmt uns fest, wenn uns hier jemand sieht." Bastian atmete noch ein paar Mal tief aus, dann fragte er Gerrit: „Weißt du, was ich mich immer noch frage?"

Gerrit zuckte mit den Schultern.

„Warum lässt uns Bartholomäus nie in das Gartenhäuschen hinein?"

Gerrit zuckte wieder mit den Schultern. Dann grinste er. „Lust, es herauszufinden?"

Bastian grinste auch und nickte. „Wir müssen aber ganz vorsichtig sein."

Bastian schaute aus dem Fenster, aber weit und breit war niemand zu sehen. Sie öffneten die Gartentüre und rannten so schnell sie konnten über die Wiese. Sie wollten ebenso schnell in das Gartenhäuschen schlüpfen, aber es war abgeschlossen.

„Mist! Zurück! Wir müssen den Schlüssel suchen."

Die beiden rannten zurück ins Haus, das sie nach dem Schlüssel durchforsteten. Bastian fand schließlich in einer Küchenschublade einen kleinen Schlüsselbund mit drei Schlüsseln daran. Einen Versuch war das wohl wert. Er rief Gerrit, der gerade unter dem Teppich im Badezimmer nachschaute, und gemeinsam liefen sie wieder zum Gartenhäuschen. Gespannt hüpfte Gerrit hinter Bastian auf und ab, um ihm über die Schulter zu schauen, während dieser am Schloss herumfummelte und nacheinander die drei Schlüssel ausprobierte. Beim letzten sprang die Tür endlich auf und die Jungen traten erwartungsvoll in die Hütte. Enttäuscht ließen sie ihre Blicke durch den ganz gewöhnlich eingerichteten Raum schweifen. An der einen Wand stand ein hohes Regal, vollgestopft mit allen möglichen Geräten und Werkzeugen, und unter dem Fenster stand eine alte Werkbank, auf der ein paar Schnitzereien lagen.

„Wie langweilig", entfuhr es Bastian.

„Was ist das denn für ein Knopf?", fragte Gerrit interessiert und betrachtete einen kleinen roten Knopf unter dem Lichtschalter näher.

„Nicht …", setzte Bastian noch an, aber da hatte Gerrit schon darauf gedrückt. „… draufdrücken!" Bastian seufzte.

Es war nichts geschehen.

Doch da zuckten er und Gerrit zusammen, weil tief unter ihnen ein Geräusch erklang. Es hörte sich an wie eine Türklingel.

„Was … war das?", fragte Bastian verwundert.

Plötzlich fuhren zwei der Bretter der gegenüberliegenden Wand zur Seite. Dahinter war ein Bildschirm befestigt. Mit einem leisen Piepen ging der Bildschirm an und ein blondes Mädchen, ungefähr zwölf Jahre alt, lächelte sie an.

„Hallo, Bartho…" Das Mädchen stoppte und schaute ziemlich erschrocken drein. Alles, was sie noch hervorbrachte, war: „Oh!"

Franziska und Pascal

Adrian stand vor einem kleinen Flugzeug mit gerade mal sechs Fenstern. Er hatte damit gerechnet, mit Hunderten Leuten in einem ganz normalen Passagierflugzeug zu fliegen und nicht in einem Privatjet. Adrian wunderte sich, dass auf der Außenwand nicht die fette Aufschrift *AGS* prangte. Aber so, wie sich die beiden Agenten darum bemüht hatten, keine Spuren in der Polizeiwache zu hinterlassen – sie hatten ja sogar den Leuten die Erinnerung an sie geraubt – sollte ihr Amt wohl geheim bleiben.

„Was starrst du da so rum?", blaffte Agent Neun ihn plötzlich von der letzten Stufe der Treppe aus an, die zu der Flugzeugtür führte. „Komm endlich!"

Adrian hatte versprochen, nicht abzuhauen, wenn der Agent ihn loslassen würde, aber seitdem war dieser ganz schön gereizt. Jedes Mal, wenn er kurz stehen blieb oder zu weit hinter ihnen herlief, wurde er laut und maulte herum. So war es schon die ganze Zeit in dem Flughafen gelaufen.

Also sputete Adrian sich lieber und hechtete die Treppe hinauf. Er trat durch die Tür und wunderte sich, dass er sich darüber wunderte, dass auch in diesem Fortbewegungsmittel die Wände mit Marmor verkleidet waren und die Agenten vor ihm durch tiefes braunes Fell wateten. Der Raum war nicht sonderlich groß, aber es war auch nicht viel, was er enthielt: ein Sofa und vier Sessel aus dunkelbraunem Leder, einen goldenen Tisch mit einer Glasplatte und einen riesigen Fernseher. Die Agenten setzten sich auf die Sessel und Adrian ließ sich auf das Sofa sinken, wo er ihren Blicken nicht ausweichen musste. Er schaute aus dem Fenster, aber das war noch nicht so interessant, da sie immer noch auf dem Flugplatz standen.

Jetzt liefen zwei Piloten die Treppe zum Flugzeug herauf, gefolgt von einer Flugbegleiterin und einer anderen jungen Frau, die einen grauen Rock, eine weiße Bluse und ein ebenfalls graues Jäckchen trug. Ihre langen schwarzen Haare flatterten im Wind.

Die Piloten verschwanden sofort im Cockpit, während die Flugbegleiterin davor stehen blieb und an ein paar Kisten herumfummelte. Die junge Frau mit den schwarzen Haaren kam zu Adrian und den Agenten herein und die andere schloss die Tür hinter ihr.

„Guten Tag!", sagte die Frau mit einer netten, sanften Stimme. Die beiden Agenten waren freudig aufgesprungen und machten alle Anstalten, der Frau möglichst charmant die Hand zu schütteln.

„Agent Sechsunddreißig, Agent Neun." Die Frau nickte den beiden lächelnd zu und sie setzten sich wieder. Dann wandte sich die Frau an Adrian: „Hi! Ich bin die stellvertretende Leiterin der Organisation AGS, Frau Subens. Du kannst mich aber gerne Gabriella nennen."

Adrian schaute Gabriella verwundert an. Sie lächelte. Adrian fiel auf, dass ihre tiefen dunkelbraunen Augen mit lächelten. Auch ihre Stimme klang nicht so gespielt nett wie die der Agenten. Vielleicht war sie ja nicht so schlimm.

„Du musst Adrian sein!", sagte Gabriella, während sie sich vor Adrian in den Sessel fallen ließ.

Adrian nickte. Da ruckelte das Flugzeug und sie fuhren Richtung Startbahn.

„Bist du schon mal geflogen?", fragte Gabriella Adrian, als sie bemerkte, dass er interessiert aus dem Fenster schaute.

Adrian schüttelte den Kopf.

„Leider muss ich durch meinen Job so oft fliegen, dass es für mich nichts Schönes und Besonderes mehr ist." Gabriella seufzte. „Aber wenn du das erste Mal fliegst, dann möchte ich dich für den Anfang nicht stören. Schließlich sollst du deinen ersten Flug genießen!"

Darüber war Adrian sehr dankbar, da er keine große Lust darauf hatte, mit diesem komischen Gefühl im Bauch auch noch über irgendwelche Hüter zu sprechen. Er schaute lieber aus dem Fenster. Das Flugzeug stand jetzt bereit und dann ging es los. Mit einem Ruck gab es Vollgas und wurde immer schneller. Dann hoben sie ab und Adrian wurde tief in das Sofa gedrückt. Durch das Fenster sah er den Flughafen kleiner werden, Bäume vorbeiziehen, die jetzt so groß waren wie Gänseblümchen, und Autos wie Ameisen über kleine graue Fäden krabbeln. Dann stießen sie durch die Wolken und waren umgeben von grauem Nebel, der immer heller wurde, bis er schneeweiß war. Schließlich tauchten sie wieder aus den Wolken auf und über ihnen strahlte ein hellblauer Himmel. Die Sonne leuchtete knapp über der Wolkendecke und ließ das weiße Meer unter ihnen erstrahlen.

„Wahnsinn!", murmelte Adrian.

„Schön, nicht?", fragte Gabriella, die, ohne dass er es gemerkt hatte, neben ihm durch das andere Fenster geschaut hatte. „Als ich das erste Mal geflogen bin – das war erst, als ich den Job hier hatte –, habe ich quasi an der Fensterscheibe geklebt." Adrian nickte und presste seine Stirn gegen das Fenster, um noch mehr sehen zu können, aber wohin er auch blickte, überall waren nur die weißen Wolkengebilde zu sehen. Und das wurde nach einiger Zeit etwas langweilig. Also lehnte er sich wieder zurück ins Sofa.

„Fertig geguckt?", fragte Gabriella lächelnd.

Adrian nickte.

„Dann möchte ich dir jetzt die Geschichte der Hüter des Gleichgewichts erzählen." Gabriella begann, davon zu erzählen, wie ein guter Zauberer namens Autumnus in einem verzweifelten Krieg gegen einen bösen Zauberer namens Malumis und dessen Anhänger vier Steine der Elemente erschaffen hatte und Malumis aus Wut daraufhin in derselben Höhle wie Autumnus noch den Stein des Blitzes schuf. Adrian hörte gespannt zu und erfuhr, dass Autumnus es im großen Finale vollbracht hatte, Malumis in seinen eigenen Stein einzusperren, und dass dabei leider alle Zauberer gestorben waren. Jetzt gab es nur noch ein paar Menschen, die einen kleinen Teil der magischen Fähigkeiten geerbt und deshalb ein oder zwei besondere Talente hatten. Und es gab die Hüter des Gleichgewichts, die eines Tages von den Steinen gerufen werden sollten, um das Gleichgewicht der Elemente zu halten.

„Eine schöne Geschichte", bemerkte Adrian, nachdem Gabriella zu Ende gesprochen hatte, und lächelte bei der Vorstellung, wie er sie Bastian und Gerrit vor dem Einschlafen erzählte. „Aber Sie glauben doch nicht ernsthaft, dass da etwas dran ist, oder?"

Gabriella schmunzelte. „Hast du dich denn schon mal gefragt, was es mit der Narbe an deinem Hals auf sich hat und warum sie ausgerechnet die Form einer Flamme hat?"

„Nun ... ich ..." Adrian kam ins Stottern. Schließlich gab er zu: „Ehrlich gesagt, habe ich keine Ahnung, wo ich die Narbe herhabe. Ich habe sie schon mein ganzes Leben lang und über die Form habe ich mich auch noch nie gewundert."

Gabriella nickte sichtlich zufrieden. „Siehst du? Und ich wette mit dir, dass du in den letzten Tagen ein paar unangenehme Erfahrungen mit Feuer gemacht hast. Unsere Radare haben nämlich gewaltige elektromagnetische Impulse wahrgenommen, die von dir ausgegangen sind."

Sofort kam Adrian die schwarze Pyramide in den Sinn

und ihm schoss ein kalter Schauer den Nacken hinunter. Vielleicht hatte Gabriella ja doch recht. Vielleicht war an der Geschichte tatsächlich etwas dran …

Schnell versuchte Adrian, das Thema zu wechseln: „Warum nehmen Sie mich überhaupt mit zu Ihrem Stützpunkt?"

„Nun, wir möchten erst einmal herausfinden, was die Fähigkeiten der Hüter sind", erklärte Gabriella. „Du bist nämlich der erste Hüter, den wir gefunden haben. Wenn wir dann eure Fähigkeiten kennen und die anderen Hüter gefunden haben, möchten wir euch an bestimmten Orten, bei denen wir der Meinung sind, dass bei ihnen die Elemente aus dem Gleichgewicht gekommen sind, einsetzen. Außerdem möchten wir euch vor der Außenwelt beschützen, da die meisten Menschen euch für etwas – nun ja, sagen wir – Übernatürliches halten würden und so etwas kann schlimme Folgen haben. Schlimmer jedoch wäre, wenn jemand eure Fähigkeiten ausnutzen wollte. Und das wäre ohne Zweifel bei vielen Menschen der Fall." Sie pausierte kurz. „Und Adrian, sag doch bitte *Du* zu mir."

Adrian nickte. Soweit hatte er alles verstanden. Aber mal angenommen, er wäre tatsächlich einer dieser Hüter des Gleichgewichts – hatte Bartholomäus nicht gesagt, ihm könnte noch viel Schlimmeres bevorstehen, als die Elemente, die aus dem Gleichgewicht geraten waren? Als Adrian Gabriella darauf ansprach, war sie ganz aus dem Häuschen.

„Du kennst jemanden, der über die Hüter des Gleichgewichts Bescheid weiß?", rief sie erschrocken.

„Ja. Ich war mindestens genauso perplex wie du, als Bartholomäus plötzlich irgendetwas von Hütern und Elementen faselte. Na ja, irgendwie habe ich ja schon immer das Gefühl gehabt, dass hinter seiner Geheimniskrämerei mehr steckt. Wobei mir das hier natürlich in meinen kühnsten Träumen nicht in den Sinn gekommen wäre! Aber was ist denn daran so schlimm, dass er Bescheid weiß?"

„Nun, es ist so: Wir waren der Meinung, wir hätten alle Quellen, die über die Hüter berichten, beschlagnahmt. Wir haben zwar nur den Stein des Feuers in unserem Besitz, aber wir waren fest davon überzeugt, dass die anderen Steine sich noch in der versiegelten Höhle zu Urbs Regentis befänden. Demnach hätten wir jedes Indiz, das auf die Existenz der Hüter hinweist, vertuscht. Aber anscheinend haben wir uns geirrt und ein paar Quellen übersehen."

Adrian sah aus dem Fenster und bemerkte, dass die Sonne schon halb unter der Wolkendecke verschwunden war. Die Flugbegleiterin kam herein und servierte ihnen ein Abendessen, wie es Adrian noch nie gesehen hatte: Auf einem Silbertablett bekam er einen riesigen Teller mit – wie die Frau erklärte – Kartoffelklößen, Kassler Braten und Sauerkraut, dazu eine leckere Soße, einen Teller gemischten Salat und eine Schüssel Apfelmus. Zu trinken gab es literweise Orangensaft. Adrian schlug sich den Bauch voll und bekam sogar noch von Gabriella einen Kloß, ein bisschen Sauerkraut und den Apfelmus.

Als die Flugbegleiterin wiederkam, um die Tabletts abzuräumen, war Adrian so voll, wie er es schon lange nicht mehr gewesen war. Die Flugbegleiterin verschwand und sie begannen mit dem Landeanflug. Die Sonne war schon hinter dem jetzt dunkelgrauen Wolkenmeer verschwunden, aber als sie wieder durch die Wolkendecke brachen, strahlten Adrian die unzähligen Lichter einer kleinen Stadt entgegen. Gabriella und er betrachteten das atemberaubende Lichtspiel schweigend und bemerkten fast gar nicht, dass die Räder des Flugzeuges schon auf Asphalt aufsetzten.

„Welche Stadt ist das?", fragte Adrian interessiert.

„Das darf ich dir leider nicht sagen", entgegnete Gabriella lachend. „Firmengeheiminis."

Etwas später saßen sie wieder hinter einer schwarzen

Scheibe, umgeben von Marmor und – dieses Mal dunkelgrauem – Fell. Die Agenten saßen vorne in der Limousine und fuhren sie irgendwohin. Adrian erkannte durch die getönten Scheiben, dass sie aus der Stadt heraus in einen Wald fuhren. Schließlich hielt der Wagen an. Aber Adrian hatte nicht bemerkt, dass sie wieder aus dem Wald herausgefahren wären. Und tatsächlich, als Adrian ausstieg, waren sie immer noch von Bäumen umgeben. Zum Fragen blieb keine Zeit. Adrian musste zusehen, dass er an den Fersen der Agenten und der Gabriellas blieb, da sie schon tief in den Wald hineingegangen waren. Als er sah, wie Agent Neun sich umdrehte und auf etwas drückte, das aussah wie ein Autoschlüssel, blickte er jedoch noch einmal zurück. Mit einem Piepen fuhr die Limousine samt Waldboden eine Etage tiefer und von der Seite fuhr ein neues Stück Waldboden über das Loch. Adrian traute seinen Augen kaum und hätte am liebsten weiter auf die Stelle gestarrt, an der eben noch das Auto gestanden hatte, doch die Agenten und Gabriella waren jetzt schon so weit weg, dass Adrian losrannte, um sie einzuholen. Auf einer Lichtung blieben sie dann schließlich stehen und Adrian schnappte keuchend neben ihnen nach Luft.

Plötzlich hörte Adrian ein lautes Knirschen. Etwas bewegte sich unter ihnen und dann brach eine Spitze aus dem Boden auf der Lichtung. Nicht schon wieder! Vor ihm bahnte sich eine Pyramide den Weg nach oben. Adrian bereitete sich schon auf den Schmerz vor, als er bemerkte, dass diese Pyramide grau war. Und dann sah er, dass Agent Sechsunddreißig an einem künstlichen Ast gezogen und die Pyramide eine Tür hatte. Vor ihm lag der Eingang zum Stützpunkt des AGS. Da fuhren auch schon die Türflügel wie Fahrstuhltüren auseinander und sie traten ein. Mit einem lauten Grummeln verschwand die Pyramide wieder im Erdreich und kam schließlich zum Stillstand. Die Türen gingen wieder auf und sie standen am Anfang eines langen Gangs. Von ihm gingen mehrere Türen und andere Gänge ab und ein paar Leute liefen eilig umher. Die Agenten verschwanden im ersten Gang nach links und Gabriella führte Adrian durch die Gänge, mal rechts, mal links, mal geradeaus. Schließlich hielt sie vor einer Tür an und zog einen Schlüssel aus ihrer Tasche hervor.

„Das ist ab sofort dein neues Zuhause!", sagte Gabriella und reichte ihm den Schlüssel. „Ich werde dich morgen um zehn Uhr abholen, um alles Weitere zu klären. Gute Nacht!"

Und schon war Gabriella um die nächste Ecke verschwunden. Adrian schloss unsicher die Tür auf, betrat sein neues Reich und machte Licht an. Vor ihm lag ein riesiger Raum mit einem Bett, einer Sofaecke mit einem Fernseher und ein paar Spielkonsolen, einer Küchenzeile und einem Tisch mit vier Stühlen. Links an der Wand stand noch ein Regal mit einer Stereoanlage, ein paar CDs und einer Menge Bücher. Eine Tür führte in ein großes Badezimmer, das glänzte und hochmodern eingerichtet war. Ungläubig lief Adrian in dem Raum umher und schaute sich alles genauer an. Schließlich machte er den Fernseher an und ließ sich aufs Bett fallen.

Wenn doch nur Bastian und Gerrit hier wären ...

„Hallo! Wer seid ihr?", fragte das Mädchen, nachdem es eine Weile geschwiegen hatte.

„Wer bist du?", fragte Bastian zurück.

„Bartholomäus hat euch nicht von mir erzählt?", fragte das Mädchen erschrocken.

Gerrit und Bastian schüttelten den Kopf.

„Dann weiß er nicht, dass ihr hier seid?", fragte es weiter.

Wieder schüttelten die beiden den Kopf.

„Oh mein Gott! Oh! Oh nein! Was ... was soll ich nur

tun? Ihr dürftet gar nicht wissen, dass es mich gibt!", jammerte das Mädchen, lief in dem Bildschirm auf und ab und schlug sich ständig die Hände vors Gesicht.

„Wie kannst du uns eigentlich sehen?", wollte Gerrit wissen.

„Kamera", nuschelte das Mädchen, dann sah es auf. „Am besten komme ich einfach rauf und erzähle euch alles, dann versteht ihr alles, dann ... hoffentlich ist er dann nicht sauer ..." Aufgebracht verschwand das Mädchen von dem Bildschirm.

Da flog mit einem Krachen die Tür auf und Bartholomäus stand vor den Jungen. Er war rot im Gesicht und kochte vor Wut. „Habe ich euch erlaubt, hier reinzugehen?", fragte er mit zusammengebissenen Zähnen.

„Ich ... wir ... also ...", stammelte Bastian.

„Wo ist Adrian?", fragte Gerrit schüchtern.

Da platzte Bartholomäus der Kragen. „Ich weiß nicht, wo Adrian ist!", brüllte er und spuckte Gerrit und Bastian dabei aus Versehen an. Dazu sagten die beiden jetzt aber lieber nichts. Da bemerkte Bartholomäus den Bildschirm und sofort verschwand die rote Farbe aus seinem Gesicht. Er sah jetzt aus wie eine Leiche, so weiß war er. Mit höchster Anstrengung versuchte er, die Lippen, die er zu einem schmalen Strich zusammengepresst hatte, auseinander zu kriegen. „Habt ihr etwa ...?"

Da hörten sie ein metallisches Kratzen unter ihnen. Mit einem Ruck fuhr der Boden unter Bastians und Gerrits Füßen zur Seite weg und sie sprangen schnell zurück. Erschrocken schauten sie in den tiefen Schacht, der vor ihnen lag. Ein grauer Kasten, der aussah wie ein Aufzug, kam herauf gefahren. Mit einem Quietschen hielt er schließlich mitten im Raum an und das Mädchen, das eben noch in dem Bildschirm gewesen war, trat heraus.

„Oh!", stieß es erschrocken hervor, als es Bartholomäus

erblickte. „Bartholomäus, du bist schon da!"

„Ja, ich bin schon da!", knurrte Bartholomäus wütend. „Und jetzt erklärt ihr mir bitte, was hier vor sich geht!"

„Also ...", stammelte Bastian. „Wir haben uns gefragt, warum du uns nie ins Gartenhäuschen lässt, da haben wir nachgesehen und dann hat Gerrit aus Versehen auf den Knopf gedrückt und dann ..."

„Wie kann man aus Versehen auf einen Knopf drücken?", fragte Bartholomäus, jetzt schon ein bisschen ruhiger.

„Jedenfalls bin ich dann zur Komzentrale gegangen", erzählte jetzt das Mädchen, „aber da warst nicht du, sondern die beiden Jungen ..."

„Ist jetzt auch egal", nuschelte Bartholomäus. „Wir haben nämlich ein Problem und ich hätte den beiden jetzt sowieso von dir und Pascal erzählt. Wo ist Pascal überhaupt?"

„Er schläft noch", antwortete das Mädchen.

„Dann weck ihn und komm mit ihm ins Haus!", sagte Bartholomäus und wollte aus dem Gartenhäuschen gehen.

„Ich hab da noch eine Frage!", rief Gerrit plötzlich. Er hatte die ganze Zeit nichts gesagt. „Was ist eine Komzentrale?"

„Das Ding, über das ihr mit Franziska geredet habt, eine Kommunikationszentrale", antwortete Bartholomäus. „Und jetzt kommt mit ins Haus!"

Bartholomäus verschwand im Garten. Gerrit und Bastian schauten noch, wie Franziska erleichtert grinsend mit dem Kasten im Erdreich verschwand, und folgten ihm dann.

Bartholomäus setzte sich an den Küchentisch und vergrub sein Gesicht in seinen Händen.

„Wo ist denn jetzt eigentlich Adrian?", fragte Gerrit wieder. „Weißt du wirklich nicht, wo er ist?"

Bartholomäus seufzte. „Können wir warten, bis Franziska und Pascal auch da sind, dann muss ich nicht alles doppelt und dreifach erzählen!"

Gerrit nickte stumm und Bastian schluckte. Bartholomäus war ganz schön fertig mit den Nerven. Irgendetwas musste ihn total mitgenommen haben. Und da Adrian verschwunden war, Bartholomäus meinte, sie hätten ein Problem, und er ihnen Franziska und Pascal vorstellen wollte, nachdem er sie anscheinend schon eine längere Zeit vor ihnen versteckt gehalten hatte, musste irgendetwas wirklich Schlimmes passiert sein.

Da kam Franziska herein. Ihr folgte Pascal, der ungefähr dreizehn Jahre alt sein musste. Er hatte blondes Haar, eine recht coole Frisur, strahlend grüne Augen und trug einen grünen Pullover.

„Hi!", sagte er schüchtern und schlich sich zu einem der Stühle, als hoffte er, niemand würde ihn sehen.

„Gut", begann Bartholomäus und vier Augenpaare waren gespannt auf ihn gerichtet. „Bastian, Gerrit, das sind Franziska und Pascal. Franziska, Pascal, das sind Bastian und Gerrit."

Die vier Kinder nickten und schauten Bartholomäus weiter gespannt an.

„Bastian und Gerrit, Franziska und Pascal sind Hüter des Gleichgewichts. Sie müssen darauf achten, dass die Elemente im Gleichgewicht bleiben. Beide sind jeweils einem Elementen-Stein zugeordnet. Leider werden sie von ihren Steinen gerufen, um ihre Arbeit zu verrichten, obwohl die Elemente nirgendwo aus dem Gleichgewicht gekommen sind! Das heißt wahrscheinlich, dass der schlimmste Feind des Schöpfers der Steine, Malumis, dabei ist, sich aus seinem Gefängnis zu befreien. Er ist ein übler Zauberer, mit dessen Freiheit eine dunkle Zeit hereinbrechen würde. Aber leider wissen wir nicht, wie wir das verhindern sollen, da der Stein, in dem er gefangen ist, sich immer noch in der

Höhle befindet, in der er geschaffen wurde." Bastian und Gerrit starrten Bartholomäus mit offenen Mündern an, aber Franziska und Pascal kannten die Geschichte schon. „Du ... veräppelst uns!", stammelte Bastian.

Bartholomäus schüttelte den Kopf. „Das ist jetzt aber erst einmal zweitrangig. Denn vorhin hat ein Polizist Adrian und mich festgenommen. Und plötzlich wurde Adrian auch von einem Stein gerufen. Er ist ein Hüter des Gleichgewichts! Und ausgerechnet ich habe das all die Jahre nicht bemerkt!"

„Du meinst, Adrian ... ist auch so ein ... komischer Dingsda ... und muss auch die ... Elemente dingsen?", fragte Gerrit ungläubig.

Bartholomäus nickte. „Sein Element ist das Feuer. Er war es auch, der die Gasflasche hat explodieren lassen, die Egon getötet hat. Dafür konnte er nichts, das war sein Unterbewusstsein. Franziskas Element ist das Wasser und Pascals die Erde. Aber den Hüter, dessen Element die Luft ist, haben wir noch nicht gefunden."

Pascal und Franziska seufzten.

„Aber was ist denn jetzt mit Adrian?", drängte Bastian Bartholomäus dazu, weiter zu erzählen.

Bartholomäus schluckte. „Das ist ja das Problem. Ich weiß nur noch, dass wir in den Polizeiwagen gestiegen sind, danach erinnere ich mich nur daran, dass ich mit dem Polizisten im Verhörraum auf der Polizeiwache stand, aber Adrian war weg."

„Aber du musst doch irgendetwas wissen!" Bastian war erschrocken aufgesprungen.

„Ja, ja, warte doch mal!" Bartholomäus wies Bastian an, sich wieder zu setzen, dann erzählte er weiter. „Als ich in dem Raum wieder aufgewacht bin – so nenn ich das jetzt mal –, habe ich noch einen Mann im schwarzen Anzug weggehen sehen. Ich war sofort misstrauisch und bin ihm hinterher gelaufen. Vor der Polizeiwache konnte ich dann noch eine schwarze Limousine entdecken, in der der Mann und eine zweite, genauso gekleidete Person mit Adrian wegfuhren. Sofort wurde mir Einiges klar: Die Männer in den schwarzen Anzügen, die schwarze Limousine, meine fehlende Erinnerung ... Adrian musste vom AGS, vom Amt für geheime Staatsangelegenheiten, verschleppt worden sein. Sie haben eine wirklich gute Erfindung gemacht: den Gedächtnisstift. Er entzieht dem, den er berührt, die Erinnerung an die vergangenen Stunden. Mit so einem müssen sie mich auch attackiert haben.

Jedenfalls denken diese Leute – manche davon nennen sich sogar Agenten! –, sie würden immer alle Spuren verwischen und niemand wüsste von ihnen, aber es ist schwer, eine Organisation mit gut achthundert Mitarbeitern völlig zu vertuschen. Es wundert mich, dass sie es bis jetzt so gut hinbekommen haben. Mich jedenfalls haben sie noch nie hinters Licht führen können. Ich weiß alles über sie. Sie sammeln alle möglichen Leute, die in irgendwelcher Weise übernatürliche beziehungsweise abnorme Fähigkeiten besitzen, besitzen könnten oder besitzen sollen, ein, um sie genauestens zu überprüfen. Sie sagen ihnen, sie würden das nur zu ihrem Besten tun, aber ich glaube, dass sie die Leute, die wirklich nützliche Kräfte besitzen, für sich und den Staat ausnutzen, zum Beispiel, um sie in der Industrie oder im Krieg einzusetzen. Es wundert mich also nicht, dass sie es auch auf die Hüter abgesehen haben. Das Problem, das ich sehe, ist, dass uns der Stein des Feuers fehlt, und wenn die ihn besitzen, werden sie in große Schwierigkeiten kommen. Und wenn nicht sie, dann zumindest Adrian."

„Wie meinst du das?", fragte Bastian verwirrt.

Bartholomäus schaute sehr ernst drein. „Nun ja, wenn Adrian an den Stein kommt, könnte er mit seinen Kräften immense Schäden anrichten. Das wäre nicht gut für das

AGS, aber wenn er nicht an den Stein kommt, wird er sich nicht befreien können. Das wäre dann nicht so gut für Adrian."

„Weißt du denn, wo sich Adrian befindet?", fragte Franziska.

„Wahrscheinlich im Stützpunkt", antwortete Bartholomäus. „Der liegt tief unter der Erde in einem Wald bei Trinalka. Aber es ist unmöglich, den Eingang zu finden. Den haben sie nämlich ausnahmsweise mal gut versteckt."

Franziska nickte. „Also können wir vorerst nicht nach ihm suchen ..."

„Warum hast du Franziska und Pascal eigentlich die ganze Zeit vor uns versteckt und warum leben sie überhaupt bei dir?", wollte Bastian wissen.

„Nun, wir konnten das Risiko, dass Organisationen wie das AGS oder andere, die die beiden ausnutzen wollten, sie fänden, nicht eingehen. Deshalb haben sie sich versteckt", erklärte Bartholomäus. „Natürlich hatten sie es immer gut bei mir und es ist ja nicht so, dass ich sie dort unten eingesperrt hätte. Wenn sie raus wollten, habe ich sie immer gelassen. Und sie leben bei mir, weil Franziskas Eltern sie verstoßen haben, als sie mit vier eine Flutwelle aus ihrem Pool kommen ließ. Pascal habe ich aus einem Kinderheim geholt. Irgendwie ist es eine blöde Angewohnheit der Hüter, ohne Eltern aufzuwachsen."

„Oh, das tut mir leid", nuschelte Bastian.

„Ist schon in Ordnung!", sagten Franziska und Pascal gleichzeitig. „Ihr seid ja auch ohne Eltern aufgewachsen", fügte Franziska hinzu.

„Woher wisst ihr das?", fragte Bastian verwirrt.

„Wir haben Bartholomäus über alle Menschen, die je sein Haus betreten haben, ausgefragt!", sagte Franziska verschmitzt grinsend und zwinkerte Bastian zu.

Drei Aufgaben

Als Adrian aufwachte, fühlte er sich prächtig. Er hatte noch nie so gut geschlafen wie in dieser Nacht. Er fragte sich, ob es daran lag, dass er jetzt eine eigene Wohnung hatte, oder daran, dass das Bett so bequem und weich gewesen war – nicht wie die schäbigen Matratzen auf dem Fußboden der alten Dachgeschosswohnung. Jetzt fehlte nur noch, dass Bastian und Gerrit hier waren. Langsam fing er doch an, sie zu vermissen. Er war noch nie so lange von ihnen getrennt gewesen.

Adrian ging ins Badezimmer und konnte sich das erste Mal seit Jahren wieder richtig ausgiebig duschen. Als er nach einer guten Stunde wieder aus dem Badezimmer kam, bemerkte er den Stapel Anziehsachen, der in dem Regal an der Wand lag. Er musste ihn wohl gestern Abend übersehen haben. Er suchte sich die Sachen raus, die ihm am besten gefielen, und zog sie an. Er fühlte sich endlich einmal wieder richtig sauber. Und als er sich in dem Spiegel im Badezimmer ansah, musste er unwillkürlich grinsen, denn er sah einen Jungen, den niemand mehr für einen Straßenjungen halten würde.

Plötzlich klopfte es an der Tür. Adrian ging hin und öffnete sie. Gabriella stand da und lächelte ihn an.

„Guten Morgen!"

„Morgen!", begrüßte Adrian sie und ließ sie herein.

„Gut geschlafen?", fragte sie und Adrian nickte. „Nun, dann zieh dir mal Schuhe an und komm mit."

Adrian tat, was Gabriella ihm sagte, schloss die Tür ab und folgte ihr durch das Gewirr von Gängen. Er fragte sich, wie Gabriella und die anderen Leute, die bereits eilig durch die Gänge huschten, sich hier zurechtfanden, denn es gab nicht den leisesten Hauch eines Anhaltspunktes, an dem man hätte festmachen können, wo man sich gerade befand. Jeder Gang sah gleich aus, hatte gleich viele Türen, war gleich lang und Adrian vermutete sogar, dass die Gänge in einem vollkommen geraden Gitter angelegt waren, sodass die Räume zwischen den Gängen alle gleich groß waren. Gabriella bog wieder um eine der vielen Ecken und plötzlich standen sie doch vor einem Anhaltspunkt: einem Aufzug. Die Türen öffneten sich und Gabriella und er stiegen ein. Wie Adrian an den Knöpfen erkennen konnte, wohnte er im obersten, im ersten Stock, und es gab noch neun weitere, die unter ihnen lagen.

„Du solltest besser nicht alleine dein Zimmer verlassen!", sagte Gabriella plötzlich. „Ich habe ein gutes Jahr gebraucht, um mir die verschiedensten Kombinationen von rechts, links und geradeaus zu merken, um von hier nach da zu kommen. Einmal wollte ich von meinem Büro in den Speisesaal gehen, bin aber aus Versehen die Kombination gegangen, die zum Ausgang führte. Das Problem war, dass ich von dort aus keine Kombination zum Speisesaal wusste, deshalb musste ich wieder zurück zu meinem Büro. Auf dem Weg war ich aber so nervös, dass ich schließlich gar nicht mehr wusste, wo ich überhaupt war."

„Und wie hast du dann zurückgefunden?", fragte Adrian neugierig.

„Eine nette Angestellte hat mir den Weg zu einem der Aufzüge gezeigt", antwortete Gabriella. „Es gibt übrigens vier davon. Ich werde dir demnächst ein paar Kombinationen aufschreiben, weil du eine Art Stundenplan kriegen wirst."

Es piepte und die Fahrstuhltüren gingen wieder auf. Sie stiegen aus und Adrian lief wieder neben Gabriella her.

„Was für einen Stundenplan?", fragte Adrian verständnislos.

„Wir gehen gerade zu Mike. Er wird dich untersuchen und feststellen, welche Fähigkeiten du hast. Zu ihm musst du jeden Tag um elf Uhr. Ab morgen hast du jeden Tag um drei Uhr Sport, damit du uns hier unten nicht versauerst. Von acht bis zehn kannst du im Speisesaal frühstücken, von zwölf bis zwei zu Mittag und von fünf bis sieben zu Abend essen. Neben dem Speisesaal ist auch noch ein kleiner Lebensmittelladen, falls du mal nicht im Speisesaal essen, sondern lieber selbst etwas kochen möchtest. Außerdem musst du alle zwei Tage abends zum Arzt. Die Uhrzeiten wird dir Mike immer sagen. Und da ich dich nicht immer zu allem hinbringen kann, werde ich dir die Wege aufschreiben."

Adrian nickte. Ganz schön hart, was die hier mit ihm anstellten. So viele Termine hatte er in seinem ganzen Leben noch nicht gehabt. Sonst war er morgens irgendwann aufgestanden, wenn Bastian oder Gerrit ihn geweckt hatten oder er keine Lust mehr gehabt hatte, liegen zu bleiben. Sie hatten gegessen, wenn sie Hunger bekommen hatten, und hatten jeden Tag spontan entschieden, was sie machen wollten. So durchgeplant wie diese waren seine Tage das letzte Mal im Kinderheim gewesen, bevor er abgehauen war. Damals hatte er noch zur Schule gehen müssen und nachmittags hatte er mehrmals in der Woche Handball gespielt.

Gabriella hielt jetzt vor einer der vielen Türen und klopfte an. Von drinnen kam so etwas wie ein Grunzen. Gabriella trat ein und Adrian folgte ihr. Der Raum war genauso groß wie Adrians Raum, aber er war ganz anders eingerichtet. Direkt neben der Tür stand ein riesiger Schreibtisch mit einem Computer, zwei Stühlen davor und jeder Menge

Gerätschaften darauf, deren Funktionen Adrian nicht einmal erraten konnte. Dahinter saß ein junger Mann, um die zwanzig Jahre alt. Er hämmerte wild auf die Tastatur ein, während er die Zunge zwischen die Lippen gepresst hatte, die von einem stoppeligen Bart umgeben waren, und starrte durch eine dicke, schwarze Brille auf den Bildschirm. Hinter ihm an der Wand stand ein langes Regal, das bis zur Decke voll gestapelt war mit ebensolchen sonderbaren Geräten, wie sie auch auf Mikes Schreibtisch standen. Sonst war der Raum leer – bis auf einen riesigen Glaskasten in der linken Ecke, der durch allerlei Rohre und Kabel mit Mikes Computer und ein paar seltsamen Kästen unter dem Schreibtisch verbunden war.

„Mike, das ist Adrian", stellte Gabriella Adrian vor.

Entzückt schaute Mike von dem Bildschirm auf und grinste Adrian schief an. „Ah, der Hüter des Gleichgewichts. Oh, wie ich mich auf dich gefreut habe, das glaubst du gar nicht!" Er sprang auf und schüttelte Adrian überschwänglich die Hand. „Die ganzen Tests und so weiter werden so interessant werden. Ich hatte nämlich noch nie einen besonderen Fall. Bis jetzt hat immer Klaas die ganzen interessanten Leute bekommen. Ich hatte einmal ein Mädchen, das konnte sich in nicht mal einer Sekunde von einem Ort zum anderen beamen, und eine alte Frau, die sich einfach nicht von ihrem Spazierstock trennen wollte, der einmal einem alten Zauberer gehört hatte. Sie hat mit ihm die ganze Nachbarschaft verhext. Aber jemanden, der richtig interessant war, jemanden wie dich, hatte ich noch nie! Das wird ein Spaß! Setz dich doch!"

Mike hechtete wieder hinter seinen Schreibtisch und hämmerte weiter auf die Tastatur ein. Adrian ließ sich auf einen der Stühle vor dem Schreibtisch sinken.

„Ich bin dann mal weg!", verkündete Gabriella hinter ihm. „Ich werde wohl jetzt deine Kombinationen anfertigen!" Mit einem Lächeln verschwand sie auf dem Gang. Die Tür fiel ins Schloss und es war ruhig, bis auf das Klappern der Tastatur.

„Kannst du dir auch die Wege nicht merken?", fragte Mike plötzlich.

„Wie sollte man sich die auch merken können?", meinte Adrian. „Die Gänge sehen alle gleich aus."

Mike nickte. Ohne von seinem Bildschirm aufzuschauen, wedelte er mit einem Blatt Papier, das er unter einem kleinen Glaszylinder mit einer dicken, grünlichen Flüssigkeit hervorgezogen hatte. „Ich kann sie mir auch nicht merken! Hast du eigentlich auch so ein großes Appartement bekommen wie das Mädchen und die Alte?"

Adrian nickte.

„Ich wünschte, die Arbeiter bekämen auch solche herrlichen Wohnungen!" Mike seufzte. „Jeden Abend muss ich durch diesen blöden Wald laufen, das Stück Boden suchen, in dem mein Fahrrad verschwunden ist, und dann muss ich kilometerweit mit dem Fahrrad den ganzen Baumstämmen ausweichen, bis ich wieder in der Stadt bin! Und als ob das nicht schon genug wäre, muss ich meinen Freunden auch noch erzählen, ich wäre ein Steuerberater! Diese ganzen coolen Sachen – ein Mädchen, das sich von einem zum anderen Ort teleportieren kann – davon darf ich niemandem erzählen! Das ist total gemein."

Adrian wusste nicht, was er darauf antworten sollte, und sagte lieber gar nichts.

„So, dann lass uns mal beginnen!" Mike stand auf und knetete aufgeregt seine Hände.

„Womit beginnen?"

„Na, mit der Untersuchung! Steh schon mal auf!" Und während Adrian sich widerwillig erhob, schnappte sich Mike genauso einen Kassenpiepser, wie ihn auch Agent Neun gehabt hatte, von dem Regal und hielt ihn Adrian entgegen. Das Ding piepste und Mike schaute auf das Display. Er nickte, hüpfte wieder hinter seinen Schreibtisch und hämmerte auf die Tastatur ein. Dann schmiss er den Piepser zurück ins Regal und schnappte sich etwas, das aussah wie eine Halskrause. Und tatsächlich legte Mike das Ding um Adrians Hals, drückte auf ein paar Knöpfe und sprang zurück. Mit leuchtenden Augen beobachtete er Adrian, der anfing zu lachen, weil ihn irgendetwas an der Narbe kitzelte, und das Display, auf dem nach und nach verschiedene Zahlen aufleuchteten. Schließlich drückte er wieder ein paar Knöpfe, nahm Adrian die Halskrause ab, steckte das Ende eines Kabels hinein und schloss das andere Ende an den Computer an. Er hämmerte mal wieder wild auf die Tastatur ein, klickte kurz mit der Maus, riss das Kabel wieder ab und warf die Halskrause zurück auf das Regal.

„Sehr interessant", murmelte er mit glühenden Augen. Dann rief er Adrian: „Komm mal hier rüber!"

Adrian ging zu Mike, der eine kleine Waage unter dem Regal hervorgeholt hatte, und stellte sich auf die silberne Platte. Auf dem schwarzen Display leuchtete eine rote 60 auf und sofort sprintete Mike zu seinem Computer, schlug auf die Tastatur und kam zurück. Mit einem Tritt ließ er die Waage wieder unter dem Regal verschwinden. Er zog ein Maßband aus einer Kiste hervor und nahm Adrians Größe, seinen Kopfumfang, die Länge seiner Ohren, Finger und Füße und den Abstand zwischen seinen Augen. Wieder eilte er zum Computer, zertrümmerte fast die Tastatur und schubste Adrian dann zu dem Glaskasten in der linken, hinteren Ecke des Raums.

„Einmal da rein!", wies er Adrian an, drückte ein paar Knöpfe und zischend glitt eine der Glasscheiben nach oben weg. Unsicher setzte Adrian einen Fuß hinein und Mike blaffte ihn an: „Na, mach schon! Wir haben nur noch eine Viertelstunde!"

Also fragte sich Adrian gar nicht erst, was ihn erwartete, und stellte sich in die Mitte der Wände. Zischend fuhr die eine Glaswand wieder herunter. Adrian schluckte und beobachtete, wie Mike zu seinem Schreibtisch ging und an den Kästen herumfummelte, die darunter standen. Dann ließ er sich in seinen Schreibtischstuhl fallen, schlug auf die Tastatur ein, kratzte sich kurz am Kopf, richtete seine dicke Brille, klickte mit der Maus und verprügelte weiter die Tastatur.

Plötzlich schrie er: „Achtung! Es geht los!", und klickte noch einmal mit der Maus. Bei Adrian im Glaskasten zischte es und durch einen Schlitz unten am Glas drang ein unsichtbares Gas aus einem der Rohre.

„Was ist das?", fragte Adrian ängstlich. Aber Mike schien ihn nicht zu hören. Stattdessen klebten seine fetten Brillengläser an dem Computerbildschirm und seine Augen klebten an den Brillengläsern. Ungläubig schüttelte er den Kopf und klickte mit der Maus.

In dem Glaskasten fing es jetzt an, zu piepsen. Und plötzlich leuchtete die Decke rot. Nein, eine Scheibe aus rotem Licht hing unter der Decke. Jetzt kam sie langsam nach unten. Wie ein Scanner fuhr sie über Adrian, dann piepste es wieder und das Licht verschwand zu seinen Füßen.

Dann drang schon das nächste Gas durch eines der anderen Rohre herein. Dieses Mal konnte Adrian es sehen. Es sah aus wie gelblicher Wasserdampf. Und dann roch er es auch, irgendwie erinnerte es ihn ein wenig an den Geruch verfaulter Eier. Ein Lüftungssystem vertrieb den Dampf allmählich und wieder erschien die rote Lichtscheibe.

Als sie verschwunden war, starrte Mike fasziniert auf den Computerbildschirm. Seine Augen waren jetzt so groß, dass sie die Brillengläser quasi komplett ausfüllten. Adrian hätte auch gerne gesehen, was es da so Interessantes über ihn zu lesen gab. Aber er stand immer noch in dem Glaskasten und es sah so aus, als ob er da nicht so schnell wieder herauskommen würde.

„So, dann probieren wir das mal aus!", sagte Mike, als ob er jetzt gleich den Mond betreten würde. Seine Augen leuchteten vor Eifer, Begeisterung und Vorfreude und Adrian fragte sich, ob er vielleicht ein bisschen verrückt war. Mike nahm den Glaszylinder mit der grünen Flüssigkeit und verschwand damit unter dem Schreibtisch. Adrian konnte sehen, dass er irgendetwas mit einem der Kästen machte, dann tauchte er wieder auf und klickte mit der Maus. Er drehte sich zu Adrian um und wartete gespannt darauf, was geschehen würde.

Da strömte auch schon dicker, grün leuchtender Qualm durch einen der Schlitze herein und legte sich leise über den Boden. Langsam füllte sich der Glaskasten wie eine Badewanne mit dem grünen Gas. Mittlerweile stand Adrian bis zur Hüfte darin und schaute unsicher zu Mike.

Der hatte die Zunge so hart zwischen die Lippen gepresst, dass sie ganz weiß geworden war und es so aussah, als ob sie gleich abfallen würde. Seine Augen zitterten und ihm lief eine Schweißperle langsam die Stirn hinunter in den stoppeligen Bart hinein.

Als das Gas Adrians Hals erreichte, begann seine Narbe fürchterlich zu kribbeln und Adrian hatte kein gutes Gefühl dabei. Das Gas kroch sein Kinn hoch und schließlich legte es sich über seinen Mund. Adrian fing an, durch die Nase zu atmen, aber das Gas war auch bis dorthin rasch gestiegen und Adrian musste es einatmen. Es fühlte sich schlimmer an, als wenn man Wasserdampf einatmete (Adrian hatte das mal aus Spaß mit Bastian und Gerrit beim Kochen gemacht), und Adrian fühlte sich immer schwerer. Das Gas schien durch seine Adern zu kriechen und sich nach und nach wie Blei auf jedes seiner Glieder zu legen. Er fing an zu husten und sah rote Punkte in den grünen Dampfschwaden. Vor ihm tauchte eine kleine grüne Pyramide auf, die Spitze auf ihn gerichtet; sie rückte im bedrohlich nahe, er wollte zurückweichen, aber seine Beine gehorchten ihm nicht mehr. Die Spitze musste ihn jeden Moment aufspießen. Da zersprang die Pyramide in Tausend rot glühende Teilchen und Adrian sackte regungslos zu Boden.

Als Bastian aufwachte, roch es lecker nach frischen Pfannkuchen. Er setzte sich hin und rieb sich die Augen. Neben ihm war Gerrit noch tief und fest am Schlafen. Er schnarchte ein bisschen. Bastian erhob sich und ging in die Küche. Dort stand Franziska am Herd und briet goldbraune Pfannenkuchen. Sie sahen echt köstlich aus.

„Morgen!", nuschelte Bastian und setzte sich zu Bartholomäus an den Tisch. „Warum hast du uns nie so ein tolles Frühstück gemacht?", fragte er ihn mit einem Grinsen.

„Na, hör mal!", antwortete Bartholomäus. „Als ob ich Pfannkuchen machen könnte!"

„Möchtest du deine mit Äpfeln?", fragte Franziska und lächelte ihn an.

Bastian nickte und sah zu, wie Franziska sich einen Apfel schnappte, ihn in Windeseile schälte, zerschnitt und dann mit ein wenig Teig in die Pfanne warf.

„Du kannst mal Pascal wecken gehen, während ich hier deinen Pfannkuchen fertig mache!", sagte sie zu Bastian, ohne aufzusehen.

Also stand er auf und ging in das Gartenhäuschen. Dort drückte er auf den roten Knopf und hörte von weit unten das Klingeln. Aber er war nicht davon überzeugt, dass Pascal von dem einen Klingeln wach geworden war, also drückte er noch ein paar Mal auf den Knopf. Dann fuhren endlich die beiden Bretter in der Wand zur Seite und der Bildschirm dahinter ging an. Pascal erschien darauf, ziemlich verschlafen. Seine leuchtend grünen Augen waren halb geschlossen und seine gestern so coolen, blonden Haare standen in alle Richtungen ab.

„Oh, Morgen!", sagte er leise.

„Morgen! Du sollst hochkommen, Franziska macht Pfannkuchen!", verkündete Bastian.

Pascals Augen waren mit einem Mal hellwach. „Franziskas Pfannkuchen? Ich bin sofort da!", rief er eifrig, dann verschwand er vom Bildschirm, der ging aus und die beiden Bretter fuhren wieder in ihre alte Position.

Bastian schüttelte grinsend den Kopf und ging wieder ins Haus. Dort stand schon sein dampfender Apfelpfannkuchen auf dem Tisch. Schnell setzte er sich hin und fing an zu essen. Der Pfannkuchen schmeckte einfach köstlich.

„Der ist sehr gut!", lobte Bastian Franziska mit vollem Mund und Bartholomäus begann mit einer Standpauke über gutes Benehmen. Bastian könnte doch nicht vor so einer reizenden Dame wie Franziska mit vollem Mund sprechen.

Pascal kam herein, trug heute einen grün-weiß gestreiften Pullover und hatte seine Haare nun wieder zu einer anständigen Frisur gestylt. „Morgen!", sagte er fröhlich und setzte sich an den Tisch.

Sofort schob ihm Franziska einen Apfelpfannkuchen hin und Pascal strahlte. „Pascal isst jedes Mal nur Apfelpfannkuchen!", erklärte Franziska Bastian, dann machte sie Bartholomäus und sich noch jeweils einen Pfannkuchen ohne Äpfel und setzte sich mit an den Tisch.

Während Bartholomäus sich nach und nach ein paar Stücke Pfannkuchen in den Mund schob, sagte er laut: „Ich werde ... euch gleich ... hm, lecker! ... erklären, was wir ... demnächst so alles ... zu tun haben."

Sofort ermahnte Bastian Bartholomäus, dass er doch vor Franziska ein besseres Benehmen an den Tag legen sollte, und alle lachten. Da kam Gerrit herein und Franziska stellte sich wieder an den Herd.

„Mit Äpfeln oder ohne?"

„Danke, ohne!", antwortete Gerrit und setzte sich an den Tisch. „Ist Adrian wieder da?"

Bartholomäus schüttelte den Kopf.

„Oh!" Gerrits erwartungsvolles Lächeln verschwand und traurig ließ er den Kopf hängen.

Bartholomäus machte den Mund auf, um etwas zu sagen, als er Gerrits betrübtes Gesicht sah. Da fiel ihm noch rechtzeitig ein, vorher runterzuschlucken. „Kopf hoch, mein Junge!", sagte er schließlich. „Ich weiß, dass es die Leute, die vom AGS geholt werden, immer ganz gut dort haben. Und sobald ihm Gefahr droht, wird er sicher entkommen können. Du musst immer daran denken, was für Kräfte in ihm schlummern!"

Gerrit nickte, ließ aber den Kopf noch tiefer hängen, damit niemand sah, dass er den Tränen nahe war. Franziska bemerkte es trotzdem und nahm ihn in den Arm. „Ist schon gut! Wein dich mal so richtig aus, das ist immer das Beste!"

Und als hätte Gerrit darauf gewartet, dass ihn jemand dazu aufforderte, fing er sofort an zu schluchzen.

„Hat der es gut, mich hat sie noch nie in den Arm genommen ...", murmelte Pascal und stopfte sich noch ein Stück Pfannkuchen in den Mund. Dafür sah ihn Bartholomäus mit einem strafenden Blick an.

Franziska ließ Gerrit wieder los und der fing an, in seinem Pfannkuchen herumzustochern. „Es ist nur so: Ich vermisse ihn ganz schön."

„Das kann ich gut verstehen", sagte Bartholomäus mit einem beruhigenden Lächeln. „Schließlich seid ihr ja sozusagen eine Familie. Wenn es dir nichts ausmacht, möchte ich jetzt gerne besprechen, was wir demnächst alles zu tun haben."

Bartholomäus schaute zu Gerrit, der nickte, und Bartholomäus fuhr fort: „Wir haben drei Aufgaben: Als Erstes wäre da natürlich, Adrian zu finden und hierher zu bringen, was für uns im Moment unmöglich ist. Also kommen wir zur zweiten Aufgabe, die darin besteht, den letzten Hüter des Gleichgewichts zu finden. Da können wir auch so gut wie nichts ausrichten, deshalb bleibt nur noch die dritte Aufgabe: den fünften Stein, den Stein des Blitzes, aus der Höhle zu holen."

„Du weißt, wo die Höhle ist?", riefen Franziska und Pascal gleichzeitig und gleichsam empört.

Bartholomäus nickte.

Keiner sagte etwas und in die Stille hinein läutete es an der Tür. Bartholomäus erschrak ein wenig und wies Franziska und Pascal an, schnell ins Gartenhaus zu rennen. Er selbst erhob sich und schlurfte langsam zur Tür.

Bartholomäus öffnete und vor ihm stand eine relativ junge Frau. Ihre langen, hellbraunen Haare hingen jedoch fettig und verfilzt herunter und Bartholomäus glaubte, dass sie sonst wohl eher in wallenden, schönen Locken herunterfielen. Die Frau hatte den Arm ausgestreckt und sich erschöpft gegen den Türpfosten gelehnt. Jetzt, da Bartholomäus vor ihr stand, hob sie den Kopf. Sie schwitzte und zitterte, hatte Ringe unter den Augen und war völlig außer Atem.

„Ich halte ... das nicht ... mehr aus!", presste sie stockend hervor, während sie andauernd versuchte, tief Luft zu holen.

„Wollen Sie nicht erst einmal hereinkommen, sich beruhigen und etwas trinken?", fragte Bartholomäus höflich. „Danach können wir ..."

„Nein!", unterbrach ihn die Frau. Ihre Augen weiteten sich und Bartholomäus wich erschrocken zurück. „Ich will, dass es aufhört!", schrie die Frau.

„Was denn? Was soll aufhören?"

„Erst macht sie, dass mich alle für verrückt halten!", keuchte die Frau. „Dann macht sie mir unmissverständlich klar, dass ich in diese Stadt, zum Rathaus, soll! Ich bin da ... aber da ist nichts! Und dann taucht sie wieder auf und sagt mir, ich soll hierhin!"

Die Frau hatte am Ende schon geschrien und starrte Bartholomäus durchdringend an. Langsam füllten sich ihre Augen mit Tränen.

„Ich kann einfach nicht mehr. Ich will, dass sie verschwindet! Aber was ist? Ich komme hierher und das Einzige, was hier ist, ist ein blödes Haus mit Garten!" Die Frau hatte wieder geschrien und brach jetzt in Tränen aus. Heulend lehnte sie an der Hauswand.

Bartholomäus trat zu ihr und legte einen Arm um sie. „Aber wer, wer tut ihnen so etwas an?", fragte er mit einer sanften, tröstenden Stimme.

Die Frau starrte ihn an wie ein kleines Kind und flüsterte: „Die schwarze Pyramide!"

Die Hüterin der Luft

Adrian öffnete die Augen und starrte an eine weiße Decke. Wo war er? Er richtete sich auf.

„Bastian? Gerrit?", rief er verwirrt, doch er bekam keine Antwort.

Adrian schaute sich um. Er saß auf einem tollen, weichen Bett inmitten eines mit den tollsten Sachen eingerichteten Raumes. Und langsam kamen seine Erinnerungen wieder. Das AGS, Gabriella, das Fliegen, seine eigene Wohnung, Mike und der Glaskasten ...

Adrian stand auf und strich sich seine zerknitterten Anziehsachen wieder glatt. Er schaute auf den kleinen Wecker auf dem Nachttisch: halb zwei mittags. Wenn er sich beeilte, bekam er noch etwas zu essen. Aber ... er kannte den Weg ja noch gar nicht!

Da bemerkte er zwei Zettel auf dem Nachttisch. Auf dem ersten standen ein paar Kombinationen von rechts, links und geradeaus, daneben von wo nach wo sie führten. Adrian lächelte und legte den Zettel zur Seite. Auf dem zweiten hatte ihm jemand schnell eine Nachricht hinterlassen:

Hallo Adrian!

Du fragst dich sicher, was passiert ist? Nun, eines der Test-Gase hatte eine sehr, sehr negative Wirkung auf dich und du bist ohnmächtig geworden. Es ist aber nichts weiter

Schlimmes passiert. Trotzdem solltest du heute Abend bei Dr. Gruber vorbeischauen, nur zur Sicherheit. Dein Termin ist um siebzehn Uhr. Wie du sicher schon bemerkt hast, habe ich dir, wie versprochen, ein paar Kombinationen aufgeschrieben, die zu Dr. Gruber ist auch dabei. Wenn du noch vor Ende der Mittagszeit aufgewacht bist, wünsche ich dir einen guten Appetit!

Wir sehen uns bald!

Gabriella

Adrian faltete den Zettel zusammen und steckte ihn in die oberste Schublade des Nachttischs, von dem er sich wieder den Zettel mit den Kombinationen nahm, ging aus dem Zimmer und schloss ab. Und dann ging's los: rechts, links, geradeaus, geradeaus, geradeaus, rechts, geradeaus, links, rechts, Aufzug, neunte Etage, links, geradeaus, geradeaus, links, geradeaus. Und schließlich stand Adrian vor einer großen Tür. Dahinter lag tatsächlich der Speisesaal, ein riesiger Raum mit mehreren Tischen und Bänken und einer langen Theke am anderen Ende des Saals.

Adrian ging hinüber und stellte sich an. Er nahm sich ein Tablett und Besteck und ließ sich ein paar Fleischbälle, einen Haufen Brokkoli und Kartoffeln auf einen Teller häufen, die leicht grünliche Soße probierte er lieber nicht. Am Ende der Theke bekam er noch ein Schälchen Vanillepudding, eine Banane und eine Flasche Wasser.

Adrian schaute sich um und ging auf einen komplett leeren Tisch zu, als unter ihm plötzlich der Boden vibrierte. „Nicht schon wieder", murmelte er, doch da brach schon die schwarze Spitze der Pyramide durch den Boden und Adrian ließ vor Schreck das Tablett fallen. Die Pyramide leuchtete auf und das Licht schmiss Adrian zu Boden, aber dieses

Mal schmerzten seine Augen kaum. Das Licht schien auch schnell schwächer und rötlicher zu werden, bis schließlich nur noch die Flamme leuchtete, deren Linien sich rasch zu der Karte veränderten. Wieder leuchtete grellgelb der Punkt, aber auch Adrian selbst war auf der Karte markiert. Er war ein großer, roter Punkt, neben dem in leuchtenden Lettern *Adrian* stand. Das konnte nicht sein! Der grellgelbe Punkt leuchtete direkt in dem roten Punkt! Wo auch immer Adrian der Pyramide zufolge hinsollte, es war direkt über oder unter ihm!

„Die was?" Bartholomäus starrte die Frau ungläubig an.

„Sehen Sie? Die Leute halten mich alle für verrückt!" Wieder brach die Frau in Tränen aus. „Aber ich schwöre es Ihnen, sie ist wirklich da! Sie bricht immer aus dem Boden und …"

„Aber ich glaube Ihnen ja, ich wollte mich nur noch mal vergewissern, ob ich mich auch nicht verhört habe! Was sagten Sie? Eine schwarze Pyramide?"

Die Frau nickte. „Mit einer Eingravierung. Es ist eine Wolke." Sie warf ihren Kopf in den Nacken und holte noch einmal tief Luft. Dabei fielen ihre Haare zurück und gaben den Blick auf eine kleine Narbe an ihrem Hals frei. Sie hatte die Form einer Wolke.

Bartholomäus lächelte. „Kommen Sie herein, meine Liebe!", sagte er fröhlich und führte sie ins Haus. „Ich kann Ihnen helfen!"

Bartholomäus brachte sie in die Küche, rückte ihr einen Stuhl zurecht und eilte zum Schrank, um ein Glas zu holen, es mit Wasser zu füllen und es vor der Frau auf den Tisch zu stellen.

Bastian sah Bartholomäus fragend an. „Was …?"

„Das ist Bastian", sagte Bartholomäus rasch zu der Frau. „Das ist Gerrit und ich bin übrigens Bartholomäus."

Um die Mundwinkel der Frau huschte ein leises Lächeln. „Ich bin Pauline, Pauline Marons."

Bartholomäus nickte und eilte zu Bastian hinüber. Unmerklich flüsterte er ihm ins Ohr: „Unsere zweite Aufgabe hat sich soeben von selbst gelöst. Sie ist eine Hüterin. Geh schnell ins Gartenhaus und sag Franziska und Pascal Bescheid. Sie sollen den Stein holen."

Bastian nickte und verschwand aus dem Zimmer. Gerrit wartete keine Sekunde und lief ihm hinterher. „Was ist los?"

„Sie ist die letzte Hüterin!", rief Bastian. „Wir …" Bastian stolperte in die Hütte hinein. Pascal saß auf der Werkbank und baumelte mit den Beinen, Franziska lehnte an der Wand. „Sie ist da!", rief Bastian und drückte auf den roten Knopf unter dem Lichtschalter.

„Wer?", fragten Franziska und Pascal gleichzeitig.

„Na, wer wohl? Eure Oma!", witzelte Bastian. „Natürlich die letzte Hüterin!"

„Im Ernst?", stieß Pascal hervor. Er war von der Werkbank gesprungen und stand ungläubig vor Bastian. „Aber wie …?" In dem Moment fuhr der Boden unter Pascals Füßen zur Seite und er sprang schnell in Sicherheit.

„Sagt mal, wie viele passen in das Ding da rein?", fragte Bastian interessiert.

„So ziemlich alle", antwortete Franziska grinsend. „Aber was willst du jetzt da unten? Lass uns lieber zu dieser Hüterin gehen!"

„Wir sollen den Stein holen", erklärte ihr Bastian. „Die Pyramide macht sie total fertig."

Pascal und Franziska schauten sich an und grinsten. „Das kennen wir!"

„Also los!", rief Bastian und drängte die anderen drei in den metallenen Kasten. Von innen sah er tatsächlich aus wie ein Aufzug und außerdem war er viel geräumiger, als man es von außen angenommen hätte. Pascal drückte einen Knopf und dann sausten sie mit einer so irren Geschwindigkeit nach unten, dass Gerrit kurz aufschrie. Mit einem gewaltigen Ruck hielt der Aufzug wieder und sie stiegen aus.

„Wie tief sind wir hier?", fragte Gerrit ein wenig ängstlich.

Franziska lachte. „Das weiß noch nicht mal Bartholomäus so genau."

Pascal war schon ein Stück einen langen Gang mit blaugrauen Wänden und einem weißen Boden entlanggegangen. Die komplette Decke bestand aus weiß leuchtenden Quadraten. Am Ende des Gangs hing an der Wand ein riesiges Bild von Franziska und Pascal.

„Kommt schon!", rief Pascal und die anderen folgten ihm. Es gab rechts und links ein paar Türen und Franziska sagte ihnen, dass das die Räume waren, in denen sie und Pascal lebten.

„Bartholomäus erzählt uns immer, dass hier früher die Villa eines reichen Kaufmannes gestanden hat, die aber bei einem Brand völlig zerstört wurde", erklärte Franziska. „Nur dieser Kellergang ist übrig geblieben. Bartholomäus hat ihn dann vor vielen Jahren gefunden, für uns renoviert und sein Haus oben erbaut, damit er immer auf uns aufpassen kann."

„Und glaubst du ihm die Geschichte?", wollte Bastian wissen.

Franziska zuckte mit den Schultern. „Ehrlich gesagt, nicht ganz. Warum hätte der Kaufmann seinen Keller so tief unter der Erde bauen sollen? Und wie bitte schön hätte Bartholomäus diesen Gang alleine renovieren sollen? Immerhin gibt es hier sogar einen Pool!"

„Einen Pool?", rief Gerrit ungläubig. „Wow!"

„Aber wenn Bartholomäus' Geschichte nicht wahr ist,

woher kommt dann dieser Gang?", bohrte Bastian weiter.

Auf Franziskas Gesicht erschien ein verschmitztes Grinsen. „Also, ich glaube ja, dass die Villa, von der Bartholomäus immer erzählt, keinem Kaufmann, sondern einem Zauberer gehört hat. Und der hat diesen Gang erschaffen. Ich meine, habt ihr eben gesehen, wie viel Platz in dem Aufzug ist? Das ist doch nicht normal! Da muss doch Magie im Spiel sein!"

Pascal war jetzt an einer Tür angekommen, die aussah wie eine Safetür, und neben ihr an der Wand befand sich ein kleiner Bildschirm mit Tastatur. Pascal tippte eine sechsstellige Zahl ein und mit einem lauten Zischen fuhr die Tür nach oben. Über dem Fußboden schwebte ein kühler Dampf und ein seltsames blaues Licht beleuchtete den Inhalt der Kammer. Rechts und links standen eiserne Regale, in denen ein paar silberne Kästen glänzten, und an der Wand gegenüber befand sich eine kleine, gläserne Vitrine, in der drei schwarze Steine in der Form von Pyramiden lagen. Sie waren so groß, dass ein erwachsener Mann sie in der Faust einschließen konnte.

„Wow!", flüsterte Bastian leise und trat ein paar Schritte auf die Vitrine zu. Auf allen Steinen war eine kleine, graue Gravierung. Bei dem linken war es ein Tropfen, bei dem rechten ein Blatt und bei dem in der Mitte war es eine Wolke. Gerrit folgte ihm und starrte genauso gebannt auf die Steine.

„Kommt schon, so interessant ist das nun auch wieder nicht!", sagte Pascal gelangweilt. Er schritt an ihnen vorbei und tippte auf einer kleinen Tastatur, die rechts an der Vitrine angebracht war, eine ellenlange Nummer ein. Es piepte und die vordere Glaswand klappte nach vorne. Pascal nahm den mittleren Stein heraus und schloss die Vitrine wieder.

„Kommt jetzt!", sagte Franziska und führte Bastian und Gerrit den Gang entlang zurück zum Aufzug, während Pascal hinter ihnen die Tür verriegelte.

„Die Steine sehen toll aus", sagte Gerrit leise.

„Mag sein", murmelte Franziska und drückte im Aufzug schon auf den Knopf. Bastian und Gerrit stiegen zu ihr in den Kasten und sie hielt einen Fuß vor eine kleine Lichtschranke. „Jetzt beeil dich doch mal!", rief Franziska Pascal zu. Anscheinend konnte sie es überhaupt nicht erwarten, die Hüterin kennenzulernen.

„Maul mich nicht immer so an!", sagte Pascal beleidigt und ließ sich noch mehr Zeit. Genervt nahm Franziska den Fuß von der Schranke. „Hey!", schrie Pascal und rannte los. Gerade rechtzeitig sprang er noch in die Kabine, dann ging es schon ab nach oben.

Als die vier in die Küche kamen, saß aber nur noch Bartholomäus da. Er hatte den Kopf auf seine Hände gestützt und lächelte zufrieden.

„Wo ... wo ist sie hin?", fragte Franziska entsetzt, als ob eine gute Freundin gestorben wäre.

Verdutzt schaute Bartholomäus auf. „Beruhige dich! Sie ist sich doch nur duschen."

„Duschen? Oh!" Franziska nickte, wurde ein bisschen rot und setzte sich langsam auf einen der Stühle.

Pascal schaute sie an und schüttelte den Kopf. „Was ist eigentlich los mit dir? Eben beleidigst du mich, jetzt rastest du total aus, weil die Hüterin ... wie heißt sie überhaupt?"

„Pauline", antwortete Bartholomäus.

„Jedenfalls benimmst du dich total komisch", beendete Pascal seinen Vortrag.

„Es freut mich halt, dass ich endlich weibliche Verstärkung bekomme!", entgegnete Franziska gereizt und funkelte Pascal zornig an. „Und übrigens: Macht es dir etwa so viel aus, von mir beleidigt zu werden?"

Pascal lief genauso rot an wie Franziska und tat so, als ob er sie nicht gehört hätte.

„Ach ja, hier ist der Stein, Bartholomäus!", sagte er einfach und reichte Bartholomäus die kleine, schwarze Pyramide.

Sie standen und saßen eine Weile schweigsam da und warteten auf Pauline. Schließlich sagte Bartholomäus: „Ich denke, dass wir heute keine der anderen Aufgaben mehr lösen müssen, schließlich haben wir ja Besuch. Und außerdem hat der Besuch ja auch schon eine Aufgabe erledigt, also haben wir heute schon genug erreicht."

„Wie kannst du dir eigentlich so sicher sein, dass sie eine Hüterin ist?", wollte Bastian wissen.

„Sie hat die Narbe am Hals", antwortete Bartholomäus und alle nickten fröhlich.

„Was machen wir dann heute?", fragte Gerrit neugierig.

Bartholomäus stand auf und schüttete sich ein Glas Wasser ein. „Erstmal werden wir natürlich mit Pauline reden. Ich möchte gerne, dass ihr dabei seid. Dann essen wir zu Mittag drüben im Dorf im Restaurant *Zum Goldenen Ritter*. Na ja, und heute Nachmittag könnt ihr machen, was ihr wollt!"

„Super! Ich zeig euch das Schwimmbad!", rief Pascal und sprang auf.

„Nachdem wir mit Pauline geredet haben und mit ihr essen gegangen sind!", sagte Bartholomäus ruhig.

Pascal nahm seine Bemerkung zwar wahr, ging aber überhaupt nicht darauf ein. „Und dann kann ich euch noch unseren Sportraum zeigen. Was da alles herumsteht! Ihr werdet es nicht glauben!", redete er weiter.

Aber Gerrit und Bastian waren immer noch begeistert von dem Schwimmbad.

„Was denn für ein Schwimmbad?", fragte Gerrit neugierig.

„Na, unser Schwimmbad!", antwortete Pascal, als ob das ganz normal wäre. „Unten bei unseren Zimmern."

„Er meint den Pool, von dem ich euch eben erzählt habe", erklärte Franziska und lachte. „Pascal nennt es immer *Schwimmbad*, aber es ist wirklich nur ein Pool."

Da mussten auch Bastian und Gerrit lachen. Sie hatten schon gedacht, Pascal wollte mit ihnen in ein echtes Schwimmbad gehen. Aber ein Pool war auch gut.

„Hoffentlich hat Pauline viel Hunger, dann will sie sofort essen gehen und dann können wir eher runter", sagte Bastian schließlich.

„Was wollt ihr denn unten? Und wo ist unten?" Pauline war hereingekommen. Ihre Haare waren noch ein bisschen nass, aber sie war nicht mehr so verschwitzt und sah überhaupt viel besser aus. Eigentlich war sie sogar richtig hübsch.

„Ihr beiden müsst Pascal und Franziska sein", bemerkte sie mit einem Blick auf die beiden Kinder, die noch dazugekommen waren, während sie in der Dusche war. Lächelnd reichte sie Franziska und Pascal die Hand und stellte sich vor: „Ich bin Pauline."

Franziska sprang auf und zog den Stuhl links neben ihr nach vorne, damit Pauline sich setzten konnte. „Unten ist eine kleine unterirdische Anlage, in der Pascal und ich wohnen. Bastian und Gerrit werden wohl auch dort runter ziehen und du auch, falls du bleibst."

„Aha, aber warum sollte ich hier bleiben?", fragte Pauline verwirrt.

Franziska nickte zu Bartholomäus.

„Ach ja, Bartholomäus, du wolltest mir etwas erzählen?", wandte sich Pauline an Bartholomäus. „Und übrigens: Danke, dass ich hier duschen durfte. So eine Dusche hat echt heilende Kräfte. Mir geht es viel besser."

„Das liegt nicht an der Dusche", erwiderte Bartholomäus und holte den schwarzen Stein hervor. „Es liegt an dem hier. Er ist es, der dich gerufen hat."

Pauline wurde bleich. „Aber … wo … wie …?"

„Ganz ruhig", sagte Bartholomäus lächelnd. „Wir werden dir alles erklären."

Und dann erzählte er Pauline die ganze Geschichte der Hüter des Gleichgewichts, wobei ihm Pascal, Franziska, Bastian und Gerrit immer wieder die Aufgabe des Erzählers abnahmen. Er erklärte ihr die Sache, dass die Elemente nirgendwo aus dem Gleichgewicht gekommen waren und dass sie vermuteten, dass Malumis sich bald irgendwie befreien könnte, und beschrieb ihr genau, was mit Adrian passiert war.

Am Ende saßen alle schweigend da, Pauline starrte auf ihre Füße und kaute gedankenverloren auf ihrem Wangenfleisch herum.

„Also …", begann sie schließlich und alle sahen auf. „Vielleicht sollten wir dann jetzt erst einmal essen gehen. Ich hab da eben so was mitgekriegt vom *Goldenen Ritter*. Ich muss über das Ganze erst einmal nachdenken."

„Du solltest aber vorher den Stein berührt haben, sonst bekommst du nachher noch einen Anfall", riet ihr Bartholomäus.

Unsicher schaute sie zu dem Stein. „Und ich bekomme davon echt Superkräfte oder so etwas?"

Zur Demonstration fuhr Franziska ihre Hand aus und richtete sie auf Bartholomäus' Glas mit Wasser. Das restliche Wasser, das sich noch darin befand, begann zu schweben und stieg höher und höher in die Luft. Franziska zog die Hand zu sich heran und die dicke Wasserblase kam auf sie zu. Sie öffnete den Mund und das Wasser verschwand darin.

Pauline, Bastian und Gerrit starrten Franziska verblüfft an.

„Was denn?", fragte sie schließlich. „Da ist doch nichts dabei."

„Okay", murmelte Pauline und schüttelte noch immer unsicher den Kopf. Sie schaute noch einmal auf den Stein, der mitten auf dem Tisch lag, dann griff sie zu.

Nächtliche Expedition

Adrian starrte an die Decke. Er war vor Schreck nach hinten umgekippt. Er blinzelte gegen das Licht und erkannte ein paar Leute, die sich über ihn beugten. Jemand packte ihn am Arm und zog ihn hoch. Langsam ging es ihm wieder besser und dann begann er auch, wieder richtig zu sehen. Vor ihm standen ein Mann und ein Mädchen, etwa in seinem Alter.

„Geht's dir gut?", fragte das Mädchen. Es hatte lange hellbraune Haare und hübsche blaue Augen.

Der Mann grinste ihn an. „Sahst ganz schön benommen aus. Solltest mal zu Dr. Gruber gehen." Er klopfte Adrian auf die Schulter, dann verschwand er.

„Wirklich alles in Ordnung?", fragte das Mädchen noch einmal.

Adrian nickte. „Wer bist du?"

„Ich bin Leila, aber ... Moment mal!" Leila bekam plötzlich ganz große Augen und betrachtete Adrians Hals. „Du musst Adrian sein, der Hüter! Alle reden davon, dass sie es geschafft haben, einen der Hüter zu finden. Freut mich total!"

Leila streckte Adrian ihre Hand hin und Adrian schüttelte sie. Er bemerkte, dass sie einen dicken Metallring am Handgelenk trug.

„Warum ist das so etwas Tolles, ein Hüter zu sein, und woher wissen denn alle, dass ich einer bin?", fragte Adrian unsicher.

„Komm mit!", sagte Leila und stellte sich noch einmal mit Adrian in der Schlange an, da Adrian ja sein Tablett hatte fallen lassen und Leila sowieso noch nichts zu essen hatte. Sie ließen sich ihre Teller vollschaufeln und setzten sich an einen der Tische.

„Also, wie du bestimmt weißt, sucht das AGS nach allen möglichen außergewöhnlichen Menschen und Tieren bei uns im Land."

„Was? Es gibt auch Tiere mit übernatürlichen Fähigkeiten?", fragte Adrian erstaunt.

Leila nickte. „Natürlich. Und nicht nur Tiere mit übernatürlichen Fähigkeiten, sondern Tiere, von denen die Menschen glauben, sie seien Märchen. Einhörner zum Beispiel."

„Es gibt Einhörner?", rief Adrian ungläubig.

„Klar", sagte Leila ruhig. „Es gibt nur so wenige, dass es sehr schwer ist, eines zu finden. Und außerdem halten sich die meisten Einhörner tief in Wäldern verborgen. Es gibt eine ganz kleine Abteilung des AGS, die sich mit speziellen Fällen befasst, bei denen ein Mensch irgendwelche Fabelwesen oder Tiere mit übernatürlichen Kräften gesehen hat, und die sich generell um solche Tiere kümmert."

„Lass mich raten, sie halten den Menschen, die diese Tiere gesehen haben, diese komischen Stifte an den Kopf und schon ist das Geheimnis um die Tiere bewahrt!", vermutete Adrian.

Leila nickte wieder. „Das sind aber nicht einfach komische Stifte, das sind Gedächtnisstifte. Eine tolle Erfindung."

„Aber warum ist es denn jetzt so toll, dass sie einen ... Hüter gefunden – oder besser – gefangen haben?", wollte Adrian wissen.

„Nun", sagte Leila, „den Legenden zufolge bekommen die Hüter von ihren Steinen mächtige Kräfte verliehen, um die Elemente im Gleichgewicht zu halten. Jeder hier wartet darauf, dass endlich mal ein Hüter hier landet und seine Superkräfte zeigt."

„Ich hab aber keine Superkräfte!", entgegnete Adrian.

„Du hast auch noch nicht den Stein berührt", erwiderte Leila.

Adrian erschrak. Konnte Leila Gedanken lesen?

„Woher weißt du das?", fragte er zaghaft.

„Der Stein des Feuers befindet sich seit Jahren im Besitz des AGS, das weiß ich von Mike. Du hast eine Flamme auf dem Hals, also kannst du den Stein nie berührt haben."

Adrian nickte. Es schien ihm, als sei Leila ganz schön schlau. Also fragte er sie direkt die nächste Sache, die ihn wunderte: „Warum besitzt das AGS nur den Stein des Feuers? Was ist mit den anderen Steinen?"

„Der Legende zufolge soll sich nach der Schlacht in Urbs Regentis einer der überlebenden Magier, die sich nicht an dem Krieg beteiligt hatten, auf die Suche nach den Steinen gemacht haben", erzählte Leila. „Er hat sie alle aus der Höhle geholt, bis auf den Stein des Blitzes, an den hat er sich nicht herangetraut. Schließlich war in ihm der böse Zauberer Malumis gefangen. Und auf dem Heimweg soll er dann überfallen worden sein. Die Steine sollen in ganz Linäa verteilt worden sein und bis jetzt hat das AGS nur den Stein des Feuers gefunden. Ein Glück, dass dein Element ausgerechnet das Feuer ist."

Adrian nickte nachdenklich. „Du scheinst ja ein richtiger Fan der Hüter-Legende zu sein", bemerkte er mit einem Lächeln. Leila nickte. „Moment mal. Warum bist du eigentlich hier? Für einen Job bist du ein bisschen zu jung."

„Ich kann mich von einem zum anderen Ort beamen", sagte Leila leise.

„Echt?" Adrian lächelte anerkennend. Sie musste das Mädchen sein, von dem Mike geredet hatte.

„Ich muss jetzt los, ich muss noch zum Arzt und dann

zum Sport", sagte Leila plötzlich und stand auf. „Ich habe gehört, du würdest bald auch in unsere Sportgruppe kommen?"

Adrian nickte. „Ab morgen."

„Dann sehen wir uns ja noch!" Leila winkte Adrian noch einmal zu, dann war sie schon aus dem Speisesaal verschwunden.

Nachdenklich aß Adrian sein Essen auf und verließ den Speisesaal. Was sollte denn so besonders an ihm sein? Alle sagten, er könnte etwas Tolles, aber die einzige Fähigkeit, die er besaß, war, schwarze Pyramiden zu sehen und dabei umzufallen. Leila konnte sich an andere Orte beamen und doch hielten ihn die Leute hier für etwas noch Besseres. Also musste er doch auch etwas können, etwas ganz Besonderes. Aber alles, was er hatte, war die Vermutung, dass er etwas finden musste, was sich unter oder über dem Speisesaal befand.

Adrian schloss seine Zimmertüre auf und betrat den Raum. Auf dem Boden vor ihm lag ein Zettel, der unter der Tür hindurchgeschoben worden war. Adrian hob ihn auf. In fetten Buchstaben stand darauf:

HAUSORDNUNG

§1: In der Zeit zwischen 20:00 Uhr und 7:00 Uhr müssen die Bewohner des Appartementkomplexes auf ihren Zimmern bleiben.

Adrian schüttelte den Kopf und faltete den Zettel zusammen. Er interessierte sich nicht für Regeln, also brauchte er sich den Rest auch gar nicht durchzulesen. Da bemerkte er einen kleinen handgeschriebenen Satz auf der Rückseite des Zettels:

Nicht den Arzttermin vergessen!

Adrian schaute auf die Uhr. Es war jetzt kurz nach zwei, also hatte er noch ungefähr drei Stunden Zeit. Da fiel Adrians Blick auf den riesigen Fernseher mit den Spielkonsolen und er konnte nicht länger widerstehen. Er schaltete alles ein und schmiss sich aufs Sofa, dann begann er, sich in irgendwelchen Spielen zu üben.

Gegen Viertel vor fünf machte sich Adrian dann auf den Weg zu Dr. Gruber. Während er den Links-Rechts-Geradeaus-Angaben auf seinem Zettel folgte, malte er sich aus, wie wohl die Behandlung bei ihm aussehen würde. Ob Dr. Gruber ihm eine Spritze mit einer gelben Flüssigkeit in den Hals rammen würde wie die Agenten? Oder würde er Adrian einfach in einen Glaskasten stecken und mit irgendwelchen Gasen besprühen, bis er in Ohnmacht fiel? Langsam bekam Adrian ein bisschen Angst, aber alles wurde ganz harmlos. Es war eine einfache Untersuchung, wie sie auch normale Ärzte durchführten.

„Alles in Ordnung!", sagte der bärtige Doktor schließlich mit einem Lächeln. „Das Gas hat keine Schäden hinterlassen. Weißt du, manchmal übertreiben es die Leute hier ein bisschen. Meistens passiert zwar nichts Schlimmes, aber es kommen täglich so viele wegen irgendwelcher Vorfälle zu mir, dass ich mich eigentlich mal beschweren müsste."

„Warum tun Sie das denn nicht?", fragte Adrian neugierig.

„Nun ja, es kann sehr schnell gehen, dass man einen Gedächtnisstift an der Schläfe kleben hat und plötzlich mitten in einem Wald steht und nicht weiß, wo man ist oder wer man ist", sagte der Arzt mit einem Seufzer. „Wenn du einmal hier hineingeraten bist, ist es schwer wieder herauszukommen, Adrian."

Adrian schluckte. Hieß das, dass er für immer hier bleiben musste? „Können Sie mir sagen, …", setzte Adrian an, dann stockte er. Er wollte so vieles über das AGS erfahren, aber so wie es schien, musste man hier ganz schön aufpassen, was man sagte und vor allem zu wem man es sagte. Und konnte er Dr. Gruber wirklich vertrauen? Vielleicht war er auch nur ein Spitzel! Adrian entschied sich dafür, nur das Nötigste von sich zu verraten und auch nur das Nötigste zu erfragen. „Können Sie mir sagen, was sich über und unter dem Speisesaal befindet?"

„Über dem Speisesaal ist die Große Halle und darüber sind Büros. Darunter ist die Lagerhalle", antwortete Dr. Gruber. „Warum willst du das wissen?"

„Ach, nur so", nuschelte Adrian. „Falls ich mal im falschen Stockwerk lande, dann weiß ich wenigstens, welches es ist."

Dr. Gruber schaute ihn skeptisch an, dann verabschiedete er ihn höflich. Adrian verließ die Praxis und schlenderte durch die Gänge. Das, was er finden sollte, war entweder in den Büros, in der Großen Halle oder in der Lagerhalle. Da Adrian nicht wusste, was die Große Halle war, beschloss er, zuerst in der Lagerhalle zu suchen. Von seinem Zimmer aus ging er zu dem Aufzug und fuhr eine Etage tiefer als die „Speisesaal-Ebene". Es war der letzte und unterste Stock. Die Aufzugtüren öffneten sich und vor Adrian lag eine einzige riesige Lagerhalle mit langen Regalwänden, riesigen Kistenstapeln und jeder Menge anderem Kram.

Da tauchte ein großer Mann mit einem grauen Overall und einem gelben Plastikhelm hinter einem der Regale auf. „Hey! Was willst du hier?"

„Ich … äh …", stammelte Adrian völlig verstört.

„Ab nach oben! Du hast hier nichts verloren!", brüllte der Mann und wies zum Aufzug.

„Ja … ich … nur, weil … falscher Knopf!", murmelte Adrian und verschwand wieder im Aufzug. Das war wohl nichts. Aber wie sollte er jetzt in die Lagerhalle kommen? Vielleicht gab es hier ja jemanden, der sich unsichtbar machen konnte. Wenn Adrian das herausfinden und sich mit demjenigen anfreunden könnte …

Die Aufzugtüren gingen auf und Adrian trat kopfschüttelnd auf den Gang. Er folgte seiner Wegbeschreibung auf sein Zimmer und ließ sich ratlos ins Bett fallen. Irgendwie musste er doch in die Lagerhalle kommen! Vielleicht konnte er sich heute Nacht, wenn alle weg oder auf ihren Zimmern waren, hinschleichen. Hausordnung hin oder her, die interessierte ihn eh nicht. Also war es beschlossene Sache.

Adrian schaute auf die Uhr. Halb sechs. Er entschied sich dazu, in den Speisesaal zu gehen. Dort aß er etwas, doch in seiner Hoffnung, Leila wiederzutreffen, wurde er enttäuscht. Also ging er um halb sieben wieder auf sein Zimmer und schaute sich ein paar Fernsehserien an.

Und schließlich war es schon nach Mitternacht. Adrian entschied sich, endlich loszugehen, und verließ leise sein Zimmer. Die Gänge waren stockdunkel, es waren ja nirgendwo Fenster, durch die der Mond hätte hereinscheinen können, und die Lampen waren nur bis zwanzig Uhr an. Zum Glück hatte Adrian in einer der Schubladen seines Nachttischs eine kleine Taschenlampe gefunden, mit der er auf den Zettel mit den Kombinationen leuchtete. Hin und wieder leuchtete er den Gang entlang, damit er auch ja nicht gegen eine Wand lief, und langsam kam er vorwärts. Schließlich hatte er schon eine Menge rechts, links und geradeaus hinter sich und er musste nur noch um eine Ecke gehen, um zum Aufzug zu gelangen.

Doch plötzlich stieß er mit irgendwem zusammen. Jemand schrie erschrocken auf und zwei Taschenlampen fielen zu Boden. Sie leuchteten den Gang entlang, aber Adrian konnte nur zwei Beine sehen, die vor ihm standen. Langsam und mit zitternden Händen bückte er sich und hob die Taschenlampe auf. Er leuchtete die Person vor ihm an. Es war Leila.

„Was machst du denn hier?", rief Adrian verwundert.

„Adrian?", fragte Leila erleichtert und hob auch ihre Taschenlampe auf. „Das Gleiche könnte ich dich fragen!"

„Ich wollte in die Lagerhalle", flüsterte Adrian ehrlich.

Leila schaute ihn fragend an. „Was willst du denn da?"

„Ich glaube, dass dort etwas ist, das ich finden muss", antwortete Adrian. „Und was machst du hier draußen?"

„Ich … das ist schwer zu erklären", sagte Leila stockend. „Komm mit!"

Ehe Adrian etwas erwidern konnte, zog Leila ihn hinter sich her. Sie schaute auch ab und zu auf einen Kombinationen-Zettel und ließ sich davon durch die Gänge leiten. Schließlich blieb sie vor einer Tür stehen.

Adrian leuchtete mit der Taschenlampe auf ein kleines, silbernes Schildchen, das daneben angebracht war. Darauf stand in weißen Lettern:

Gabriella Subens
Stellvertretende Leitung AGS
Büro

„Was machen wir hier?", fragte Adrian unsicher.

Da zückte Leila einen Dietrich und brach das Schloss auf. Mit einem leisen Quietschen schwang die Tür auf.

„Bitte eintreten!", sagte Leila grinsend.

„Was …?", setzte Adrian wieder an.

Aber Leila unterbrach ihn: „Ich erklär dir ja gleich alles! Jetzt geh endlich rein!"

Adrian folgte der Anweisung und betrat das Büro. Leila folgte ihm, schloss die Tür hinter sich und knipste das Licht an. Vor Adrian stand ein riesiger Schreibtisch mit Computer, Telefon und jeder Menge Papier. Die komplette rechte

Wand war mit Regalen voller Aktenordner zugestellt und links pappten an einer Pinnwand ein paar kleine Zettel. Leila stellte ihre Taschenlampe auf den Schreibtisch und Adrian stellte seine dazu.

„Also", sagte Leila leise und begann, die Beschriftungen auf den Rücken der Aktenordner zu lesen. „Ich glaube, dass der Staat überhaupt nichts von dieser Organisation weiß."

„Aber diese Organisation ist vom Staat!", erwiderte Adrian.

„Das behauptet Frau Subens nur. Aber in Wirklichkeit wissen nur die Leute von ihr, die sich auch selbst in der Organisation befinden. So wie es aussieht, plant Frau Subens mit den ganzen Leuten, die übernatürliche Kräfte besitzen, einen Staatsstreich durchzuführen."

„Du meinst, sie will die Regierung stürzen und selbst an die Macht kommen?", fragte Adrian ungläubig.

Leila nickte.

„Aber was ist mit dem Militär?"

„Dafür hat sie ja uns!", entgegnete Leila. „Überleg mal! Es gibt vier von deiner Sorte. Wenn sie es schaffen würde, euch alle vier zu befehligen, könnte selbst ein Heer von tausend Panzern nichts mehr gegen sie ausrichten!"

„Aber wie will sie das denn schaffen? Ich greif doch nicht meinen eigenen Staat an, nur weil sie das sagt", meinte Adrian stur. „Außerdem habe ich wirklich keine besonderen Kräfte!"

„Die Gase, die bei den Untersuchungen getestet werden, bewirken, dass man die Körper der Betroffenen steuern kann!", sagte Leila leise. „Du bist auf das Gas anfällig, bei dem du ohnmächtig geworden bist. Sie muss dir nur eine Dosis verabreichen, die dich nicht ohnmächtig macht, und schon hat sie dich unter Kontrolle."

Adrian stockte der Atem. „Aber ... Moment mal! Wer sagt mir denn, dass das alles stimmt, was du mir da sagst?

Das könnte auch alles erlogen sein! Außerdem, woher weißt du das überhaupt?"

„Meine Tante ist die Sekretärin unseres Innenministers", begann Leila zu erzählen. „Nachdem ich vom AGS abgeholt worden war, stellte sie ein paar Nachforschungen an und fand heraus, dass es das AGS gar nicht gibt. Das an sich ist ja nicht schlimm. Wahrscheinlich hat es sich einfach nur gut getarnt. Was aber beunruhigend ist, sind die Aktivitäten, die hier seit zwei Jahren vonstattengehen: Die Leute mit Fähigkeiten, die man in einem Krieg benutzen könnte, müssen hier bleiben, alle anderen werden aussortiert. Und weißt du, seit wann Gabriella hier ist? Seit genau zwei Jahren! Damals war sie selbst erst einmal eine Zielperson des AGS, bevor sie anfing, hier zu arbeiten. Und überleg doch mal – in den zwei Jahren hat sie es immerhin bis zur stellvertretenden Leiterin gebracht. Wie unglaubwürdig ist das denn? Jedenfalls brauche ich jetzt irgendwelche Beweise."

Adrian lachte gekünstelt. „Als ob Gabriella hier einfach so eine Akte mit der Aufschrift *Mein Plan der Machtübernahme* herumliegen lassen würde! Außerdem scheint sie mir nicht so eine zu sein, die die Herrschaft über unser Land will!"

Leila seufzte. „Nur weil sie nett ist, heißt das noch nicht, dass sie unschuldig ist. Jetzt lass uns endlich suchen."

Plötzlich ging das Licht aus.

„Was ist das denn jetzt?", fragte Leila ein bisschen genervt.

Adrian spürte etwas ganz nah an ihm vorbeihuschen. „Was war das?", rief er ängstlich.

„Was war was?", wollte Leila wissen, während sie andauernd den Lichtschalter drückte. Aber das Licht blieb aus. „Sag mal, hast du die Tür aufgemacht?", fragte sie plötzlich.

„Nein", antwortete Adrian. „Irgendwer ist hier drin!"

„Kann doch gar nicht sein!", entgegnete Leila.

Adrian tastete auf dem Schreibtisch nach seiner Taschenlampe, aber er fand sie nicht. „Wo ist meine Taschenlampe?"

Da ging das Licht wieder an. Leila machte die Tür zu und Adrian entdeckte die Taschenlampe. Sie stand etwas weiter links auf dem Tisch.

„Das war bestimmt nur ein kurzer Stromausfall", murmelte Leila.

„Aber warum war die Tür auf?", fragte Adrian skeptisch.

„Ist doch jetzt egal! Vielleicht hab ich ja das Schloss kaputt gemacht!", maulte Leila und wühlte in den Papieren auf dem Schreibtisch herum. Schließlich zog sie eine rote Mappe heraus. Sie schlug sie auf und ihre Kinnlade klappte herunter. „Schau dir das mal an!"

Adrian ging um den Tisch herum und schaute Leila über die Schulter. Auf dem ersten Blatt war eine Auflistung aller Leute mit übernatürlichen Kräften, die sich im Moment im AGS befanden. Aber ein paar waren weggestrichen, wie zum Beispiel Mareike Renat, die einen halben Meter über dem Boden schweben konnte, andere waren gelb markiert, wie zum Beispiel Andreas Rutrowiak, der Dinge mit seinen Gedanken bewegen konnte. Und Adrian selbst war rot markiert.

„Da haben wir es doch!", rief Leila triumphierend.

„Na und? Das beweist doch gar nichts!", sagte Adrian.

„Aber es ist, wie ich gesagt habe: Es sind alle Leute markiert, die Fähigkeiten besitzen, die in einem Krieg nützlich sein könnten!", meinte Leila. „Schau dir außerdem das hier mal an!"

Leila blätterte eine Seite weiter. Dort waren alle Testergebnisse von Adrians Untersuchung aufgelistet. Die Ergebnisse von dem Test mit dem grünen Gas (hier stand, es hieße Amphibion) waren markiert worden und, als Leila weiterblätterte, war da die Kopie einer Anweisung, Mike solle mehr von dem Amphibion erzeugen. Leila blätterte weiter und es folgte eine genaue Untersuchung des Amphibions. Es bestand aus verdampften Extrakten, die man aus verschiedenen Amphibien gewinnen konnte.

Als Leila weiterblätterte, fanden sich immer mehr Indizien, dass es stimmte, was Leila erzählt hatte, und schließlich glaubte Adrian ihr. Leila steckte die Mappe ein und sie verließen das Büro.

„Jetzt gehen wir in die Lagerhalle!", verkündete Leila und führte Adrian zu einem der Aufzüge.

Adrian wollte gerade auf den Knopf drücken, als ihn eine Stimme davon abhielt: „Das würde ich nicht tun!"

Leila hob die Taschenlampe.

Vor ihnen stand Gabriella.

Zum Goldenen Ritter

Am Mittag saßen Bastian, Gerrit, Franziska, Pascal, Pauline und Bartholomäus an einem runden Holztisch im *Goldenen Ritter* und aßen ein leckeres Mittagessen. Sie unterhielten sich über alles Mögliche und lachten sehr viel. Nur Gerrit schaute ab und zu ein wenig niedergeschlagen drein. Er vermisste Adrian ungemein und auch die Aussicht auf das Schwimmbad vermochte ihn nur zeitweise zu erheitern.

Das Restaurant war ein eher unscheinbarer Fleck in Ammergau. Es lag versteckt in einer dunklen Gasse, hatte nur zwei alte Fenster und besonders groß war es auch nicht. In den kleinen Raum passten geradeso vier Tische, eine Bar und ein Kleiderständer hinein. Toiletten gab es keine.

Und auch die Menschen, die hierher kamen, waren eher unscheinbare, aber doch sehr seltsame Gestalten. Ein Mann an der Bar hatte sich komplett in seinen tiefschwarzen Mantel gehüllt und sich seinen schwarzen Hut tief ins Gesicht gezogen. Was der Hut vom Gesicht nicht verdeckte, verschwand hinter dem hohen Kragen des Mantels. An dem Tisch hinten in der Ecke saß eine Frau, die ein bisschen exotisch aussah. Sie trug einen dunkelblauen Schal über ihrem hellblauen Kleid, eine Kette mit dicken violetten Perlen und sie hatte ihre kastanienbraunen Locken, zwischen denen sich auch ein paar graue Strähnchen befanden, unter einem dunkelroten Kopftuch versteckt, unter dem ein paar widerspenstige Strähnen hervorschauten und der Frau ins

Gesicht fielen. Sie rauchte eine Zigarette und schaute andauernd zu ihnen herüber, während sie ein paar Karten mit seltsamen Symbolen durch ihre Finger rutschen ließ.

Auch der Kellner war ziemlich seltsam. Er war lang und schlaksig und schien nicht besonders viel Spaß an seinem Job zu haben. Und wenn er hinter dem Tresen stand und die Gläser spülte, beobachtete er alle Gäste mit seinen fiesen Adleraugen, spitzte seine langen Fledermausohren und Bastian vermutete, dass ihm kein Wort entging, das in diesem Laden fiel.

Plötzlich flog mit einem lauten Krachen die Eingangstür auf und ein eisiger Wind wehte herein. Der Kleiderständer kippte um und ein paar ältere Damen schrien auf. Der schlaksige Kellner eilte zu der Tür und versuchte sie mit aller Kraft zu schließen.

„Reiß dich zusammen!", zischte Bartholomäus Pauline zu, deren Augen sich im selben Moment hellgrau gefärbt hatten. Sie biss sich auf die Lippen und kurz darauf krachte die Tür mit einem lauten Knall ins Schloss.

Franziska kicherte und Pascal schüttelte den Kopf. „Egal, was Pauline macht, Franziska findet es toll!", flüsterte er Bastian zu.

Diesmal kicherte Gerrit, der das gehört hatte.

„Da kannst du mal sehen, wie sehr die Anwesenheit einer anderen Frau den weiblichen Charakter verändern kann!", sagte Bastian leise und Pascal und Gerrit grinsten.

„Was flüstert ihr da eigentlich die ganze Zeit?", fragte Franziska neugierig.

Gerrit rief sofort: „Geht Mädchen nichts an!"

„Wer flüstert, der lügt!", konterte Pauline, und Franziska lachte gekünstelt. Alle schauten sie verwundert an und sie wurde wieder ruhig.

Bartholomäus nutzte den Moment, um kurz zu verschwinden: „Ich muss mal eben weg", sagte er und stand auf. „Ich kenne den Inhaber des Restaurants und möchte ein wenig mit ihm quatschen!" Er ging zur Theke, wo er kurz mit dem Kellner redete, und verschwand dann in der Tür, auf der dick und fett *PRIVAT* stand.

„Quatschen?", fragte Pauline skeptisch.

„Das sagt er immer, wenn er *etwas Wichtiges besprechen* meint", sagte Franziska und grinste vielsagend.

Pauline nickte und schob sich eine Kartoffel in den Mund. Nach einiger Zeit kam Bartholomäus wieder und alle hatten schon aufgegessen. Also bezahlte er und sie verließen das Restaurant. Bartholomäus ging mit Pauline und Franziska vor und Pascal, Bastian und Gerrit folgten ihnen langsam. Sie unterhielten sich über Franziska und lachten sich immer wieder kaputt, wobei Bastian jedoch die Befürchtung hatte, dass Franziska etwas gehört hatte.

Als die drei an einer roten Ampel stehen bleiben mussten, über die die anderen schon gegangen waren, bemerkte Bastian auf der anderen Straßenseite im Dunkeln eines dichten Gebüschs ein seltsames Etwas, das leicht grün leuchtete und mit riesigen blauen Augen herüber schielte. Es schlich mit seinem kleinen, wulstigen Körper wie ein Wurm um einen Busch herum und starrte Bastian direkt in die Augen.

„Hey, was ist das denn?", rief Bastian erschrocken.

„Was?" Pascal und Gerrit schauten sich suchend um.

Bastian zeigte zu dem Busch, aber das komische Wesen war wieder verschwunden.

„Was ist denn da?", fragte Pascal, als er immer noch nichts entdecken konnte.

„Gerade eben war da noch so ein … komisches, grünes Ding!", stammelte Bastian verwirrt. „Es … es hat mich angestarrt!"

Die Ampel wechselte auf grün und die drei gingen weiter.

Pascal schüttelte den Kopf. „Bist du sicher, dass du dir das nicht nur eingebildet hast?"

Bastian nickte.

„Ich glaube dir!", sagte Gerrit bestimmt. „Aber was soll das für ein Ding gewesen sein?"

„Ich weiß es ja auch nicht, deshalb bin ich ja so verwirrt!", jammerte Bastian. „Es wundert mich nur, dass ihr es nicht gesehen habt. Es hat so geleuchtet und diese Augen! Ihr hättet das sehen müssen!"

„Na ja, wir achten jetzt besonders darauf, okay?", schlug Pascal vor. Anscheinend wollte er das Thema fallen lassen. Also gab Bastian Ruhe.

„Ach, kommt ihr auch schon?", rief Franziska genervt, als sie um die nächste Ecke bogen. Sie war stehen geblieben und wartete auf sie, während Pauline und Bartholomäus schon weiter aus dem Dorf hinausgegangen waren.

„Was interessiert dich das überhaupt noch?", entgegnete Pascal. „Du bist doch sowieso nur noch mit Pauline beschäftigt!"

„Hast du etwa was dagegen?", fragte Franziska zickig.

„Warum sollte ich?"

„Weil du dich so aufführst!", keifte Franziska weiter.

Nun mischte sich auch Gerrit ein: „Könnt ihr jetzt mal aufhören, euch zu streiten?"

„Halt du dich da raus!", blafften ihn Pascal und Franziska gleichzeitig an.

Erschrocken wich Gerrit zurück. „Ist ja gut", sagte er beleidigt. „Ihr seid total gemein!"

„Da ist es wieder!", rief Bastian plötzlich total aufgeregt. Er hatte das grünleuchtende Etwas hinter einer Garage hervor lugen sehen.

„Was?", wollte Franziska wissen, aber Pascal verstand sofort: „Das grüne Ding? Wo?" Hektisch schaute er sich um.

Aber ehe Bastian auch nur zur Garage weisen konnte, war das Wesen schon wieder verschwunden. Er rannte über die Straße und schaute sich auf der Auffahrt und in dem kleinen Vorgarten um, aber nirgends war irgendetwas grün Leuchtendes zu sehen.

„Komm schon, Bastian! Es ist wieder weg!", rief Pascal von der anderen Straßenseite aus zu ihm herüber.

Bastian schaute sich noch einmal um, dann lief er wieder über die Straße und folgte den anderen aus dem Dorf hinaus zu Bartholomäus' Haus. Er war viel stiller und nachdenklicher als zuvor, denn irgendwie hatte er das ungute Gefühl, dass etwas mit dem ungewöhnlichen Tier nicht stimmte. Klar, es war ein Tier, das noch nie jemand gesehen hatte, und von dem noch nicht einmal jemand geträumt hatte. Aber Bastian hatte so ein Gefühl, dass das Ding sie beobachtet hatte und dass es ihnen nicht gutgesinnt war.

Als Bastian schließlich am Haus eintraf, waren die anderen schon längst angekommen.

„Da kommst du ja endlich!", rief Gerrit, als er die Veranda betrat. „Komm schon, wir bringen unsere Sachen nach unten! Und dann gehen wir schwimmen!"

Als Bastian das hörte, waren seine bedrückten Gedanken erst einmal wie weggeblasen. Er rannte Gerrit hinterher in den Raum, in dem sie bis jetzt geschlafen hatten, und packte seine Sachen zusammen. Dann gingen die beiden ins Gartenhaus, wo Bartholomäus und Pauline schon auf den Aufzug warteten. Mit einem Zischen fuhr der Boden zur Seite und der graue Kasten kam heraufgefahren. Zu viert packten sie alle Sachen hinein und schafften es tatsächlich, auch dieses Mal noch selbst Platz darin zu finden. Dann ging es ab nach unten.

Dort wartete schon Pascal, der Gerrit und Bastian half, ihre Sachen in einen kleinen Raum mit zwei Betten, einem Schrank und einem Regal, auf dem ein kleiner Fernseher stand, zu bringen. Dann warf Pascal ihnen zwei Badehosen zu (Gerrit war seine etwas zu groß) und kurz darauf standen sie vor einem großen Pool, der sich in einem großen Raum am Ende des Gangs befand, mit einer Rutsche, Wasserfontänen, Strudeln und einem Whirlpool. Begeistert sprangen Bastian und Gerrit ins Wasser. Das Schwimmen hatte Adrian ihnen jeden Sommer an einem kleinen See mitten im Wald beigebracht. Pascal folgte ihnen. Ein wenig später tauchte auch noch Franziska auf, obwohl sie immer noch ein bisschen sauer auf Pascal war. Aber sie konnte es sich einfach nicht nehmen lassen, zu hören, was Bastian und Gerrit zu dem Pool sagten.

„Es ist toll hier!", rief Gerrit von der Rutsche herunter, dann sauste er los und platschte ins Wasser.

„Dem kann ich nur zustimmen", sagte Bastian, der sich gerade von einer der Fontänen den Rücken massieren ließ.

Franziska sprang zu ihm ins Wasser. „Lass mich auch mal!"

„Hier sind drei Stück davon und du musst ausgerechnet die nehmen, an der ich gerade bin?", lachte Bastian.

Franziska nickte grinsend. „Natürlich. Los, jetzt sei ein Gentleman und mach Platz."

„Nix da!", erwiderte Bastian. „Geh an eine andere Fontäne!"

Mit einem lauten Platschen rutschte Gerrit hinter ihnen ins Wasser. „Ich nehme mir jetzt auch eine", verkündete er, als er wieder aufgetaucht war, und schwamm zur nächsten hin.

„Dann nehme ich die andere", rief Pascal grinsend und kletterte aus dem Whirlpool.

„Siehst du?", sagte Franziska erwartungsvoll. „Jetzt kannst du mir Platz machen, weil die anderen besetzt sind."

Aber Bastian blieb stur und lächelte nur. „Du hättest an eine andere gehen können!"

„Na warte!" Plötzlich schmiss sich Franziska auf ihn und drückte ihn unter Wasser. Als er wieder auftauchte, stand sie an seiner Fontäne. Das konnte er sich nicht bieten lassen, also griff jetzt er an. Er schnappte sich Franziska und warf sie ein Stück weg. Kreischend plumpste sie ins Wasser, dann spritzte sie Bastian nass und der tauchte unter. Er schwamm zu ihr und zog sie runter, als er etwas Grünes hinter ihr leuchten sah. Wie ein Wurm zappelte es im Wasser.

Erschrocken riss Bastian den Mund auf und bekam Wasser in die Lunge. Er strampelte mit den Beinen, tauchte auf und zog sich aus dem Wasser. Hustend und Wasser spuckend schaute er zurück in das Wasser. Das grüne Ding war immer noch da – aber jetzt sah Bastian, dass es nur Pascals Badehose war.

„Bastian? Alles in Ordnung?" Besorgt hatte sich Franziska neben Bastian gesetzt. Gerrit und Pascal kamen auch angeschwommen.

„Ja, es ist schon in Ordnung."

„Wirklich?", fragte Gerrit und schaute ihn mit seinen tiefen, durchdringenden, dunklen Augen an.

„Na ja, unter Wasser habe ich etwas Grünes gesehen", stammelte Bastian, „da dachte ich, es wäre wieder dieses Ding, das ich vorhin gesehen habe."

Die anderen schauten ihn mit großen Augen an.

„Aber es war nur Pascals Badehose", fügte er leise hinzu.

Da fing Pascal laut an zu lachen und Franziska grinste, nur Gerrit schaute noch ernst drein.

„Bist du dir denn sicher, dass es vorhin nicht auch nur Einbildung war?", fragte Pascal, nachdem er seinen Lachkrampf bewältigt hatte.

„Hundertprozentig!", versicherte Bastian. „Ich glaube, ich gehe mich jetzt besser ein wenig ausruhen. Mir ist das Ganze nicht so geheuer."

„Ich komme mit", sagte Gerrit und stieg aus dem Wasser.

„Wir bleiben noch", meinte Pascal.

Franziska schaute ihn verwundert und ein bisschen empört an. „Wer sagt das?"

„Na, ich!", sagte Pascal und grinste.

„Und warum sollte ich auf dich hören?"

„Weil ich mich bei dir entschuldigen wollte und das geht nun mal nicht, wenn du jetzt gehst", erklärte Pascal.

Das leuchtete Franziska ein. „Okay, ich gebe dir eine Chance."

„Na, dann viel Spaß noch!", sagte Bastian grinsend und ging mit Gerrit aus dem Raum.

In ihrem Zimmer schmiss sich Bastian auf das Bett und starrte an die Decke.

„Ich würde die Badehose ausziehen", meinte Gerrit leise. „Sonst musst du heute Abend auf einem nassen Bett schlafen."

Aber Bastian regte sich nicht.

„Ist wirklich alles in Ordnung?", wollte Gerrit wissen.

Bastian richtete sich auf. „Was denkst du denn? Adrian ist spurlos verschwunden und Bartholomäus sagt, wir sollen uns einfach nicht darum kümmern, sondern hier Spaß haben. Und dann sehe ich auch noch komische grüne Dinger, die immer sofort verschwinden, wenn ich sie jemandem zeigen will. Meinst du, mir geht es prächtig, oder was?"

„Entschuldige!", nuschelte Gerrit.

Bastian seufzte. „Nein, mir tut es leid. Ich wollte dich nicht so anschreien."

„Schon okay!", sagte Gerrit und lächelte ein bisschen.

„Weißt du, eigentlich müsste ich derjenige sein, der dich tröstet, stattdessen erzähle ich dir von meinen Sorgen!", sagte Bastian nachdenklich.

„Aber ich hör dir gerne zu, wenn dir das gut tut!", versicherte ihm Gerrit.

Bastian lächelte. „Und du kannst immer zu mir kommen, wenn du traurig bist! Du musst nicht warten, bis Franziska dir erlaubt zu weinen."

Gerrit grinste. „In Ordnung."

„Komm her!", sagte Bastian und schloss Gerrit in seine Arme. „Adrian ist bestimmt bald wieder bei uns."

Der Stein des Feuers

Adrian und Leila erstarrten.

„Wo wollt ihr hin?", fragte Gabriella mit müder, aber zorniger Stimme. Sie trug einen Morgenrock.

„Wir ... äh ...", stammelte Adrian.

Da sprang Leila für ihn ein: „Wir wollten einen Fernsehabend bei mir machen, haben aber die Chips vergessen. Da wollten wir runter zum Supermarkt und Josefine wach klingeln, damit sie uns ein paar verkauft!"

Gabriella lachte. „So eine schlechte Ausrede habe ich noch nie gehört! Mitkommen!" Sie drehte sich um und Leila und Adrian folgten ihr.

„Ein Fernsehabend?", zischte Adrian, als ob ihm tausend bessere Sachen eingefallen wären.

Leila zuckte mit den Schultern. „Was hätte ich denn sonst sagen sollen? Die Wahrheit?"

Da hielt Gabriella vor einer Tür, die den beiden nur allzu bekannt war. Es war ihr Büro.

„Das Schloss ist kaputt. Jemand ist in mein Büro eingebrochen", sagte Gabriella plötzlich.

Adrian schaute Leila mit einem Blick an, der sie hätte töten können. Sie hatte das Schloss also doch kaputt gemacht.

Gabriella stürmte in das Zimmer und fing an, ihre Sachen zu kontrollieren. „Aber es fehlt nichts", murmelte sie schließlich.

„Ach, nein?", entfuhr es Leila plötzlich.

„Nein, wieso?", fragte Gabriella verständnislos. „Was hast du da eigentlich?"

„Nichts, nichts", log Leila und versteckte die Mappe hinter ihrem Rücken. „Nur eine Fernsehzeitung."

„Eine Fernsehzeitung mit einem ganz roten Umschlag?", fragte Gabriella skeptisch.

Plötzlich rannte Leila los. Wie ein Blitz schoss sie aus dem Zimmer und Gabriella und Adrian stürmten ihr auf den Gang hinterher. Doch sie war schon im Dunkeln verschwunden.

„Was sollte das denn jetzt?", rief Gabriella aufgebracht.

Da öffnete sich am anderen Ende des Gangs eine Tür und ein dicker Mann trat heraus. Er trug einen weiß-türkis gestreiften Schlafanzug, eine lustige Schlafmütze und dicke Pantoffeln und eigentlich hätte Adrian grinsen müssen, wenn die Augen des Mannes nicht so wütend unter den buschigen Augenbrauen gefunkelt hätten.

„Was ist hier los?", blaffte der Mann verärgert. „Gabriella?" Verdutzt kniff er die Augen zusammen.

„Ja, ich bin es", sagte Gabriella ein bisschen genervt.

„Würdest du mir dann bitte erklären, was hier gerade los war?", schnaufte der Mann.

„Morgen", entgegnete Gabriella. „Jetzt sollten wir alle erst einmal schlafen gehen." Dann zog sie Adrian hinter sich her und brachte ihn zu seinem Zimmer. Dort funkelte auch sie ihn zornig an. „Wir sprechen uns noch!" Ohne ein weiteres Wort drehte sie sich um und verschwand.

Adrian atmete tief aus. Das war ganz schön heftig gewesen. Was wäre wohl passiert, wenn Leila nicht abgehauen wäre und somit nicht die Aufmerksamkeit des Mannes geweckt hätte? Vielleicht hätte Gabriella sie wegen der Mappe mit einem Messer aufgeschlitzt. Eigentlich hätte Adrian ihr so etwas nie zugetraut, aber jetzt, wo er wusste, dass sie wahrscheinlich einen Staatsstreich plante, traute er ihr alles zu. Auch wenn er darüber sehr enttäuscht war. Immerhin hatte er im Flugzeug noch geglaubt, dass Gabriella eine von den Guten wäre. Adrian hatte geglaubt, dass er Gabriella vertrauen konnte, und hatte sie sogar gemocht. Aber sie war nur eine gute Schauspielerin gewesen. Adrian seufzte und ging ins Bett.

Am nächsten Morgen stand Gabriella schon um acht Uhr vor Adrians Zimmer und klopfte ihn wach. Mies gelaunt öffnete er die Tür.

„Zieh dich an! Wir müssen zu Walther!", sagte Gabriella schroff, ohne ihn zu begrüßen.

„Wer ist Walther?", wollte Adrian wissen.

„Walther Meinrich", erklärte Gabriella, „der Leiter des AGS."

Adrian nickte. „Viertelstunde", murmelte er, dann schlug er die Tür wieder zu. Er wollte Gabriella nicht in seinem Zimmer haben. Drinnen ließ er sich auf einen Stuhl sinken. Nun war es also so weit, dass er zum Leiter des AGS musste. Er musste erklären, warum er draußen herumgelaufen war und warum Leila abgehauen war. Er musste von der Mappe erzählen und von der Vermutung, dass Gabriella eine Verräterin war. Aber niemand würde ihm glauben und der einzige Beweis war mit Leila verschwunden.

„Psst, Adrian!"

Erschrocken fuhr Adrian hoch. War das nicht Leilas Stimme?

„Hier oben!"

Das war ganz eindeutig Leilas Stimme. Und sie kam aus dem Regal! Langsam trat Adrian näher an es heran. Ganz oben unter der Decke, hinter ein paar DVDs versteckt, befand sich ein kleines Gitter. Adrian rückte hektisch das Regal beiseite und holte sich einen Stuhl. Doch plötzlich klopfte es an der Tür.

„Adrian, was machst du da drinnen?", fragte Gabriella durch die Tür hindurch.

„Äh, nichts, ich …", stammelte Adrian, „ich suche etwas!"

„Beeil dich!", murrte Gabriella und gab wieder Ruhe.

Adrian atmete tief aus und kletterte auf den Stuhl. Er rüttelte an dem Gitter und kurz darauf löste es sich aus seiner Verankerung. Vor Adrian lag Leila in einem langen Lüftungsschacht.

„Guten Morgen!", sagte sie grinsend. „Ich habe den Weg zum Ausgang gefunden. Komm, wir hauen ab!" Sie schaute an Adrian herunter. „Aber vorher solltest du dir etwas anderes anziehen!"

Schnell hüpfte Adrian vom Stuhl und schlüpfte in ein paar Anziehsachen, als Gabriella schon wieder an der Tür klopfte. „Adrian, die Viertelstunde ist jetzt vorbei! Wie lange brauchst du denn?"

„Ja, ja, ich komme ja gleich!", rief Adrian, dann sprang er wieder auf den Stuhl und kletterte zu Leila in den Lüftungsschacht, die sich mittlerweile umgedreht hatte. Schnell zog er das Regal wieder an die Wand heran und schob das Gitter so vor das Loch, dass es fast so aussah, als hätte es nie jemand abgenommen.

Dann krabbelte Leila los und Adrian folgte ihr. Sie robbten durch die silbernen Schächte, die genauso wie die Gänge Hunderte Kreuzungen besaßen, aber Adrian schien es, als ob Leila in der Nacht das komplette Lüftungsschachtsystem auswendig gelernt hatte. Zielstrebig bog sie mal links, mal rechts ab oder krabbelte geradeaus weiter. Immer wieder kamen sie an Gittern vorbei, durch die sie in die Räume dahinter schauen konnten, und des Öfteren mussten sie über Gitter krabbeln, unter denen Gänge entlang führten.

Als sie wieder mal über eines dieser Gitter robbten, entdeckte Adrian auf dem Gang darunter Gabriella und den Mann, dem er in der Nacht begegnet war.

„Er ist durch den Lüftungsschacht abgehauen und ich vermute mal, dass sich Leila auch irgendwo in den Schächten befindet", erzählte Gabriella gerade.

„Was ist denn?", fragte Leila, die schon weiter gerobbt war. Adrian winkte sie herbei und gemeinsam schauten sie durch das Gitter.

„Was ist bloß in diese Kinder gefahren?", fragte der Mann ein wenig verärgert.

„Ich weiß es nicht, Walther", sagte Gabriella.

Walther? Also war dieser Mann dort der Leiter des AGS, Walther Meinrich.

„Auf jeden Fall", fuhr Gabriella fort, „hatte Leila heute Nacht eine rote Mappe bei sich, die sie anscheinend aus meinem Büro gestohlen hat. Irgendetwas, das darin steht, muss sie so aufgebracht haben. Das Problem ist nur: Ich habe diese Mappe nie zuvor gesehen!"

„Lügnerin!", zischte Leila.

„Aber das kann ich mir nur schwer vorstellen", sagte Walther nachdenklich. „Ich meine, die Kinder können doch nichts aus deinem Büro klauen, das du noch nie zuvor gesehen hast. Das geht doch nicht!"

Plötzlich knackte etwas unter Leila und Adrian.

„Soll das etwa eine Anschuldigung sein?", fragte Gabriella empört.

Adrian wich erschrocken zurück, aber Leila war vor Schreck wie versteinert.

„Ich meine ja nur ...", sagte Walther leise und schaute zu Boden.

Wieder knackte es, nur viel lauter, und Adrian wich noch weiter zurück.

„Du meinst also, dass in der Mappe wirklich etwas steht, was mich in irgendeiner Weise belasten könnte?", rief Gabriella aufgebracht.

Und plötzlich riss der Teil des Luftschachts, in dem Leila

lag, aus seiner Verankerung und krachte runter. Leila schlug hart auf dem Boden auf und blieb regungslos liegen. Aber die rote Mappe lag noch oben im Lüftungsschacht ... zum Glück auf Adrians Seite.

„Leila!", rief Gabriella entsetzt und eilte zu ihr hin.

Vorsichtig kroch Adrian wieder nach vorne, aber sein Teil des Schachtes hielt. Er schnappte sich schnell die Mappe und schaute zu Leila hinunter. Gabriella drehte sich jetzt zu dem anderen Teil, der ein wenig herunterhing, um. In diesem Moment zwinkerte Leila Adrian unauffällig zu und er robbte ein Stück zurück.

„Adrian, wenn du da irgendwo bist, dann komm heraus!", rief Gabriella in den Schacht hinein. „Es tut dir doch keiner was!"

Aber Adrian wich nur noch weiter und weiter zurück, dann drehte er sich ganz um und robbte einfach drauf los. Er wusste schließlich nicht, wo er war, und konnte sich auch an nichts erinnern, was er durch die Gitter auf den Gängen oder in den Zimmern sah. Bis er plötzlich in eine Sackgasse kam. Zumindest sah es von Weitem so aus, als sei es eine, doch am Ende des Schachtes führte doch noch ein Schacht steil nach unten.

Und da kam Adrian diese Idee: Wenn der Schacht nach unten führte, dann kam er vielleicht auch irgendwie in die Lagerhalle, um endlich die Aufgabe der schwarzen Pyramide zu erfüllen. Also wagte er einen Blick über den Rand in die Tiefe. Der Schacht verlor sich in der Dunkelheit und soweit Adrian das sehen konnte, waren nirgendwo Teile, an denen er sich festhalten konnte.

Aber Adrian wollte noch lange nicht aufgeben. Stattdessen robbte er vorsichtig über den Rand, presste den Rücken gegen die Rückwand des senkrechten Schachtes und die Füße nach vorne. Dann ließ er sich langsam Stück für Stück nach unten gleiten.

„Jetzt bloß nicht abrutschen!", sagte er sich immer wieder, während er sich tiefer und tiefer hinabließ. Er kam an anderen Lüftungsschächten vorbei, die von irgendwoher in den Schacht führten, in dem sich Adrian jetzt befand. Das mussten jeweils die einzelnen Etagen sein. Und so arbeitete Adrian sich Stück für Stück weiter runter, bis er auf dem Boden des Schachtes stand. Unten, direkt über dem Boden, führte ein weiterer Schacht hinaus und von dort musste er irgendwie in die Lagerhalle kommen.

Also bückte sich Adrian und quetschte sich hinein. Er krabbelte den Schacht entlang und tatsächlich konnte er unter dem ersten Gitter ganz deutlich die Lagerhalle erkennen. Ohne das Risiko, gesehen zu werden, zu bedenken, drückte er das Gitter aus der Verankerung heraus. Mit einem lauten Scheppern krachte es zu Boden und Adrian sprang hinterher. Er schaute sich um. Zum Glück war niemand zu sehen – noch nicht.

Schnell lief er um ein Regal herum und versteckte sich hinter ein paar Kisten, als auch schon der Mann, der ihn gestern aufgehalten hatte, angelaufen kam. Verwundert betrachtete er das Gitter und blickte zu dem Loch in dem Lüftungsschacht hinauf.

Diesen Moment nutzte Adrian, um wegzulaufen. Gebückt rannte er hinter ein paar Regalen entlang, um ein paar Kisten herum und durch eine Tür in einen anderen Teil der Lagerhalle. Dort ruhte er sich erst einmal hinter ein paar Aktenschränken aus.

Wie sollte es jetzt weitergehen? Die Lagerhalle war riesig und Adrian wusste nicht einmal, wonach er suchen sollte. Doch plötzlich konnte er durch die Schränke hindurchsehen, wie die schwarze Pyramide aus dem Boden brach, als hätte er ihr diese Frage gestellt. Zum Glück bereitete sie ihm dieses Mal überhaupt keine Schmerzen und zeigte ihm sofort, den gelben und den roten Punkt. Demnach befand sich das, was der gelbe Punkt markierte, geradeaus vor ihm.

Adrian lugte um den Schrank herum. Die schwarze Pyramide war verschwunden. Und auch sonst war niemand dort. Also ging Adrian um die Schränke herum, geradewegs auf die Wand etwa hundert Meter vor ihm zu. Dort stand ein großer grauer Tresor. Adrian betete, dass er nicht verschlossen war, aber als er an der Klinke rüttelte, tat sich nichts. Er drehte wahllos das kleine Rädchen, aber auch das bewirkte nichts.

Doch plötzlich spürte er, wie der Tresor immer wärmer wurde. Er wurde wärmer, heißer und schließlich begann er sogar zu glühen. Adrian machte die Hitze überhaupt nichts aus. Er wusste nur, dass sie da war, aber er spürte sie nicht. Langsam schmolz der Tresor weg und dann lag da das Ding, das die Ursache des Glühens war: ein kleiner, schwarzer Stein in Form einer Pyramide. Eine kleine Flamme war auf der einen Seite eingraviert.

Beim Anblick des Steins fing Adrians Narbe am Hals sofort an zu kribbeln und er wollte den Stein nehmen, aber er hatte Angst davor. Schließlich entschied er sich dazu, den Stein in irgendetwas einzupacken. Er schaute sich um und entdeckte einen kleinen Sack, in dem sich Kartoffeln befanden. Er schüttete sie aus und stülpte den Sack über den Stein. Dann stopfte er ihn in seine Hosentasche. Adrian zog sich die Kapuze seines Pullovers über den Kopf, versteckte die rote Mappe unter dem Pullover und suchte gebückt nach einem Aufzug. Er fand einen, stieg ein und drückte auf die Eins. Aber der Aufzug hielt schon in der nächsten Etage wieder. Eine Menge Leute quetschten sich in die Kabine. Und mehrere Finger drückten auf die Acht. Dort befand sich die Große Halle. Was wollten die Leute alle dort?

„Ich denke, man sollte sie hinrichten!", sagte ein ziemlich fies aussehender Mann an der Tür zu einer Frau.

„Spinnst du?", rief die Frau entsetzt. „Das Mädchen ist erst vierzehn Jahre alt!"

„Na und?", entgegnete der Mann schroff. „Sie hat versucht, Frau Subens die Planung eines Staatsstreichs vorzuwerfen! Sie bringt unsere ganze Organisation in Gefahr!"

Diese beiden mussten von Leila reden. Wer sonst hatte so etwas getan? Aber konnten sie Leila wirklich umbringen, wie es der Mann gesagt hatte?

„Was, wenn an ihrer Behauptung etwas dran ist?", mischte sich jetzt ein anderer Mann ein.

„Machen Sie sich doch nicht lächerlich!", meinte der fiese Mann empört. „Wir alle kennen Frau Subens gut genug, um zu wissen, dass sie zu so etwas nicht fähig wäre. Außerdem hat diese Leila doch nicht den geringsten Beweis!"

Also redeten sie tatsächlich von Leila! Irgendetwas musste Adrian unternehmen, so viel stand fest. Aber was?

Da hielt der Aufzug endlich wieder an, die Türen fuhren auf und die ganzen Menschen strömten aus dem kleinen Raum. Automatisch folgte Adrian ihnen in die Große Halle.

Die Große Halle war eine riesige Halle, die mehrere Etagen hoch war. An der gegenüberliegenden Seite war ein riesiges Podest, das wie eine Bühne aussah. Darauf stand einzig und allein ein Rednerpult. Vor der Bühne waren gut fünfzig Sitzreihen wie in einem Theater angebracht und über den Türen befanden sich die ganze Wand entlang mehrere Emporen mit weiteren Sitzreihen. Der ganze Saal war schon ziemlich voll, die meisten Plätze waren schon besetzt und es standen immer noch viele Leute in den Gängen herum.

Adrian setzte sich unauffällig in die letzte Sitzreihe und versuchte, sein Gesicht zu verbergen. Kurz darauf wurde die riesige Eingangstüre verschlossen und ein Mann betrat das Podest. Es war Walther Meinrich.

„Meine Damen und Herren! Der Grund, aus dem wir heute alle hier sind, ist ganz gewiss kein schöner. Deshalb haben wir diesen Prozess auch so schnell organisiert. Wir sollten dieses Thema schnell beseitigen und nicht weiter viel Zeit daran verschwenden. Führt die Angeklagte herein!"

Die Eingangstür öffnete sich wieder und Gabriella trat mit Leila an der Seite in die Große Halle. Leilas Hände waren gefesselt. Hinter den beiden schloss sich die Türe wieder, und während Gabriella und Leila zu dem Podest schritten, ging ein Raunen durch die Reihen.

Schließlich stellten sich die beiden neben das Rednerpult und Walther fuhr fort.

„Leila Gerhard, dir wird vorgeworfen, die Ehre der hier anwesenden Gabriella Subens in besonderem Maße beleidigt zu haben, indem du ihr die Planung eines Staatsstreichs vorgeworfen hast. Des Weiteren sollst du gegen Paragraf Eins der Hausordnung verstoßen und das Fortbestehen unserer Organisation gefährdet haben. Außerdem hast du die Leitung des AGS beschuldigt, ihren Mitarbeitern wichtige Informationen vorzuenthalten sowie falsche Angaben zu verbreiten. Bekennst du dich zu diesen Straftaten?"

„Ja", sagte Leila kurz und knapp.

Wieder ging ein Raunen durch die Reihen.

„Was hast du zu deiner Verteidigung zu sagen?"

„Ich kann das Ganze erklären", sagte Leila ruhig. „Nachdem ich vor ein paar Wochen ins AGS gebracht worden war, stellte meine Tante mehrere Nachforschungen an und stieß auf einige Ungereimtheiten: Wie hat es Frau Subens geschafft, innerhalb von zwei Jahren von einer Zielperson des AGS zur stellvertretenden Leiterin zu werden? Ja, richtig, Frau Subens war selbst einmal eine Zielperson. Und wieso werden, seit sie hier ist, alle Leute mit übernatürlichen Fähigkeiten, die in einem Krieg nützlich wären, aufgenommen, während alle anderen abgeschoben werden? Meine Antwort darauf ist: Frau Subens plant einen Staatsstreich mithilfe der Menschen, denen das AGS eigentlich helfen sollte!"

Ein lautes Murmeln erfüllte den Saal und Walther schlug auf sein Pult. „Ruhe!"

„Also entschloss ich mich, ebenfalls nachzuforschen", berichtete Leila weiter. „Deshalb schlich ich mich nachts in das Büro von Frau Subens, wo ich eine Mappe fand, in der sich eine genaue Erforschung des Gases Amphibion befand, mit dem man die Kontrolle über die Hüter des Gleichgewichts bekommen kann. Außerdem befanden sich darin Listen aller Menschen mit übernatürlichen Fähigkeiten, auf denen die Menschen markiert waren, deren Fähigkeiten in einem Krieg nützlich sein konnten. Aber leider habe ich diese Mappe verloren."

Jetzt war das Gemurmel so laut, dass Walther eine Weile brauchte, um wieder Ruhe in den Saal zu bekommen. „Leider können wir Leilas Tante hier nicht befragen, aber wir sind uns wohl alle einig, dass das Verschwinden dieser rätselhaften Mappe ganz klar gegen Leila spricht. Hören wir nun Frau Subens' Aussage."

„Nun ja", begann Gabriella nachdenklich. „Ich denke zwar nicht, dass Leila ihre Anschuldigungen gegen mich ohne Grund ausgesprochen hat, dennoch muss ich zugeben, dass ich die besagte Mappe noch nie gesehen habe. Und ein Staatsstreich wäre das Allerletzte, das ich planen würde. Trotzdem möchte ich an Sie appellieren, das Leben dieses jungen Mädchens zu verschonen und eine Todesstrafe auszuschließen."

Das folgende Gerede brach wie ein Sturm über die Halle hinein und Walther versuchte gar nicht erst, dagegen anzukämpfen. Er zog sich sofort in einen Raum hinter der

Bühne zurück und blieb dort eine Weile. Erst als er wieder herauskam, kehrte wieder Ruhe in die Halle ein.

„Zwölf Geschworene, deren Namen ich nicht nennen darf, sind ausgewählt worden, um über das Schicksal von Leila Gerhard zu entscheiden. Sie haben soeben beraten und haben Gerechtigkeit walten lassen. Leila Gerhard, aufgrund der hohen Anschuldigungen, die du nicht zu entkräften, mehr noch zu vergrößern vermochtest, und aufgrund der Gefahr, die du für unsere Organisation darstellst, verurteile ich dich hiermit zum Tode!"

„Einspruch!" Adrians Ruf hallte in dem großen Saal wider und wider und plötzlich herrschte eine eisige Stille. Adrian war aufgestanden und aller Augen waren auf ihn gerichtet. Er trat aus seiner Reihe heraus und ging auf das Podest zu.

„Leila ist unschuldig! Sie hat die Wahrheit gesagt!", rief er so laut er konnte. Langsam zog er die rote Mappe unter seinem Pullover hervor und ein unangenehmes Wispern erfüllte den Saal. Er reichte die Mappe Walther und der blätterte sie durch.

„Es stimmt alles, was Leila gesagt hat!", verkündete Walther und reichte die Mappe an Gabriella weiter. „Aber ich denke, dass das noch lange nicht beweist, dass Gabriella wirklich die ihr vorgeworfenen Verbrechen begangen hat. Schließlich kann sich jeder so ein paar Zeilen ausdenken und in einen Computer tippen."

Gabriella sah auf. „Ich habe diese Mappe zwar noch nie gesehen, aber das, was darin steht, haben sich diese zwei ganz sicher nicht ausgedacht! Leila und Adrian, seid ihr sicher, dass ihr die Mappe auf meinem Schreibtisch gefunden habt?"

Leila nickte.

„Ja", sagte Adrian. „Ich bin mir hundertprozentig sicher."

„Seht ihr?", keifte Leila. „Und ihr wolltet mich zum Tode verurteilen, obwohl ich unschuldig war! Seid froh, dass ich so nett bin, sonst würde ich euch glatt anzeigen, denn eine gerechte Verhandlung war das ganz sicher nicht!"

„Nicht so schnell, Leila!", sagte Walther plötzlich. „Die Verhandlung war zu Ende, bevor dein Freund sich hier eingemischt hat! Das Urteil ist längst gesprochen. Du wirst hingerichtet!"

Alle Farbe wich aus Leilas Gesicht. „Aber …"

„Nichts aber!", brüllte Walther plötzlich. „Deine weiteren Anschuldigungen gegen Gabriella belasten dich nur noch mehr! Deine Hinrichtung erfolgt in einer halben Stunde."

„Aber Walther", mischte sich Gabriella plötzlich ein. „Unter diesen Umständen … Das kannst du nicht machen. Die neuen Beweise stellen das alles in einem ganz anderen Licht dar! Du kannst Leila nicht hinrichten lassen. Du musst einen neuen Prozess ansetzten. Ich habe dir gleich gesagt, dass das viel zu schnell geht!"

Doch Walther blieb beharrlich. „Das Urteil ist gesprochen, dagegen kann ich nichts tun! Leila, komm jetzt bitte mit mir!"

„Sie wird nirgendwo hingehen", sagte Adrian plötzlich fest und bestimmt.

„Was soll das heißen?", fragten Walther und Gabriella gleichzeitig.

Da zog Adrian den Sack mit dem Stein hervor. „Ich glaube, ich habe hier auch noch ein Wörtchen mitzureden. Leila ist unschuldig, und bevor hier eine Unschuldige hingerichtet wird, nehme ich sie lieber mit!"

„Du willst was tun?", fragte Walther empört und verärgert.

„Sie mitnehmen", wiederholte Adrian. Einer Eingebung folgend schloss er die Augen und holte den Stein aus dem

Sack. Als er ihn berührte, durchfuhr ihn eine unglaubliche Wärme. Der Stein fing an zu glühen und ließ den ganzen Saal in rotem Licht erstrahlen. Ein heftiger Wind wehte um Adrian herum, der Boden vibrierte und unter Adrians Füßen bildete sich eine kleine Wasserlache. Dann ließ das Glühen wieder nach und das Licht erlosch. Als Adrian die Augen wieder öffnete, spürte er eine gewaltige Kraft in sich.

„Deine ... deine Augen!", stammelte Gabriella erschrocken.

Sie waren leuchtend rot.

„Gefallen sie dir?", fragte Adrian und lachte. Mit einem einzigen Gedanken ließ er Feuerstrahlen aus ihnen schießen. Mit einem lauten Knall ging das Rednerpult in Flammen auf.

„Komm, Leila!", rief Adrian und rannte mit ihr das Podest hinunter, zwischen den Sitzreihen entlang, aus dem Saal hinaus und in den Aufzug.

„Hinterher!", schrie Walther und einige Männer sprangen tatsächlich auf, um ihnen hinterher zu rennen.

Adrian drückte auf die Eins und Leila sprang zu ihm in den Aufzug. Die Männer kamen immer näher. Langsam ging der Aufzug zu. Einer der Männer sprang nach vorne – und polterte gegen die Türen. Dann fuhren Leila und Adrian nach oben.

„Leila, du musst uns hier wegbeamen!", sagte Adrian hektisch.

„Ich kann nicht!", sagte Leila leise.

Verständnislos schaute Adrian sie an. „Wie ... du kannst nicht?"

Leila hob ihren Arm und Adrian sah den Metallreifen, der um ihr Handgelenk baumelte. „Das verhindert, dass ich mich woanders hin beamen kann!"

„Verdammt!" Sauer schlug Adrian gegen die Aufzugwand und hinterließ dort einen kleinen, orange glühenden Fleck. Und da hatte er eine Idee: „Meinst du, du könntest kurz Schmerzen aushalten?"

„Wieso?", fragte Leila unsicher.

„Ich könnte den Reifen an einer Stelle wegschmelzen!"

Da hielt der Aufzug an und die Türen öffneten sich. Leila nickte. Also nahm Adrian den Reifen in die Finger und brachte ihn zum Glühen. Leila biss die Zähne zusammen, bis Adrian den Reifen aufbiegen und wegwerfen konnte.

„Danke!", sagte Leila erleichtert.

„Kannst du uns zu jemandem beamen, den du nicht kennst und von dem du nicht weißt, wo er sich befindet?", wollte Adrian wissen.

Leila nickte. „Aber nur, wenn du ganz fest an ihn denkst."

„Es sind zwei", sagte Adrian. „Bastian und Gerrit."

„Dann halt dich mal fest!"

Adrian umarmte Leila, aber nichts geschah.

„Es geht nicht!", sagte Leila. „Sie sind beide an verschiedenen Orten! Du musst dich für einen entscheiden."

„Aber … sie können nicht an verschiedenen Orten sein!", stammelte Adrian.

„Es ist aber so!", meinte Leila. „Nun mach schon!"

Also umarmte Adrian Leila wieder. „Bastian!", sagte er bestimmt und plötzlich lösten sich die beiden auf.

Malumis und Autumnus

Bastian saß mit den anderen beim Frühstück, als er wieder etwas Grünes leuchten sah. Aber dieses Mal war es nur Pascals grünes T-Shirt, das er aus den Augenwinkeln gesehen hatte.

„Musst du eigentlich immer etwas Grünes tragen?", fragte Bastian genervt und fing an, in seinem Rührei herumzustochern.

„Ich liebe nun mal Grün!", entgegnete Pascal beleidigt.

„Dann kannst du trotzdem auch einmal etwas Rotes oder Gelbes anziehen!", sagte Bastian leise.

Bartholomäus schaute Bastian besorgt an. „Ist es wegen dieses grünen Dings, das du gesehen hast? Franziska hat mir davon erzählt."

Bastian nickte. „Jedes Mal, wenn ich irgendwo etwas Grünes sehe, denke ich gleich, es wäre dieses blöde Vieh! Langsam glaube ich sogar schon, dass ich es nie wirklich gesehen habe, sondern mir das Ganze nur eingebildet habe!"

„Beschreib mir das Ding mal", forderte Bartholomäus ihn auf.

„Es war leuchtend grün und hatte riesige, komische blaue Augen", beschrieb Bastian das grüne Etwas. „Es sah ein bisschen aus wie ein fetter Wurm und hat sich auch so bewegt, aber ich glaube, dass es viel schlauer war als ein Wurm. Es kam mir so vor, als würde es uns beobachten!"

Bartholomäus seufzte schwer. „Wie sehr ich mir das auch wünschte, ich glaube nicht, dass du dir das nur eingebildet hast. So wie du es beschrieben hast, war das Ding ein grüner Teufelswurm. Diese Würmer gibt es wirklich und es sind böse Geschöpfe, die sich in verschiedenste Gestalten verwandeln können, das aber nur ungern tun. Ich glaube nicht, dass du dir so etwas hättest einbilden können, ohne zu wissen, dass es solche Dinger gibt. Also hast du es wirklich gesehen und das heißt auch, dass es euch wirklich beobachtet hat. Und da diese Würmer nichts tun, ohne einen Grund dazu zu haben, gehe ich mal davon aus, dass dieser Teufelswurm Malumis aus seinem Gefängnis befreien will. Diese bösen Geschöpfe waren nämlich die Einzigen, die sich ihm damals freiwillig angeschlossen haben."

„Also habe ich mir das Ding wirklich nicht nur eingebildet!", murmelte Bastian erfreut.

„Du meinst also, dass die Steine uns deswegen gerufen haben?", fragte Franziska erstaunt. „Um einen kleinen Teufelswurm davon abzuhalten, Malumis zu befreien?"

„Unterschätze die Teufelswürmer bloß nicht!", mahnte Bartholomäus sie. „Ihre magischen Fähigkeiten übertreffen die der Hüter bei Weitem!"

Plötzlich herrschte eine drückende Stille in der kleinen Küche. Bastian aß zwar noch von seinem Rührei, aber ansonsten waren alle ruhig und starrten ins Leere. Pauline fand als Erste die Sprache wieder: „Und was willst du jetzt tun?" Erwartungsvoll schaute sie Bartholomäus an.

Bartholomäus lächelte, als ob er auf diese Frage gewartet hätte. „Da es quasi unmöglich ist, einen Teufelswurm zu finden, wenn er es nicht will, und ihn dann auch noch zu fangen, schlage ich vor, dass wir erst einmal den Stein des Blitzes aus der Höhle holen. Er ist bei uns hier oben sicherer vor dem Wurm, als dort unten in der Höhle."

„Du hast uns übrigens immer noch nicht gesagt, wo die sich befindet", bemerkte Franziska.

Bartholomäus nickte.

„Warum hast du eigentlich unsere Steine bei dir im Tresorraum, während der Stein von Malumis immer noch in der Höhle liegt?", wollte Pascal wissen.

„Nach der Schlacht um Urbs Regentis holte einer der überlebenden Magier die Steine aus der Höhle, aber er traute sich nicht, auch den Stein des Blitzes mitzunehmen, da sich in diesem Stein ja Malumis befand", erzählte Bartholomäus. „Und auf seinen späteren Reisen verkaufte er die anderen vier Steine dann und verstreute sie so in ganz Linäa."

„Und wie bist du daran gekommen?", wollte Gerrit wissen.

Bartholomäus schmunzelte. „Ich habe jahrelang danach gesucht. Drei der Steine hatte ich irgendwann gefunden ..."

„... und beim vierten Stein, dem Stein des Feuers, ist dir das AGS dann zuvorgekommen", vermutete Bastian und Bartholomäus nickte.

„Und wie hast du die Höhle gefunden?", fragte Pauline und alle schauten Bartholomäus gespannt an.

Er räusperte sich. „Es gab alte Karten von Urbs Regentis und den Höhlen in der Umgebung. Nur wenige von ihnen kamen für das Versteck der Steine infrage. Und auf meiner Suche bin ich dann auf dieses Grundstück hier gestoßen ..."

„Der Eingang zur Höhle ist hier?", riefen Pascal und Franziska ungläubig.

Bartholomäus sagte nur: „Kommt mit!"

Dann stand er auf und räumte seinen Teller und sein Besteck in die Spüle. Die anderen taten es ihm gleich und folgten ihm ins Gartenhäuschen. Gemeinsam stiegen sie in den kleinen Aufzug – wieder passten sie alle ohne Probleme hinein – und fuhren hinab in den graublauen Gang tief unter der Erde. Auf dem Weg nach unten fragte Franziska Bartholomäus, warum er den Stein des Blitzes nicht schon eher aus der Höhle geholt hatte, und er musste zugeben, dass er sich genauso wenig wie der Magier von damals getraut hatte, den Stein anzufassen.

Da waren sie auch schon unten angekommen. Bartholomäus ging geradewegs den Gang entlang und die anderen folgten ihm gespannt. Schließlich blieben sie am Ende des Gangs vor dem riesigen Bild von Franziska und Pascal an der kleinen Rückwand stehen.

Bastian betrachtete es genauer. Auf dem Bild lagen Franziska und Pascal in einem riesigen Haufen vertrockneter Blätter und grinsten fröhlich in die Kamera. Franziska warf ein paar Blätter in die Luft und Pascal hielt eine Kette mit einem kleinen, blaugrauen Quader als Anhänger in der Hand. Sie waren noch relativ jung, das Bild musste also schon etwas älter sein.

„Pascal, holst du bitte die Kette!", bat Bartholomäus Pascal und der lief schnell in sein Zimmer. Kurz darauf kam er wieder und hielt dieselbe Kette wie auf dem Bild in der Hand. Bartholomäus nahm sie und trat ein Stück auf das Bild zu. Er berührte das Bild an der Stelle, an der der Anhänger der Kette abgebildet war, und es zischte leise in der Wand. Bartholomäus trat ein Stück zurück, als das Bild langsam aufschwang. Dahinter befand sich nur eine massive Steinwand mit einem viereckigen Loch in der Mitte. Bartholomäus nahm den kleinen, blaugrauen Quader und steckte ihn in das Loch. Er passte genau und fing sofort an, hellblau zu leuchten.

Plötzlich teilte sich der Quader in der Mitte und die beiden Hälften begannen, langsam nach oben und nach unten zu wandern. Dabei hinterließen sie einen breiten Spalt in der Steinwand. Als die beiden blauen Quaderhälften oben in der Decke und unten im Boden verschwunden waren, fuhren die beiden Hälften der Steinwand zur Seite weg und gaben die Sicht auf einen langen, dunklen und feuchten

Tunnel frei. Er führte leicht abfallend nach unten und verlor sich hinter einer Kurve im Dunkeln.

Alle staunten nicht schlecht, sogar Pascal und Franziska. „Warum hast du uns den Tunnel nie gezeigt?", fragte Franziska empört.

„Warum hätte ich das tun sollen?"

Franziska wollte etwas sagen, aber auf Bartholomäus' Frage fand sie keine Worte und ein bisschen verärgert klappte sie ihren Mund wieder zu.

Pascal hingegen war mehr verwundert als verärgert. „Ich hatte die ganze Zeit den Schlüssel zur Höhle bei mir", murmelte er und schüttelte ungläubig den Kopf.

Da hielt es Gerrit nicht mehr länger aus und stürmte in den Tunnel. „Worauf wartet ihr denn noch? Kommt endlich!"

Bartholomäus lächelte kopfschüttelnd und folgte Gerrit mit den anderen in den Gang. Bastian jedoch zögerte noch einen Moment und hielt Franziska zurück. „Das ist doch Irrsinn", flüsterte er ihr zu. „Diese ganze Geschichte von der Villa des Kaufmanns, der einen Keller metertief unter dem Boden hatte, in dem Bartholomäus ganz zufällig auch noch den Eingang zur Höhle findet ... Bartholomäus lügt doch! Irgendetwas stimmt da nicht."

Franziska zuckte mit den Schultern und schaute den anderen hinterher, die in dem dunklen Tunnel schon fast nicht mehr zu sehen waren. „Vielleicht sollten wir gleich mal mit ihm reden", meinte sie nur und lief den anderen hinterher.

Bastian blieb noch einen Moment lang kopfschüttelnd stehen, dann folgte er ihr.

Der Boden des Tunnels bestand aus hartem Lehm und die Wände und die Decke waren aus kaltem, kantigem Gestein. Bastian hatte die anderen bald eingeholt. Es wurde immer dunkler und Bartholomäus holte eine Taschenlampe aus seiner Jackentasche. Im Lichtkegel der Lampe lief Gerrit vorweg den Tunnel entlang. Aufgeregt schaute er sich in einem fort um, betrachtete die Decke und die Wände und lief ab und an zu ein paar kleinen Felsspalten oder Löchern im Gestein. Fasziniert blieb er plötzlich vor der rechten Wand stehen. Verwundert eilten die anderen zu ihm und schauten, was er dort gefunden hatte.

In die Felswand war ein glattes Viereck geschliffen worden, auf dem ein Satz eingraviert war: *Um die Vergangenheit zu verstehen, musst du reisen.*

Darunter war ein Ring eingemeißelt, in dem noch ein Satz stand: *Mögen die Hüter Feuer, Wasser, Luft und Erde im Zaum halten.*

Der Ring umschloss die vier Symbole der Elemente, von denen sich jeweils eines in einem Viertel des Kreises befand. Die Viertel waren durch ein kleines Kreuz getrennt, auf dessen vier Balken jeweils noch einmal die vier Elementsymbole hintereinander gereiht waren. Die vier kleinen Streifen trafen sich aber in der Mitte des Kreuzes nicht. Dort befand sich stattdessen ein kleinerer Kreis mit einem Blitz.

„Was soll das alles heißen?", fragte Franziska verständnislos.

Pauline zuckte die Schultern. „Ich weiß es auch nicht."

„Aber es sieht toll aus!", bemerkte Gerrit.

Bastian und Pascal nickten. „Da hat er recht!", stimmten ihm beide gleichzeitig zu.

„Na, kommt! Lasst uns endlich weitergehen", sagte Bartholomäus.

Gerrit blieb noch kurz vor dem Viereck stehen und betrachtete den großen Kreis, dann folgte er den anderen, die schon weiter den Tunnel entlanggegangen waren. Dieser schien überhaupt kein Ende zu nehmen. Immer tiefer führte er hinab und immer weiter führte er vorwärts. Mittlerweile mussten sie sogar wieder unter Ressteinburg sein, dachte sich Bastian.

Schließlich blieben sie in einer großen Höhle stehen, die etwa dreimal so breit war wie der Gang und mindestens doppelt so hoch. Aber es schien, als würde kein anderer Weg aus ihr herausführen als der, den sie gekommen waren.

„Und jetzt?", fragte Pascal erwartungsvoll.

„Immer mit der Ruhe", sagte Bartholomäus unbekümmert. Dann wandte er sich der gegenüberliegenden Wand zu. „Feuer, Wasser, Luft, Erde!", sagte er nacheinander die verschiedenen Elemente auf.

Ein Grummeln erfüllte die Höhle und der Boden erzitterte. Die Steine und die Wand vor ihnen fuhren langsam immer weiter zurück, bis sie schließlich stoppten und im Boden versanken. Jetzt lag eine riesige Höhle vor ihnen, mindestens zwanzigmal so groß wie die, in der sie jetzt standen. Ein paar Meter hinter dem Eingang stand eine kleine Steinsäule mit ungefähr einem Meter Durchmesser und der Höhe eines Tischs. Dahinter erstreckte sich über den Rest der Höhle ein See, und zwar der gruseligste See, den Gerrit und Bastian je gesehen hatten. Er war tiefschwarz bis auf mehrere grüngelbe Lichtflecken, die in dem schwarzen Wasser umherschwammen, mal abtauchten und mal bis kurz unter die Wasseroberfläche auftauchten. Bastian schien es, als hätten diese Flecken blasse Gesichter und als würden sie schreien, weil sie unmenschliche Qualen erlitten. Ihn überkam die schreckliche Vermutung, dass diese Flecken die Seelen irgendwelcher Verstorbenen waren.

Und Bartholomäus bestätigte seine Vermutung: „Das ist der See der unschuldigen Toten. Darin sind die Seelen aller Zauberer gefangen, die gestorben sind, als Autumnus Malumis in seinem Stein einsperrte."

„Wie grausam!", murmelte Pauline entsetzt.

Bartholomäus nickte.

„Ich hole den Stein", sagte Pascal entschlossen, als ob er es eilig hätte. Er schritt auf die kleine Steinsäule zu, aber plötzlich brach er schreiend zusammen und blieb regungslos am Boden liegen.

„Pascal!" Franziska wollte zu Pascal hinrennen, aber da brach auch sie zusammen und wurde bewusstlos.

„Was ist hier los?", schrie Bastian ängstlich, während er sich neben Pascal kniete und ihm gegen die Wange klopfte.

Bartholomäus schaute sich hektisch um. „Er … er ist hier!", stammelte er verwirrt.

„Wer?", fragte Pauline, die neben Franziska hockte, verständnislos.

Gerrit begann, zu wimmern.

„Der Teufelswurm!"

Pauline fuhr erschrocken hoch. „Wo? Wo ist er?"

„Ich weiß es nicht!", entgegnete Bartholomäus nervös.

„Da!", schrie Bastian plötzlich und wies in eine Ecke der Höhle, in der hinter einem großen Stein grünes Licht flackerte. Doch im nächsten Moment trat Adrian hinter dem Felsen hervor.

Gerrit hörte auf, zu wimmern. „Adrian!", freute er sich und lief auf den Jungen zu.

„Gerrit, nein!", schrie Bartholomäus mit lauter, gebieterischer Stimme und Gerrit verharrte. „Lass dich nicht täuschen! Das ist der Teufelswurm. Er kann sich doch in jede beliebige Gestalt verwandeln!"

Gerrit zögerte und schaute zwischen Bartholomäus und Adrian hin und her. Adrian schaute ein bisschen traurig.

„Jetzt haben wir uns so lange nicht gesehen und du umarmst mich nicht einmal?", fragte er enttäuscht.

Gerrit ging ein Stück auf ihn zu.

Da sprang Bartholomäus vor, streckte seinen Arm in Adrians Richtung aus und rief: „Muorate Embrosa!"

Ein purpurner Funkenstrahl schoss aus Bartholomäus' Hand auf Adrian zu, der sich plötzlich grün flackernd in den Teufelswurm zurückverwandelte. Ein grüner Ball bildete sich um den Wurm, Bartholomäus' Funkenstrahl prallte dagegen und verpuffte mit einem lauten Grummeln, das die ganze Höhle erbeben ließ. Bartholomäus stürzte zurück, fiel zu Boden und blieb reglos liegen.

Bastian wusste nicht, was er machen sollte. Sollte er bei Pascal bleiben oder zu Bartholomäus rennen? Oder sollte er sich doch um Franziska kümmern? Denn Pauline war ein Stück von ihr zurückgewichen. Ihre Augen leuchteten hellgrau und sie hielt ihre Arme merkwürdig verkrampft nach vorne. Und plötzlich fegte ein heftiger Wind durch die Höhle, der das Wasser im See riesige Wellen schlagen ließ. Bevor der Wind den Teufelswurm erfassen konnte, brach auch Pauline zusammen und blieb still am Boden liegen.

Jetzt reichte es Bastian. Er sprang auf und stürzte auf den Wurm zu. Dieser schaute ihn mit seinen kalten, blauen Augen an und eine heftige Druckwelle schleuderte Bastian zurück. Er rutschte ein Stück über den Boden und blieb dann stöhnend neben Gerrit liegen. Nun schenkte der Teufelswurm den anderen keinerlei Beachtung mehr und glitt flink auf die Steinsäule zu.

Gerrit schaute von dem jammernden Bastian über die anderen reglosen Körper seiner Freunde zu dem Scheusal, das gerade dabei war, die Steinsäule zu erklimmen. Wütend starrte Gerrit es an, doch er wusste nicht, was er hätte tun können. Er hätte den Wurm am liebsten getreten und geschlagen und hochkant aus der Höhle geschmissen, doch er konnte nicht. Er konnte es sich nur vorstellen.

Mit einem Mal hob der Wurm vom Boden ab und schwebte in der Luft. Er starrte Gerrit scheinbar entsetzt mit seinen kalten blauen Augen an, bevor er zu zittern und zu zappeln begann. Er wand sich herum, als versuchte er sich zu befreien, aber er blieb in der Luft hängen. Und dann schoss er wie eine Kanonenkugel in der Höhle herum, in den Gang hinein und verschwand.

„Was war das?", fragte Gerrit ängstlich.

Da erhob sich Bartholomäus und hielt sich den Rücken. „Au, mein Rücken! Das ... war nichts Schlimmes, Gerrit! Nur unsere Rettung ...", versuchte er ihn zu beruhigen.

„Aber was war das?", wollte Gerrit wissen.

„Das kann ich dir leider auch nicht sagen", gab Bartholomäus zu.

Gerrit erkannte, dass Bartholomäus wirklich nicht wusste, was mit dem Teufelswurm passiert war. Stattdessen fragte er jetzt: „Und was war das, was du da eben gemacht hast?"

„Magie", sagte Bartholomäus knapp.

Neben Gerrit regte sich jetzt auch Bastian. „Wo ... wo ist er hin, der Teufelswurm?"

„Er ist wie irre herumgeflitzt und dann abgehauen", murmelte Gerrit.

„Aha", sagte Bastian nicht viel schlauer als vorher. „Was ist mit den anderen? Geht es ihnen gut?"

Bartholomäus nickte. „Es ist nichts weiter Schlimmes. Der Teufelswurm hat sie nur mit einem Lähmungszauber belegt. Sie werden gleich wieder aufwachen."

Bastian atmete erleichtert auf. „Vielleicht sollte jetzt endlich jemand diesen verdammten Stein holen!"

„Mein Rücken!", jammerte Bartholomäus sofort.

Bastian rollte mit den Augen. „Ist schon gut! Ich hole ihn freiwillig." Er stand auf und ging zu der Steinsäule. Obendrauf war sie ganz flach und glatt geschliffen. Darauf war derselbe Kreis eingemeißelt, den sie auch schon auf dem Gang gesehen hatten. In dem äußeren Ring stand sogar derselbe Satz: *Mögen die Hüter Feuer, Wasser, Luft und Erde im Zaum halten!* Aber statt der vier Zeichen der Elemente in den jeweiligen Kreisvierteln und statt des Blitzes in dem kleinen Kreis in der Mitte waren dort vier quadratische Vertiefungen, in denen wohl die vier Steine der Elemente gelegen haben mussten, und eine fünfte Vertiefung, in der die kleine schwarze Pyramide mit dem eingravierten Blitz lag.

Bastian streckte die Hand aus und nahm die kleine Pyramide aus der Vertiefung, als ein greller Blitz aus ihr hervor schoss und Bastian zu schreien begann. Gerrit und Bartholomäus fuhren erschrocken zusammen und mussten entsetzt mit ansehen, wie der Blitz Bastians Brust durchdrang. Schließlich verschwand der Blitz wieder, Bastians Schrei verstummte und er ließ die Pyramide zu Boden fallen.

Gerrit und Bartholomäus gingen vorsichtig ein Stück auf ihn zu. „Alles in Ordnung, Bastian?", fragte Bartholomäus besorgt.

Da schlug Bastian seine Augen auf. Sie leuchteten gelb und er grinste Bartholomäus gehässig an. „Sei gegrüßt, Autumnus! Wir haben uns ja lange nicht gesehen!"

Bartholomäus erstarrte.

„Du hast dich aber nicht gut gehalten!", fuhr Bastian fort. „Schau dir bloß all die Falten an! Deine Statur! Und dann erst das graue Haar! Wie es scheint, bist du bald an deinem Lebensende angelangt. Mein Geist hingegen ist in deinem Gefängnis nicht bedeutend gealtert, nur leider – hast du mir meinen Körper genommen!", fauchte er.

„Malumis …", setzte Bartholomäus an.

Aber Bastian unterbrach ihn schroff: „Schweig! Du hast Glück, dass ich im Augenblick den Körper eines Freundes besitze, denn wenn ich nur könnte, würde ich dich kurz und klein schlagen. Aber mein … Leihkörper lässt mich nicht!"

„Das ist auch gut so!", entgegnete Bartholomäus. „Und er wird dich nie jemanden töten lassen!"

„Er nicht, ich weiß", sagte Bastian. „Deshalb muss ich jetzt auch los, um mir einen anderen Körper zu besorgen."

„Du gehst nirgendwo hin!", rief Bartholomäus und hob seinen Arm.

„Du weißt genau wie ich, dass du das nicht tun wirst, da du sonst den armen Knaben direkt mit umbringst!", sagte Bastian höhnisch.

Bartholomäus knirschte mit den Zähnen und ließ den Arm wieder sinken. Natürlich hatte er gewusst, dass er Bastian umbringen würde, wenn er jetzt Malumis in ihm bekämpfen wollte. Und das hatte er auch nie wirklich tun wollen, aber er hatte gehofft, dass sich Malumis dadurch vielleicht einschüchtern lassen würde.

Bastian schüttelte den Kopf. „Deine Nächstenliebe wird dein Untergang sein!" Er schnipste mit dem Finger und mit einem Knall verschwand er in einer tiefschwarzen Rauchwolke.

Gerrit schrie auf. „Bastian! Wo ... was ... was ist mit ihm passiert?"

„Ich dachte, das wäre unmöglich, ich ... das ...", stammelte Bartholomäus ganz durcheinander. „Malumis ... er hat Besitz von Bastians Körper ergriffen!"

Gerrit schluchzte. „Aber warum ist er explodiert?"

Bartholomäus schüttelte den Kopf und streichelte Gerrit über den Kopf. „Er ist nicht explodiert, er hat sich nur von hier weg gezaubert."

Gerrit schaute zu Bartholomäus auf. „Dann lebt er noch?"

Bartholomäus zögerte, aber dann nickte er.

Plötzlich regte sich hinter ihnen etwas. Pauline war aufgewacht und schaute sich verwundert blinzelnd um. Dann fiel ihr wieder ein, was passiert war, und sie sprang hektisch auf. „Wo ist er? Und ... wo ist Bastian?"

„Der Teufelswurm ist durchgedreht und ist hier herumgeflitzt und dann ist er abgehauen", wiederholte Gerrit, was er auch schon Bastian erzählt hatte. „Und Bastian … Malumis ist mit einem Blitz in ihn reingegangen und dann ist er explodiert."

Pauline starrte Gerrit mit offenem Mund an. Sie hatte kein Wort verstanden.

„So, und jetzt bitte noch mal für Leute, die die ganze Zeit bewusstlos gewesen sind", sagte Franziska, die plötzlich hinter Gerrit stand. Und auch Pascal bewegte sich.

„Kommt erst einmal mit hoch", meinte Bartholomäus, „da erklären wir euch dann alles."

Also halfen Gerrit und Franziska Pascal auf die Beine, während Pauline den Stein des Blitzes aufhob, dann folgten sie Bartholomäus durch die kleine Höhle, an dem Kreis mit den Symbolen der Elemente vorbei, zurück zum Eingang. Bartholomäus verschloss den Tunnel sorgfältig, indem er einen Stein im Tunnel ein Stück in die Wand drückte, schnell aus dem Tunnel lief und wartete, bis die Steinwände wieder zusammengefahren und die beiden blauen Quaderhälften wieder eins geworden waren. Dann zog er den Quader aus dem Loch heraus und klappte das Bild zu.

Pascal brachte den Stein des Blitzes in die Vitrine zu den anderen Steinen, fuhr mit den anderen nach oben und ging mit ihnen in die Küche, wo Bartholomäus und Gerrit ihnen erzählten, was passiert war. Wobei Gerrit immer wieder Bartholomäus' Beschreibungen mit hysterischen Ausrufen untermalte: „Ein gigantischer, roter Funkenstrahl!"

„Ein riesiger, grüner Ball war das!"

„Ein Schutzschild? Das war ein fieser Gegenzauber!"

„Wie irre ist der in der Höhle herumgeschossen!"

„Der Blitz hat Bastian fast zerfetzt!"

„Explodiert ist er!"

Am Ende waren die anderen total perplex. Sie hatten

sich so einiges vorstellen können, was hätte passiert sein können. Aber dass Malumis aus seinem Gefängnis ausgebrochen war und Besitz vom Körper einer ihrer Freunde ergriffen hatte, damit hatten sie nicht gerechnet.

„Aber dann haben die Steine ja einen riesigen Fehler gemacht!", rief Franziska entsetzt. „Wenn sie uns nicht gerufen hätten, wäre Malumis auch nicht aus dem Stein gekommen!"

„Doch", entgegnete Pauline. „Wenn wir ihn nicht da rausgeholt hätten, dann hätte es eben der Teufelswurm getan!"

„Und Bastian hat ganz normal gesprochen, als Malumis in ihm war?", fragte Pascal. „Er war ganz normal? Nur die Augen haben gelb geleuchtet?"

„Ja, er hat die Augen aufgemacht und die waren so eklig gelb, wie die Augen einer Schlange!", erzählte Gerrit. „Und dann meinte er: *Sei gegrüßt, Autumnus! Wir haben uns ja lange nicht gesehen!*"

„Moment!", fuhr Franziska dazwischen. „Hast du gerade Autumnus gesagt?"

„Er hat Autumnus gesagt", erwiderte Gerrit und meinte damit Malumis.

„Aber dann ...", murmelte Franziska verwirrt.

Pascal starrte Franziska an und dann verstand auch er. „Du meinst ..."

„Aber das kann doch nicht ..." Paulines Mund blieb offen stehen.

Und dann schauten alle drei zu Bartholomäus. Aber bevor irgendwer noch etwas sagen konnte, ließ ein dumpfes Geräusch sie zusammenfahren. Dann polterte etwas gegen die Haustüre und kurz darauf klingelte es.

„Schnell! Versteckt euch!", flüsterte Bartholomäus und stand auf.

Eilig schlüpften Pauline und Franziska ins Badezimmer

und schlossen sich ein, Pascal rannte ins Wohnzimmer und versteckte sich hinter dem Sofa und Gerrit quetschte sich in den Kleiderschrank auf dem Flur.

Dann öffnete Bartholomäus die Tür.

Adrians Kräfte

Als Adrian spürte, dass er sich wieder zusammensetzte, machte er die Augen wieder auf. Er und Leila standen in einer dunklen Gasse, aber Bastian war nirgendwo zu sehen.

„Wo sind wir hier?", fragte Leila unsicher.

„Ich weiß es nicht", sagte Adrian. „Wo ist Bastian?"

„Er müsste hier eigentlich irgendwo sein!", antwortete Leila mehr und mehr verwirrt.

Plötzlich leuchtete vor ihnen im Schatten der riesigen Hauswände ein Paar grellgelber Augen auf. Adrian schritt ein Stück in die Dunkelheit hinein und er erkannte Simon und Merten.

„Sei gegrüßt, Adrian!", sagte Simon langsam.

Erschrocken wich Adrian zurück. Es waren Simons Augen, die so grässlich leuchteten, dass sie ihm Furcht einflößten. „Was ist mit dir passiert?", rief Adrian ängstlich.

„Mit mir? Ich bin befreit worden!" Simon lachte gehässig. „Von deinem kleinen Freund da!" Immer noch lachend wies er zu zwei Mülltonnen, hinter denen Adrian Bastians reglosen Körper entdeckte.

„Bastian!", rief er entsetzt und wollte zu ihm hinlaufen, aber Simon hielt ihn fest. „Simon, lass mich ..."

„Ich bin nicht Simon!", keifte dieser. „Ich bin Malumis!"

Adrian blieb der Mund offen stehen, dann versuchte er, zu lachen. „Guter Witz! Hehe, das war lustig!"

Simon funkelte ihn böse an. „Das ist kein Witz!"

„Aber das ... das kann doch gar nicht sein!", stammelte Adrian.

„Soll ich's dir vielleicht beweisen?", fragte Simon grinsend, hob seinen Arm und ein gewaltiger Blitz schoss aus seiner Hand in den Himmel.

„Dann hatte Bartholomäus also doch recht! Der Stein hat mich wegen dir gerufen!" Adrian überlegte nicht lange, sondern schlug seine Hände zusammen und ließ eine riesige Feuerwalze auf Simon zurollen, wohl bedacht, Merten und Bastian vor ihr zu schützen.

Erschrocken riss Simon die Arme hoch und konnte gerade noch einen gelben Schutzschild heraufbeschwören. Kurz darauf schwächte die Feuerwalze wieder ab. Simon starrte ihn wütend an und zischte: „Du ...! Das wirst du büßen!"

Aber noch ehe er die Hand zu einem Gegenangriff heben konnte, hatte Adrian schon einen Feuerball nach ihm geworfen, der an seiner Schulter explodierte. Simon wurde zurückgeschleudert, aber Adrian schoss trotzdem weiter Feuerbälle hinter ihm her. Simon hatte es währenddessen geschafft, erneut einen Schutzschild aufzubauen und heilte sich darin selber.

„Merten, hau ab!", schrie Adrian, während er immer wieder Feuerbälle auf Simons Schutzschild niedersausen ließ. „Leila, hol Bastian!"

Die beiden taten, was er gesagt hatte, und wenig später stand Leila mit dem bewusstlosen Bastian im Arm neben ihm.

„Kannst du uns hier wegbeamen?", fragte Adrian und schoss drei Feuerbälle in Simons Richtung.

„Drei Leute sind eigentlich zu viele, aber ich kann es versuchen!", antwortete Leila und fasste Adrian am Arm.

Der hörte auf, Simon zu attackieren. Sofort stand dieser auf und hob seinen Arm, um Adrian mit seinen Blitzen anzugreifen. Adrian dachte fest an Gerrit und schon lösten Leila, Bastian und er sich auf, gerade noch rechtzeitig, bevor Malumis' Blitz sie traf.

Aber dieses Mal lief alles anders. Abrupt setzte sich Adrian wieder zusammen und er sah einen blauen Strom aus Häusern, Bäumen, Autos und Tausend anderen Dingen, aus dem er schließlich herausgeschossen wurde. Er schleuderte in der Luft herum, krachte auf den Boden und rollte herum. Adrian öffnete die Augen und hielt sich seine schmerzende Schulter. Neben ihm lagen Bastian und Leila. Bastian gab immer noch keinen Mucks von sich, aber Leila stöhnte laut. Dann stieß sie einen leisen Fluch hervor.

„Alles in Ordnung?", fragte Adrian besorgt.

Leila nickte. „Ich bin nur blöd auf dem Rücken gelandet. Wir waren zu schwer, da sind wir abgestürzt."

„Ich hab's gemerkt!", murmelte Adrian. „Tut mir leid, dass ich dich unbedingt darum bitten musste."

„Das ist doch nicht schlimm!", entgegnete Leila sofort. „Besser, als wenn Malumis uns mit seinen Blitzen getroffen hätte! Komm, wir müssen Bastian irgendwo hinbringen, wo man ihm helfen kann."

Leila stand auf und Adrian tat es ihr gleich. Als er sich umschaute, bemerkte er, dass sie auf der Kuhweide vor Bartholomäus' Haus gelandet waren, und in der Ferne entdeckte er auch die kleine Hütte.

„Da drüben wohnt Bartholomäus!", sagte er zu Leila. „Der kann uns auf jeden Fall helfen!"

Adrian bückte sich und hievte Bastian auf seinen Rücken, dann machten sie sich auf den Weg zu Bartholomäus' Haus. Als sie dort ankamen, war Adrian schon ganz schön erschöpft. Er versuchte noch, die Veranda zu betreten, doch er bekam seinen Fuß nicht hoch genug, stolperte und krachte samt Bastian gegen die Haustüre. Leila eilte schnell zu ihm und half ihm auf, dann zogen sie Bastian wieder hoch. Leila klingelte, aber niemand öffnete. Erst nach ein paar Minuten erschien Bartholomäus an der Tür.

„Adrian!", rief er erfreut und zugleich entsetzt, denn er hatte Bastians schlaffen Körper gesehen. „Kommt rein, kommt rein!"

Bartholomäus half ihnen, Bastian ins Wohnzimmer zu tragen und aufs Sofa zu legen.

„Ihr könnt rauskommen!", rief Bartholomäus in das stille Haus hinein. „Es ist Adrian."

Da tauchte ein blonder Junge mit einem grünen Pullover hinter dem Sofa auf, jemand schloss das Badezimmer auf und ein blondes Mädchen und eine junge Frau mit hellbraunem Haar kamen heraus und Gerrit sprang aus dem Kleiderschrank im Flur.

„Adrian!", rief er überrascht, kam ins Wohnzimmer gerannt und sprang Adrian um den Hals.

„Hey, Kleiner!", sagte Adrian und schloss Gerrit in seine Arme.

Da entdeckte dieser Bastian. „Was ... was ist mit ihm?"

„Er ist bewusstlos", sagte Bartholomäus, der Bastian untersucht hatte. „Aber ich glaube, er hat Malumis nicht mehr in sich."

„Malumis war in ihm?", fragte Adrian entsetzt. „Als wir ihn gefunden haben, waren da auch Simon und Merten und Malumis war in Simon."

„Dann muss Malumis irgendwie den Körper gewechselt haben", murmelte Bartholomäus.

„Wie konnte er überhaupt aus dem Stein ausbrechen?", wollte Adrian wissen.

„Alles der Reihe nach", sagte Bartholomäus ruhig. „Erstmal wollen wir den armen Bastian wieder wecken." Er legte Bastian die Hand auf die Stirn und kurz darauf erschien dort ein goldener Schimmer.

Bastian fuhr hoch und schnappte nach Luft.

„Gott sei Dank!", sagte Pauline erleichtert.

Bastian schaute sich ein wenig verwirrt um. „Was ... Adrian!" Er lächelte. „Ich schätze mal, du hast mich gerettet. Wer sonst?"

Adrian bedachte Bartholomäus wegen des Zaubers mit einem argwöhnischen, fragenden Blick, aber dann grinste er Bastian an. „Hab ich doch gerne gemacht."

„Was ist überhaupt passiert?", wollte Franziska wissen.

Adrian schaute sie prüfend an, weil er sie ja nicht kannte und er sich fragte, ob er ihr vertrauen konnte. Aber dann fiel ihm ein, dass Bartholomäus sie kannte und wohl nicht vor ihr über Malumis geredet hätte, wenn sie nicht über alles Bescheid wüsste. Also erzählte er, was im AGS alles passiert war. Von seinem Ohnmachtsanfall, über die Nacht, in der sie in Gabriellas Büro eingebrochen waren, bis hin zu dem Krabbeln durch die Lüftungsschächte und dem Prozess von Leila. Dort wurde er zum ersten Mal unterbrochen.

„Sie wollten dich echt umbringen?", fragte Franziska Leila erschrocken.

Leila nickte.

„Mein Gott, wie tief das AGS gesunken ist, unglaublich", murmelte Bartholomäus.

„Und was ist dann passiert?", wollte Gerrit wissen.

Also erzählte Adrian, wie Leila sie zu Bastian gebeamt hatte, wie sie auf Simon gestoßen waren, der ihnen offenbart hatte, dass er Malumis war, und wie Adrian gegen ihn gekämpft hatte.

Als Bartholomäus von Adrians Angriffen hörte, staunte er nicht schlecht: „Du hast es geschafft, dass Malumis nicht zu einem einzigen Angriff gekommen ist?"

„Ja", sagte Adrian, als wäre das nichts Besonderes. „Erst als wir uns aus dem Staub machen wollten."

Bartholomäus nickte anerkennend. „Das ist eine tolle Leistung für einen Hüter, der erst kurz zuvor seine Kräfte bekommen hat. Malumis war stärker als jeder andere Zauberer, und ihn so im Schach zu halten, hätten nur wenige geschafft."

Adrian wurde rot und erzählte schnell weiter. Aber viel war danach ja nicht mehr passiert und so saßen oder standen sie kurz darauf stumm in dem Zimmer herum.

„Ihr habt mir aber noch gar nicht erzählt, wie Malumis aus dem Stein abhauen konnte", sagte Adrian schließlich.

„Und ich habe dir die anderen Hüter noch gar nicht vorgestellt", bemerkte Bartholomäus. „Das dort ist Pauline, die Hüterin der Luft." Bartholomäus wies auf die Frau mit den hellbraunen Haaren. „Das ist Franziska, die Hüterin des Wassers." Er wies zu dem Mädchen mit den blonden Haaren und Adrian staunte ein bisschen, denn er hätte nie gedacht, dass sie eine Hüterin ist. „Und das ist Pascal, der Hüter der Erde, das sieht man ja an seinem grünen Pullover ... er trägt nämlich immer nur grün."

Adrian nickte. Nun waren also alle Hüter am selben Ort. „Und wie seid ihr alle hierhergekommen? Und vor allem, warum?"

Bartholomäus erzählte, was passiert war, seitdem Adrian aus der Polizeiwache verschwunden war. Dabei ließ er kein Detail aus und Gerrit untermalte das Ganze mal wieder mit seinen ganz eigenen Eindrücken. Adrian musste deswegen immer wieder grinsen, obwohl das, was passiert war, ja eigentlich gar nicht zum Lachen war. „Du hast also nichts verpasst!", schloss Bartholomäus seine Erzählung.

„Überhaupt nichts!", stimmte Adrian ihm lachend zu.

Als Bartholomäus aus dem Fenster schaute, bemerkte er, dass die Sonne schon ziemlich tief stand. „Wisst ihr, es ist schon spät und wir haben heute noch gar nichts Vernünftiges gegessen, abgesehen vom Frühstück. Ich finde, wir sollten auf eine kleine Mahlzeit ins Gasthaus *Zum Goldenen Ritter* gehen."

Die anderen stimmten ihm sofort zu, denn auf Kommando fingen ihre Mägen an zu knurren. Also machten sie sich auf den Weg ins Dorf. Als sie in die dunkle Gasse einbogen, in der sich das Restaurant befand, bemerkte Adrian, dass es die Gasse war, in der er und Leila Malumis begegnet waren. Es waren auch noch ein paar Spuren von Adrians Angriffen zu erkennen.

„Hier habe ich gegen Malumis gekämpft", sagte er zu Bartholomäus.

„Hier, sagst du?", fragte Bartholomäus erstaunt.

Adrian verwunderte Bartholomäus' heftige Reaktion. „Ja, wieso?"

„Ich ... ich wüsste nicht, warum er hierher gegangen sein sollte", antwortete Bartholomäus, doch dann weiteten sich seine Augen. „Obwohl ... oh mein Gott!"

Plötzlich stürmte er die Gasse entlang zur Eingangstür des Restaurants. Er rüttelte an der Klinke, aber sie war verschlossen. Also hielt er kurz seine Hand darüber, murmelte etwas und seine Hand begann, gelb zu leuchten. Dann erlosch das Licht wieder, die Tür schwang auf und Bartholomäus betrat das Restaurant.

„Warum kann Bartholomäus eigentlich plötzlich zaubern?", rief Adrian verwirrt.

„Verdammt!", fluchte Franziska plötzlich. „Über die ganze Aufregung eben haben wir vergessen, ihn zu fragen, ob er wirklich Autumnus ist!"

„Bartholomäus ist Autumnus?", fragte Adrian noch verwirrter. „Das geht doch gar nicht. Autumnus ist doch gestorben, als er Malumis in dem Stein eingesperrt hat."

„Wir wissen es ja auch nicht", meinte Franziska. „Jedenfalls hat Malumis Bartholomäus Autumnus genannt."

Da kam Bartholomäus wieder aus dem Restaurant heraus. „Es ist alles verwüstet und alle sind weg. Hoffentlich hat er sie nicht umgebracht."

„Du meinst, Malumis war in dem Restaurant?", wollte Pauline wissen. „Was soll er da gewollt haben?"

„Das Restaurant gibt es schon seit über vierhundert Jahren. Malumis kannte es auch. Wahrscheinlich hat er sich erhofft, von dem Besitzer etwas zu erfahren", erklärte Bartholomäus.

„Was zu erfahren?", fragte Pascal.

„Also gut", sagte Bartholomäus. „Die Familie, der das Restaurant gehört, ist eine alte Zaubererfamilie, die sich damals aus dem Krieg der Zauberer herausgehalten hat. Diese Zaubererfamilie ist eine der wenigen, die den Krieg überlebt haben. Der jetzige Besitzer ist immer noch ein Magier. Und da sie die nächstliegende Zaubererfamilie ist, von der Malumis weiß, dass sie noch existiert, ist er wahrscheinlich hierhergekommen, um zu erfahren, wo sich der Hüter des Blitzes befindet. Ich wette, er will von dessen Körper Besitz ergreifen, weil er dann noch mächtiger ist."

„Aber warum sollte der Zauberer, dem das Restaurant gehört, wissen, wo dieser Hüter ist?", fragte Franziska verständnislos.

„Wilhelm hatte schon immer eine Vorliebe für Stammbäume", antwortete Bartholomäus knapp und alle nickten. „Ich werde eben nachsehen, ob seine Aufzeichnungen noch da sind, dann gehen wir nach Hause."

Aber wie vermutet waren alle Schriften über die Zaubererfamilien der letzten Jahrhunderte verschwunden und betrübt machte sich die Gruppe auf den Heimweg. In Bartholomäus' Hütte kochte Pauline ihnen noch ein kleines Abendessen, dann gingen sie alle zu Bett. Leila bekam ein paar Sachen von Franziska und schlief in dem Raum, in dem Bastian, Gerrit und Adrian ein paar Tage zuvor übernachtet hatten. Adrian schlief bei Bastian und Gerrit im Zimmer und bekam von Pascal ein paar Sachen. Die drei unterhielten sich noch eine Weile, aber auch sie sahen keinen Grund, noch länger aufzubleiben, und da sie auch ein wenig müde waren, schliefen sie schon bald ein.

Am nächsten Morgen beim Frühstück war die Stimmung sehr betrübt. Bartholomäus konnte einfach nicht stillsitzen und sprang immer wieder auf, um in der Küche hin und her zu laufen und irgendwelche Sachen zu holen, die er gar nicht brauchte. Franziska seufzte andauernd, Pauline aß nichts, sondern drehte sich immer wieder eine Locke um ihren Finger, und Pascal stocherte lustlos mit einem Löffel in seinem hart gekochten Ei herum. Nur Adrian, Bastian und Gerrit waren etwas glücklicher, weil sie wieder zusammen waren.

Als sich Bartholomäus endlich auch mal hinsetzte, sprach Franziska schließlich das an, was wohl auch den anderen am meisten auf dem Herzen lag: „Bartholomäus, bist du Autumnus?"

Allein schon wegen dieser Frage hätten die meisten Leute anfangen müssen zu lachen, da sie so paradox klang. Doch über die Küche legte sich eine tiefe Stille. Pascal schaute von seinem Ei auf und Pauline hielt in ihrem Lockenwickeln inne. Alle schauten zu Bartholomäus, der stur auf seinen Teller starrte.

„Ich bin Autumnus", gab Bartholomäus schließlich zu.

„Aber ... wie konntest du das damals überleben?", fragte Franziska weiter.

Plötzlich schaute Bartholomäus auf. Tränen standen in seinen Augen. „Ich war der Mittelpunkt der magischen Energie, die all die anderen getötet hat. Ich habe diesen Zauber gewirkt, deshalb bin ich nicht gestorben! Ich habe all die anderen umgebracht und bin selbst ungeschoren davongekommen! Und um eure nächste Frage direkt auch noch zu beantworten: Ich lebe deshalb noch, weil mich die Lebenskräfte meiner Freunde, die ja eigentlich noch für

Jahre Kraft gehabt hätten, ernähren. Ich lebe, weil sie tot sind."

Franziska schluckte und schaute auf ihren Teller. Auch die anderen konnten Bartholomäus nicht länger in die Augen sehen.

„Ich möchte jetzt gerne alleine sein", sagte Bartholomäus, stand auf und ging aus der Küche.

„Das hast du ja toll hingekriegt!", sagte Pascal zu Franziska.

„Was habe ich denn gemacht?", keifte Franziska, denn sie wusste genau, was sie getan hatte.

Pascal seufzte gespielt. „Du mit deiner ewigen Neugier hast Bartholomäus fast zum Weinen gebracht!"

„Komm schon, ihr wolltet doch alle wissen, was damals passiert ist!", entgegnete Franziska.

Pascals Augen wurden zu Schlitzen, als er leise sagte: „Aber du hast gefragt!"

Jetzt reichte es Franziska. „Lass mich doch in Ruhe!", schrie sie und stapfte aus dem Zimmer.

„Das hätte jetzt aber auch nicht sein müssen", sagte Bastian leise zu Pascal.

„Was?", fragte dieser verständnislos.

Bastian war empört über Pascals Ignoranz. „Du hättest Franziska nicht so fertig machen brauchen! Du weißt genau, dass sie das gefragt hat, was uns alle interessiert hat."

Pascal stand auf. „Stehst du jetzt auf ihrer Seite, oder was?"

„Jungs, beruhigt euch!", versuchte Pauline, sie zu besänftigen.

„Halt du dich da raus!", brüllten Bastian und Pascal wie aus einem Mund.

Da war Pauline beleidigt. „Wisst ihr was? Ihr könnt mich mal!" Genervt stand sie auf und verließ den Raum.

„Mich auch!", stimmte Pascal ihr zu und folgte ihr aus dem Zimmer.

„Na, toll!", sagte Leila. „Und was jetzt?"

Die Kunst der Magie

Leila, Adrian, Gerrit und Bastian wussten nicht, was sie tun sollten, aber als Leila vorschlug, dass sie sich darum kümmern konnten, dass die anderen sich wieder vertrugen, sprach sich Bastian ganz klar dagegen aus. Seiner Meinung nach hatte er Pascal nichts getan, deshalb würde er ihm auch nicht hinterherlaufen.

Also machten sich Leila, Adrian und Gerrit alleine auf den Weg, die anderen zu suchen und mit ihnen zu reden. Zuerst fanden sie Pauline. Sie lag im Garten auf einem Liegestuhl und ruhte sich aus.

„Pauline?", fragte Gerrit vorsichtig.

„Was?", grummelte sie und blinzelte gegen die Sonne. Ein leichter Wind kam auf.

„Wir wollten dir nur sagen, dass Pascal und Bastian das eben nicht so gemeint haben", sagte Adrian. „Sie waren einfach nur ein wenig aufgebracht."

„Und das können sie mir nicht selber sagen?"

Adrian schüttelte den Kopf und grinste.

Da lächelte auch Pauline. „Na ja, ich denke nicht, dass wir Malumis besiegen können, indem wir uns streiten, also würde ich das Kriegsbeil auf jeden Fall begraben."

Leila, Adrian und Gerrit bedankten sich und zogen weiter. Sie fuhren mit dem Aufzug hinunter zu Franziska und Pascal. Mit Franziska konnte man gut reden und so hatten sie auch sie bald dazu gekriegt zu versprechen, dass sie sich mit Pascal vertragen würde. Aber Pascal zeigte sich ziemlich dickköpfig. Er sah nicht ein, warum er sich bei Franziska und Bastian entschuldigen sollte, und schmiss sie schließlich aus seinem Zimmer.

Ein bisschen enttäuscht fuhren die drei wieder nach oben. Dort wurden sie dann überrascht: Bartholomäus saß neben Pauline auf einem Stuhl in der Sonne. Anscheinend hatte er sich wieder beruhigt. Leila, Adrian und Gerrit setzten sich zu ihnen auf die Wiese und Adrian fragte: „Und was machen wir jetzt wegen Malumis?"

„Mich würde eher interessieren, was wir jetzt wegen uns machen", entgegnete Bartholomäus. „Malumis wird der Welt nichts tun, solange er uns nicht beseitigt hat, deshalb wird er so oder so bald wieder hierher zurückkehren. Wir brauchen also nicht nach ihm zu suchen. Aber wenn er dann kommt, sollten wir vorbereitet sein. Wir können nicht einfach so drauf losschießen, wie du es gemacht hast, Adrian. Das hat ein Mal geklappt, aber es ist fraglich, ob es auch noch ein zweites Mal klappt. Was wir brauchen, ist eine Taktik. Und Bastian, Gerrit und Leila müssen sowieso erst einmal die grundlegende Kunst der Magie erlernen."

„Dann lasst uns loslegen!", schlug Pauline vor.

„Je eher, desto besser", stimmte Leila ihr zu.

Bartholomäus stand auf. „Aber lasst uns dazu reingehen. Es ist besser, wenn niemand sieht, wie wir zaubern."

Die anderen erhoben sich auch, aber Gerrit zögerte. „Ich kann doch nicht zaubern!", sagte er schüchtern.

Bartholomäus ging in die Hocke und schaute Gerrit direkt in die Augen. „Jeder Mensch kann zaubern!"

„Jeder?", fragte Gerrit ungläubig.

Bartholomäus nickte. „Für manche ist es nur schwerer, weil sie keine geborenen Magier sind. Für manche ist es sogar unmöglich, weil sie nicht an Zauberei glauben. Aber wenn du dich ganz doll konzentrierst und ganz fest daran glaubst, dann schaffst du das auch!"

Gerrit nickte. „Okay", sagte er schließlich und ging mit den anderen in die Küche, wo Bastian immer noch gelangweilt herumsaß und an die Decke starrte.

„Hey, jetzt wird gezaubert!", rief Gerrit ihm zu und er zuckte erschrocken zusammen. „Bartholomäus bringt uns die Kunst der Magie bei!"

Sofort war Bastian wieder hellwach. „Echt?"

Gerrit nickte und setzte sich zu ihm an den Tisch. Leila, Pauline und Adrian setzten sich auch schon dazu, während Bartholomäus noch im Haus herumlief und irgendwelche Sachen zusammensuchte. Schließlich kam er in die Küche und legte Leila, Bastian und Gerrit jeweils einen kleinen Kieselstein vor die Nase.

„Zum Zaubern braucht man nichts weiter als hohe Konzentration, einen klaren Kopf, eine genaue Vorstellung von der Magie, die man bewirken will, und ein paar wenige Worte aus der Sprache der Magie", begann Bartholomäus seinen Unterricht. „Niemand weiß, woher diese Wörter stammen, aber das spielt auch keine Rolle. Wichtig ist, dass es drei Grundzauber gibt: Lebenszauber, Wissenszauber und Bewegungszauber. Sie bestimmen den Großteil der Handlung, die ihr bewirken wollt. Den Rest müsst ihr euch denken. Nur für ein paar besonders komplizierte Zauber braucht ihr noch zusätzliche Zauberwörter. Soweit alles klar?"

Bartholomäus schaute in die Runde und alle nickten. Also fuhr er fort: „Um einen Zauber zu wirken, müsst ihr euch genau vorstellen, was ihr bewirken wollt, und dürft euch nur auf diese eine Sache konzentrieren. Dann sagt ihr das Wort des Zaubers, den ihr bewirken wollt, und zum Schluss *Embrosa*. Dabei das R schön rollen!"

Bartholomäus ließ sie alle ein paar Mal „Embrosa!" sagen, korrigierte sie hin und wieder und brachte ihnen dann die Wörter der verschiedenen Zauber bei: „Das Wort für einen Bewegungszauber lautet *Muorate*. Auch hier muss das R gut gerollt werden. *Konoslao* ist das Wort für Wissenszauber und für Lebenszauber braucht man das Wort *Vitasiamo*. Ein paar andere Wörter werde ich euch noch wann anders beibringen. Und wenn ihr einfach nur die Kraft eurer Magie benutzen wollt, um euch zum Beispiel vor Angriffen zu schützen, dann braucht ihr nur Embrosa zu benutzen."

Damit gaben sich alle zufrieden. Bartholomäus ließ sie erneut die Aussprache der Wörter üben und half ihnen dabei, sie sich zu merken. Dann erhob er sich wieder.

„Fangen wir mit etwas Leichtem an. Telekinese", verkündete er laut und wies auf die kleinen Steine, die auf dem Tisch lagen. „Versucht, euch einzig und allein auf den Stein, der vor euch liegt, zu konzentrieren. Blendet alle anderen Gedanken aus und stellt euch nur vor, wie sich der Stein bewegen soll. Dann sagt ihr *Muorate Embrosa*. Noch Fragen?"

Bastian nickte. „Unterscheiden sich also Magier und Nichtmagier nur in der Stärke ihrer Magie?"

„Im Prinzip schon", antwortete Bartholomäus. „Aber die stärksten Magier der Welt schaffen es sogar, die magischen Worte wegzulassen und nur mit ihren Gedanken Zauber zu wirken. Das würde ein Nichtmagier niemals schaffen."

„Du hast aber in der Höhle auch Zauberworte benutzt!", rief Gerrit empört. „Heißt das, du gehörst nicht zu den stärksten Zauberern der Welt?"

Bartholomäus lachte auf und schüttelte den Kopf. „Nein, der Grund ist ein anderer: Ich bin ein Nichtmagier."

Ungläubig schauten ihn alle an. Da saß er vor ihnen – der wahrscheinlich legendärste, weiseste und einer der stärksten Zauberer der Welt – und erzählte ihnen, dass er ein Nichtmagier war. Unfassbar!

„Seht ihr? Sogar als Nichtmagier kann man unglaubliche Kräfte entfesseln!", rief Bartholomäus triumphierend. „Also probiert es endlich!"

Alle nickten und es wurde still in der Küche. Leila, Bastian und Gerrit starrten angestrengt auf die Steine und Pauline, Adrian und Bartholomäus warteten gebannt, was passieren würde.

Plötzlich fing Gerrit an zu lachen. „Entschuldigung, aber ich kann mich einfach nicht konzentrieren, mein Stein sieht nämlich aus wie ein Ei!"

Leila, Bastian, Adrian und Pauline lachten jetzt auch und Bartholomäus schüttelte lächelnd den Kopf. Er verschwand aus dem Zimmer und kam kurz darauf mit einem neuen Stein herein, den er vor Gerrit auf den Tisch warf. Gerrits alten Stein steckte er in seine Hosentasche. Sofort konzentrierten sich Leila und Bastian wieder auf ihre Steine.

„Muorate Embrosa!", murmelte Gerrit und plötzlich schoss sein Stein vom Tisch und traf Bartholomäus in der Magengrube. Sofort sprang Gerrit erschrocken auf und rief: „Das tut mir leid! Entschuldigung!"

Bartholomäus kämpfte gegen den Reflex an, sich zu krümmen, und presste zwischen den Zähnen hervor: „Nicht so schlimm! Kann ja jedem mal passieren."

Jetzt erst realisierte Gerrit, was er eben geschafft hatte. „Ich ... ich habe gezaubert!", rief er ganz aufgeregt und hüpfte auf seinem Stuhl herum.

Adrian war drauf und dran, aufzustehen und ihn festzuhalten, während Bartholomäus, der in der Küche auf und ab lief, um seinen Schmerz zu bewältigen, zu Gerrit sagte: „Versuch mal, den Stein schweben zu lassen."

Gerrit schaute erneut angestrengt auf seinen Stein, den Pauline aufgehoben und wieder vor ihn hingelegt hatte, und Bartholomäus setzte sich wieder, um genau wie die anderen zu beobachten, was geschah.

„Muorate Embrosa!", murmelte Gerrit, aber sein Stein bewegte sich nicht. Stattdessen riss der Stein in Bartholomäus' Hosentasche ein Loch in seine Jeans und schoss in Richtung Decke. Dort blieb er mit einem lauten Krachen in einem der dicken Holzbalken stecken.

„Upps! Ich glaube, das war der falsche Stein!", sagte Gerrit und kicherte.

Leila, Adrian und Bastian lachten mit ihm, aber Pauline versuchte, ein ernstes Gesicht zu machen, weil sie Bartholomäus' Gesichtsausdruck sah. Und dieser fauchte sauer: „Du solltest ihn schweben lassen und nicht zum Mond schießen!"

Doch er beruhigte sich sofort wieder und war sehr erstaunt über Gerrits Kräfte: „Das ist einfach unglaublich, wie stark du die Steine beeinflussen kannst, obwohl du zum ersten Mal zauberst, zumal du gar kein geborener Magier bist. Ich kann mir das überhaupt nicht erklären."

Gerrit lief ein bisschen rot an.

„Aber vielleicht machst du jetzt erst mal eine Pause und lässt Leila und Bastian an die Reihe", fuhr Bartholomäus fort.

Gerrit nickte und Leila und Bastian starrten wieder auf die Steine, die vor ihnen lagen. Leila sah man richtig an, wie konzentriert sie war. Sie biss ihre Zähne zusammen und ihre Augen waren nur noch Schlitze. Und plötzlich verschwand sie in einem blauen, blitzenden Licht. Erschrocken schauten die fünf anderen auf den leeren Stuhl, auf dem Leila eben noch gesessen hatte. Doch dann erleuchtete das Zimmer ein zweites Mal in diesem blitzenden Blau und Leila saß wieder auf ihrem Platz. „Tut mir leid!", nuschelte sie. „Ich habe mich zu sehr konzentriert."

„Was war das?", fragte Pauline erstaunt und auch Bastian, Gerrit und Bartholomäus warteten gespannt auf die Antwort.

„Adrian hat euch doch erzählt, dass ich mich zu anderen Orten teleportieren kann", sagte Leila nur.

Da fiel es auch den anderen wieder ein. „Ach, ja!", entfuhr es Pauline und Bartholomäus gleichzeitig, Bastian nickte und lächelte anerkennend und Gerrit murmelte: „Cool!"

„Darf ich es noch mal versuchen?", fragte Leila Bartholomäus.

Er nickte und Leila schaute schon wieder auf den Stein. Bastian tat es ihr gleich und murmelte: „Muorate Embrosa!" Und tatsächlich fing sein Stein plötzlich an, zu vibrieren.

Dadurch angespornt konzentrierte Leila sich auch noch ein letztes Mal und rief die magischen Worte. Sofort bewegte sich ihr Stein ein Stück von seinem Platz weg.

„Super!", rief Bartholomäus. „Aber jetzt ist es erst einmal genug. Ich werde mit euch dreien nachher weitermachen. Jetzt sind Pauline und Adrian an der Reihe."

„Moment!", rief Leila aber. „Ich habe noch eine Frage: Wozu sagt man das zweite Wort, Embrosa?"

Bartholomäus schmunzelte und antwortete: „Embrosa ist eigentlich unwichtig für den Zauber. Du könntest deine magischen Kräfte jedoch niemals so gut entfesseln, wenn du Embrosa nicht benutzen würdest. Überleg doch mal: Wenn du die ganze Zeit daran denkst, wie du einen Zauber wirkst, müsstest du gleichzeitig auch deine magischen Kräfte über einen längeren Zeitraum entfalten. Dadurch, dass du dich jedoch auf das Wort Embrosa als Startsignal für deinen Zauber konzentrierst, entfesselt dein Unterbewusstsein deine Kräfte auch erst dann, wenn du dieses Wort in den Mund nimmst. Das führt dazu, dass deine Kräfte gebündelt werden und nur zu diesem Zeitpunkt viel stärker zum Tragen kommen."

Nun schaute Leila Bartholomäus zwar ein wenig verwirrt an, aber im Grunde genommen hatte sie verstanden, was er ihr hatte sagen wollen.

„Und was sollen wir jetzt machen?", wollte Bastian wissen.

„Wir könnten schwimmen gehen!", schlug Gerrit vor.

Das fanden Bastian und Leila in Ordnung und so gingen sie aus dem Haus und schlenderten zum Gartenhäuschen hinüber.

„So. Und wie sehen unsere Übungen aus?", fragte Adrian und schaute Bartholomäus erwartungsvoll an. Pauline folgte seinem Blick.

„Nun, ich werde euch erst einmal verschwinden lassen", sagte Bartholomäus und grinste, als er sah, wie verwirrt Pauline und Adrian dreinblickten. „Eure Fähigkeiten will ich euch nicht hier drinnen austoben lassen und draußen dürft ihr und das, was ihr macht, nicht gesehen werden."

Jetzt hatten Pauline und Adrian verstanden, was Bartholomäus damit bezwecken wollte und sie nickten.

„Aber dazu brauchst du bestimmt einen anderen als die drei Grundzauber, oder?", meinte Adrian. „Schließlich ist Unsichtbarkeit keine Bewegung, kein Wissen und kein Leben!"

„Falsch!", entgegnete Bartholomäus. „Wenn ein anderer Mensch euch sieht, dann heißt das ebenso, dass er weiß, dass ihr da seid. Euer Körper beherbergt also für andere Wesen das Wissen, dass es euch gibt, wie ihr ausseht und so weiter. Und genau dieses Wissen lasse ich verschwinden. Ein Unsichtbarkeitszauber ist also ein Wissenszauber!"

Adrian schaute Bartholomäus verblüfft an, und da er scheinbar keine weiteren Fragen hatte, richtete Bartholomäus seine Hand auf ihn und Pauline und murmelte die magischen Worte: „Muorate Embrosa!"

Adrian hob seine Hand, aber sie war noch zu sehen. Er

schaute dorthin, wo eben noch Pauline gestanden hatte, aber sie war verschwunden.

„Ich glaube, bei mir ist etwas schief gegangen", ertönte plötzlich ihre Stimme. „Ich bin ja noch zu sehen!"

„Überhaupt nicht", entgegnete Adrian, aber ich bin noch zu sehen."

Da lachte Bartholomäus laut auf. „Ihr seid beide nicht mehr zu sehen. Ihr seht euch aber noch selbst. Euch kann ich das Wissen, dass ihr genau dort steht, wo ihr gerade steht, nicht entziehen, schließlich wisst ihr immer, wo ihr gerade seid, auch wenn ihr euch nicht sehen würdet."

„Ach so."

Pauline und Adrian hatten es begriffen.

„Also kommt jetzt mit raus!", sagte Bartholomäus und ging in den Garten. Pauline und Adrian folgten ihm und stellten sich neben ihn. Aber während Bartholomäus redete, schaute er ständig in der Gegend herum, da er sie beide ja nicht sehen konnte. „Wir fangen damit an, zu üben, eure Kräfte gezielt einzusetzen."

„Warum lernen wir denn nicht auch die normale Zauberei?", wollte Adrian wissen und Bartholomäus antwortete lachend: „Du kannst es ja gerne gleich in deinem Zimmer ausprobieren, aber die Grundzauber sind für euch doch ein Kinderspiel!"

Mehr sagte Bartholomäus dazu nicht. Stattdessen murmelte er die Zauberworte und schnipste mit dem Finger. Da erschien neben ihm eine schwebende kleine Puppe mit langem, blondem Haar, leuchtend blauen Augen und einem schönen roten Kleid. Mit einer Handbewegung scheuchte Bartholomäus sie hinauf in die Lüfte und in weite Ferne, sodass Adrian und Pauline nur noch einen kleinen roten Punkt sahen.

Bartholomäus schaute sich im Garten um und sagte dann zu einem kleinen Apfelbaum: „Pauline, du bist als Erste dran. Versuch, die Puppe mit einem gezielten Windstoß wieder zu uns zurückzubringen!"

Pauline nickte und trat einen Schritt vor. Sie suchte sich einen sicheren Stand, dann hob sie die Hände. Angestrengt und konzentriert schaute sie zu der Puppe, als sie mit der rechten Hand kurz zuckte und sich ihre Augen für einen Moment hellgrau färbten. Da kam die Puppe tatsächlich wieder näher und schließlich schwebte sie vor Bartholomäus.

„Gut gemacht!", lobte dieser Pauline und schickte die Puppe mit einem Wink wieder zurück zu ihrem alten Platz am Himmel. „Adrian, du hast die Ehre, die Puppe mit einem Feuerstrahl, einer Feuerwalze, einem Feuerball, einer Explosion oder was dir gerade so einfällt vernichten zu dürfen."

„Aber das ist doch viel zu auffällig!", meinte Adrian besorgt. „Die Leute können doch mein Feuer sehen!"

Bartholomäus schaute einen kleinen Busch an der Hauswand an, während er erklärte: „Ich habe doch vorhin gesagt, dass ich euch und das, was ihr macht oder erzeugt, unsichtbar mache, oder? Die Leute können dein Feuer also gar nicht sehen! Und die Puppe habe ich für alle anderen außer für uns ebenfalls verschwinden lassen."

Adrian nickte und schaute zu dem kleinen, roten Punkt. „Na dann. Leb wohl, Fräulein!" Er richtete seine Hand auf die Puppe und schoss einen dünnen Feuerstrahl auf sie los. Bartholomäus, der das alles ja nicht sehen konnte, sah nur den kleinen, roten Punkt, der plötzlich schwarz wurde und nach kurzer Zeit zu Staub zerfiel.

„Brillant", kommentierte er Adrians Feuerstrahl und drehte sich um. Jetzt schaute er zum Haus, obwohl Adrian und Pauline rechts von ihm standen. „Adrian, du kannst weitere Angriffstechniken üben, während ich Pauline erkläre, wie sie Stürme heraufbeschwören kann. Danach kommen wir zur Verteidigung." Bartholomäus zauberte in Windeseile fünf kleine Puppen herbei, alle mit verschiedenen Kleidern, Haarfarben und Augenfarben. Mit einem einzigen Wink verteilte er sie alle über den ganzen Himmel, noch weiter entfernt als eben. „Ich möchte, dass du jede Puppe mit einer anderen Technik zerstörst."

Adrian nickte und drehte sich um. Doch bevor er anfangen konnte, überhaupt eine der Puppen zu zerstören, musste er erst mal eine finden. Die Punkte, die er entdeckte, waren so winzig klein, dass er nicht erkennen konnte, ob es überhaupt Puppen waren, oder nicht doch vielleicht Flugzeuge oder Vögel, die vorbeiflogen, oder doch einfach nur Einbildungen.

„Ich muss also näher ran", sagte er zu sich selbst. Aber wie sollte er das tun? Die Puppen schwebten hoch in der Luft und fliegen konnte er nicht. Obwohl … Ohne wirklich zu überlegen, ging Adrian zu dem kleinen Zaun, sprang darüber und lief ein Stück vom Garten weg. Dann drehte er sich um, richtete seine Hand auf den Boden und schoss einen riesigen Feuerstrahl gegen diesen, sodass er von dem Druck in die Luft katapultiert wurde. Dabei passte er natürlich auf, dass er keine Kuh verletzte. Erschrocken schwebte Adrian eine Weile in der Luft, dann begann er, wieder nach unten zu stürzen.

Adrian schrie. Was sollte er tun? Sich noch einmal abstoßen? Natürlich! Adrian richtete seine Hände wieder auf den Boden, achtete darauf, dass sich keine Kuh im Schussfeld befand, und ließ einen zweiten Feuerstrahl hinunterfahren. Dieses Mal wurde er nicht ganz so stark hochgedrückt, aber er konnte schneller reagieren und sah sich nach den Puppen um. Er entdeckte zwei und schaffte es, die eine mit einem Feuerball, die andere mit einer riesigen Feuerwalze kaputt zu machen. Dann ließ er Feuer aus seinen Füßen schießen, sodass er wie eine Rakete durch die Gegend fliegen konnte, und die Hände frei hatte, um sich um seine Aufgabe zu kümmern. Er fand die letzten drei Puppen sehr schnell und zerstörte sie nacheinander. Die eine ließ er platzen, indem er in ihr eine Explosion heraufbeschwor, die zweite umgab er mit Hitze, bis sie schmolz, und die letzte vernichtete er mit einem tödlichen Hitzestrahl aus seinen Augen.

Adrian lächelte zufrieden und flog zurück zu Bartholomäus' Grundstück, über welchem er das Feuer an seinen Füßen schließlich erlöschen ließ. Während er wieder auf die Erde zustürzte, schoss er kleine Feuerstrahlen nach unten, die ihn zwar nicht wieder hochdrückten, die seinen Sturz aber abbremsten. So landete er kurz darauf sicher in dem kleinen Garten.

Als sich Adrian umschaute, entdeckte er überall schwarze Flecken auf dem Gras. Seine Feuerstrahlen hatten einen großen Schaden angerichtet. Da er nicht wusste, was er tun sollte, rief er zu Bartholomäus und wahrscheinlich auch zur unsichtbaren Pauline hinüber: „Bartholomäus, wie kann ich das Gras wiederbeleben, das ich verbrannt habe?"

„Stell es dir einfach in deinem Kopf vor und benutz den Lebenszauber!", rief Bartholomäus zurück.

Adrian konzentrierte sich auf das Gras und dachte nur daran, wie er das Gras reparieren würde. Er murmelte: „Vitasiamo Embrosa!", und tatsächlich begann das schwarze Gras, sich zu winden, bis es wieder grün, saftig und – was für Adrian am wichtigsten war – lebendig war.

Adrian war zufrieden mit sich, lief zurück in den Garten und schlenderte zu Bartholomäus und Pauline hinüber. „Bin fertig", sagte er und schaute sich um, ob irgendwo ein Sturm zu sehen war. Er fand nicht eine einzige graue Wolke. Aber wie auch? Paulines Stürme waren im Moment unsichtbar.

„Gut", sagte Bartholomäus nur und gab dann Pauline

weitere Tipps. Schließlich war er auch mit ihrer Leistung zufrieden und löste die Unsichtbarkeitszauber wieder auf. Plötzlich waren die Kleider und Haare von allen dreien durchnässt und sie waren klitschnass bis auf die Haut.

„Was soll das denn jetzt?", fragte Adrian verdutzt und ein bisschen verärgert.

„Meinst du etwa, Pauline hätte einen Sturm ohne Regen heraufbeschworen?", lachte Bartholomäus und Adrian stöhnte auf. „Ich denke, das Verteidigen lernen wir dann morgen", sagte Bartholomäus, nachdem er aufgehört hatte zu lachen. „Erstens holen wir uns alle hier draußen den Tod, wenn wir uns jetzt nichts Trockenes anziehen, und zweitens haben wir wirklich genug für heute geschafft."

Adrian und Pauline nickten. Sie waren sogar ein bisschen dankbar über das plötzliche Ende ihrer Unterrichtsstunde.

Während Bartholomäus also mit Adrian und Pauline das Einsetzen ihrer Kräfte geübt hatte, waren Leila, Bastian und Gerrit nach unten gefahren, hatten sich Badehosen und einen Badeanzug von Pascal und Franziska geliehen und waren in dem kleinen Schwimmbecken schwimmen gegangen.

Gerrit rutschte gerade mit einem lauten Freudenschrei die Rutsche hinunter, als Bastian zu Leila schwamm, die bei einer der Fontänen im Wasser stand.

„Diese Leute vom AGS wollten dich wirklich umbringen?", fragte er ohne irgendeinen Zusammenhang.

Leila nickte.

„Aber das können sie doch nicht so einfach machen", entgegnete Bastian. „Die Gesetze sprechen doch total dagegen!"

„Aus diesem Grund wollten sie mich überhaupt erst umbringen!", erklärte Leila laut. „Ich habe herausgefunden, dass Gabriella Subens, die stellvertretende Leiterin des AGS, einen Staatsstreich plant."

„Ach so." Bastian tat so, als hätte er sofort verstanden, was Leila gesagt hatte, aber er musste noch eine Weile ins Leere blicken und nachdenken, bevor er es wirklich kapiert hatte. „Diese Gabriella hat bestimmt großen Einfluss, und wenn du ihr gefährlich wirst, lässt sie dich einfach im Namen des AGS umbringen."

„Genau", sagte Leila leise. „Obwohl sie am Ende gegen die Hinrichtung war, während Walther Meinrich, der Leiter des AGS, sofort meinen Tod wollte."

„Wie haben sie das eigentlich gemacht?", wollte Bastian wissen.

„Was?"

„Na, dich zum Tode verurteilt!"

„Ach so." Dieses Mal brauchte Leila ein bisschen länger, um Bastians Frage zu verstehen. „Sie haben einen riesigen Saal, der aussieht wie ein Theater, in dem sie alles Mögliche veranstalten. Da drin haben sie mir den Prozess gemacht und alle durften zusehen! Es war so schrecklich, als ich oben auf der Bühne stand und mich Hunderte von Leuten böse angeschaut und manche sogar meinen Tod gefordert haben. Als der Meinrich dann mein Urteil verkündet hat, hab ich echt gedacht, jetzt wär's vorbei, aber dann ist ja zum Glück noch Adrian gekommen."

Bastian schaute Leila fassungslos an. „Wie grausam! Na ja, für mich war Adrian vorher schon ein Held."

„Erzähl mir etwas über ihn!", sagte Leila plötzlich.

Hinter ihr platschte Gerrit wieder ins Wasser.

„Wieso?" Bastian war ein wenig verwirrt.

„Ich weiß doch nur so wenig über ihn …", druckste Leila herum.

Bastian grinste. „Aha, du magst ihn?"

Leila schüttelte den Kopf, wurde aber ein bisschen rot.

Bastians Grinsen wurde noch breiter. „Also gut. Adrian ist der tollste Freund, den man haben kann. Er hat sich immer so gut um mich und Gerrit gekümmert, war immer für uns da und hat sehr viel mit uns durchgemacht. Auch wenn er oft ein bisschen frustriert ist, kann er meistens mit uns lachen. Er ist echt witzig und total nett. Ich kenne eigentlich keine schlechte Eigenschaft an ihm."

„Und uneigentlich?", fragte Leila schmunzelnd.

Da spritzte Gerrit sie und Bastian von der Seite mit Wasser voll. „Hey, ihr Langweiler! Ich fordere euch zu einer Wasserschlacht heraus!"

Das wollten Leila und Bastian nicht auf sich sitzen lassen, also nahmen sie die Herausforderung an und das Thema Adrian war erst einmal vergessen.

Kein normaler Nachmittag

In den nächsten Tagen lief alles ziemlich ähnlich ab. Jeden Morgen weckten Pauline und Bartholomäus Leila, Franziska, Pascal, Adrian, Bastian und Gerrit mit einem leckeren Frühstück. Dabei unterhielten sie sich oft und lange, auch über ernste Sachen, aber meistens hatten sie Spaß und lachten viel.

Bartholomäus übte auch mit Franziska und Pascal ein paar Angriffstechniken, nachdem sie sich vertragen und erfahren hatten, was Pauline und Adrian am Tag zuvor gelernt hatten, und brachte schließlich allen die besten Verteidigungstechniken bei.

Am Ostersonntag gingen sie alle zusammen in die kleine Kirche im Dorf, um am Gottesdienst teilzunehmen. Auf dem Rückweg kamen sie an der kleinen Gasse vorbei, in der sich das Restaurant *Zum Goldenen Ritter* befand. Bartholomäus blieb kurz stehen, schaute die Gasse hinunter, seufzte und ging weiter.

„Was sollte das?", fragte Pauline.

Aber Bartholomäus antwortete nicht. Er ging nur noch schneller den Bürgersteig entlang und schaute stur geradeaus. Pauline zuckte mit den Schultern.

Zu Hause machte sie Mittagessen, während Leila, Franziska, Pascal, Adrian, Bastian und Gerrit im Garten nach ein paar Kleinigkeiten suchten, die Bartholomäus mit Magie versteckt hatte. Allerdings schafften es Leila und Bastian in derselben Zeit, in der Gerrit mit ein paar Handbewegungen ein riesiges Osterei aus dem Boden schießen ließ, aus einem Ziegelstein einen Schokohasen machte und ein paar unsichtbare, bunte Eier wieder sichtbar werden ließ, nur eine Tafel Schokolade und eine Tüte Krokant-Eier fleckenweise sichtbar zu machen.

Bartholomäus, der die ganze Zeit auf der Treppe zur Hintertür gesessen und seine Schützlinge beobachtet hatte, stand auf, als Gerrit mit seinen Schätzen zu ihm kam.

„Weißt du, was mir aufgefallen ist?", fragte er schmunzelnd.

Gerrit schüttelte den Kopf.

Bartholomäus lächelte. „Du hast die ganze Zeit nicht ein einziges magisches Wort benutzt!"

Gerrit schaute Bartholomäus mit großen Augen an, dann lächelte er auch. „Stimmt!", rief er voller Freude. Dann verschwand sein Lächeln wieder. „Aber das heißt ja …"

Bartholomäus nickte.

„Ich bin ein geborener Magier!" Gerrits Mund blieb offen stehen, bis er wieder etwas sagte. „Meine Mutter … oder mein Vater … einer von beiden muss ein Magier gewesen sein. Oder vielleicht sogar beide!"

Da rief Pauline zum Mittagessen. Langsam und gedankenverloren folgte Gerrit den anderen ins Haus und setzte sich, ohne hinzuschauen, auf seinen Platz. Obwohl das Essen sehr lecker war und Pascal und Bastian die ganze Zeit sinnlose Sachen sagten, mit denen sie die anderen zum Lachen brachten, war Gerrit still, stocherte nur in seinem Gemüse herum und starrte ins Leere.

„Hey, Gerrit! Was ist denn los?", fragte Adrian plötzlich und Gerrit zuckte ein bisschen zusammen. „Geht es dir nicht gut?"

Gerrit brauchte eine Weile, um aus seinen Gedanken wieder an den Tisch zurückzukehren. „Doch, doch. Es ist nur … Ich wusste bis jetzt überhaupt nichts über meine Eltern. Aber erst jetzt, wo ich weiß, dass mindestens einer von beiden ein Magier sein muss, ist mir aufgefallen, wie wenig ich überhaupt über meine Familie weiß. Ich weiß im Grunde gar nichts."

„Moment! Deine Eltern waren Magier?", rief Adrian ungläubig.

Gerrit nickte.

„Er hat eben beim Zaubern keine magischen Wörter mehr benutzen müssen", erklärte Bartholomäus.

„Aber das heißt doch, dass Gerrit einer der größten Zauberer dieser Welt ist!", rief Franziska aufgeregt.

Da wurden die anderen ganz still. Alle hielten in ihrem Löffeln, Kauen und Schmatzen inne und schauten Gerrit an. Der kleine Junge saß ganz durcheinander auf seinem Stuhl und wusste nicht so recht, ob er sich freuen oder ob er Angst haben sollte. Schließlich fragte Pauline, ob noch jemand Nachschlag wollte, und alle widmeten sich wieder ihrem Essen.

Zwei Tage später hatte Gerrit das Ganze schon fast wieder vergessen. Er kämpfte gerade mit Adrian und Pascal darum, wer es am Längsten schaffte, eine Regentonne voll Regenwasser mit Magie in der Luft zu halten, als Bartholomäus aus dem Haus kam.

„Wir gehen jetzt zum *Goldenen Ritter*!", verkündete er laut.

Pascal, der mit dem Rücken zu ihm stand und gerade die Regentonne in der Luft hielt, zuckte erschrocken zusammen und ließ die Tonne so ruckartig fallen, dass sie auf den Boden krachte und sich ein breiter Riss durch das dicke Plastik zog. Langsam sprudelte das Regenwasser aus seinem Behälter heraus und versickerte im Boden.

„Na toll. Jetzt muss ich eine neue Regentonne kaufen", sagte Bartholomäus verärgert. Aber natürlich winkte er nur kurz mit der Hand, murmelte die magischen Worte und schon war die Tonne wieder repariert. „Aber lasst euch so etwas bloß nicht zur Gewohnheit werden. Erstens kann ich nicht alles reparieren und zweitens sollt ihr die Magie nicht missbrauchen."

Bastian, der auf dem Rasen saß und den anderen zugeschaut hatte, nutzte die Gelegenheit, um Bartholomäus nach der Wahrheit über die Kellerkonstruktion zu fragen: „Sag mal, die Geschichte mit der Villa des Kaufmanns war doch nur erfunden, oder? Franziska meinte, dass es vielleicht ein Magier war, der den Gang unten geschaffen hat, und jetzt, wo wir wissen, dass du Autumnus bist, habe ich mir gedacht, dass du es vielleicht selber warst."

Bartholomäus nickte. „Gut kombiniert. Als ich den Eingang zur Höhle fand, wusste ich sofort, dass ich hier bleiben würde. Also habe ich mir hier oben meine Hütte gebaut und mit Magie den Keller errichtet, um den Hütern, falls ich sie mal bei mir aufnehmen würde, eine vernünftige Herberge bieten zu können. Aber das tut jetzt nichts zur Sache. Kommt lieber endlich!"

„Warum gehen wir denn jetzt plötzlich doch noch mal in das Restaurant?", wollte Gerrit wissen.

Bartholomäus räusperte sich. „Malumis ist immer noch nicht zurückgekommen, deshalb wollte ich im Restaurant nach ein paar Indizien suchen, damit wir ihn vielleicht zuerst finden."

„Ach so", sagte Gerrit. „Und was für Indizien sollen das sein?"

Sichtlich genervt starrte Bartholomäus Gerrit an. Gespannt warteten auch Adrian, Bastian und Pascal, die das kurze Gespräch interessiert mit verfolgt hatten, auf seine Antwort. Schließlich räusperte sich Bartholomäus noch einmal und gab dann zu: „Ich weiß es nicht. Ich hoffe einfach, dass Malumis irgendwelche Spuren hinterlassen hat oder dass Wilhelm, der Besitzer des *Goldenen Ritters*, von dem ich euch auch erzählt habe, noch ein paar Hinweise legen konnte, bevor ... na ja. Jetzt kommt endlich!"

Bartholomäus drehte sich um und ließ keine weiteren Fragen zu, sodass die Jungen ihm stumm folgten. Es passte ihnen gar nicht, dass sie einfach nur auf gut Glück in das Restaurant gingen. Aber natürlich wollten sie nichts dagegen sagen. Franziska, Leila und Pauline warteten schon im Flur auf sie, deshalb konnten sie gleich losgehen.

Zehn Minuten später standen sie in der dunklen Gasse vor dem leblosen Restaurant. Vor ihnen auf dem Pflasterboden lag ein großes, goldenes Z aus Plastik. Auf dem dunklen, wettergegerbten Holz über der Eingangstür prangte ein heller Abdruck, wo das Z vorher gehangen hatte. Jetzt stand dort nur noch: *um Goldenen Ritter*.

Bartholomäus hob das Z auf und öffnete die Tür. Drinnen sah es schrecklich aus: Der Garderobenständer war umgestürzt, die meisten Tische und Stühle waren zersplittert und die Gardinen zerfetzt und heruntergerissen worden. Auf dem Boden lagen Tischtücher und zerbrochenes Geschirr und jemand hatte die Gläser, die sonst auf dem Regal hinter dem Tresen standen, zerschlagen.

Langsam betrat Bartholomäus das Haus und die anderen folgten ihm. Unter jedem ihrer Schritte knirschten und knackten die Trümmer auf dem Boden. Ein kühler Wind pfiff durch das Zimmer. Bartholomäus kletterte über die Überreste eines Tisches, um hinter die Bar zu gelangen. Dort schaute er sich kurz um, dann verließ er den Raum durch die Tür neben der Spüle, auf der dick und fett *PRIVAT* stand.

Plötzlich ertönte ein Schrei: „Wilhelm!"

Sofort stürmten Adrian und Gerrit, die am schnellsten reagierten, über die Trümmer, sprangen über den zerstörten Tisch und platzten in den Raum hinter der Tür. Es war eine kleine Küche und auch hier war alles verwüstet. Aber auf der anderen Seite neben einer verdreckten Tür stand ein großer, dicker Mann mit Vollbart, der eine Schürze voller Soßen- und Fettflecken trug und unverkennbar der Besitzer des Restaurants sein musste. Bartholomäus schritt mit dem Rücken zu ihnen auf den Mann zu.

Mit einem Mal verzog Gerrit das Gesicht, als hätte er Bauchschmerzen. „Nein, nicht, Bartholomäus!", presste er hervor.

Bartholomäus hielt inne, drehte sich aber nicht um.

„Das ist nicht Wilhelm!", rief Gerrit jetzt lauter.

„Was soll das heißen, ich bin nicht Wilhelm?", fuhr der dicke Mann ihn an. „Natürlich bin ich es! Wer sollte ich denn sonst sein?"

„Der Teufelswurm!", zischte Gerrit.

Wilhelm lachte laut auf, aber Bartholomäus rutschte das Z aus der Hand und es fiel scheppernd zu Boden. Bartholomäus sank in die Knie und stöhnte auf.

„Nein, nein!", wimmerte er und Adrian eilte zu ihm.

Währenddessen richtete Gerrit seine Hand auf den dicken Mann. Der hörte auf zu lachen. „Das wagst du nicht!"

„Oh, doch!" Gerrit zuckte kurz mit der Hand und Wilhelm fing an, sich unter lautem Schreien und grünem Leuchten in den kleinen, fiesen Teufelswurm zurückzuverwandeln. „Und jetzt wird es Zeit, sich endgültig von dir zu verabschieden!", sagte Gerrit leise und richtete abermals seine Hand auf den kleinen Wurm mit den großen blauen Augen.

Doch soweit kam es nicht, denn plötzlich schoss der Teufelswurm zwischen Gerrit und Adrian hindurch, über die Köpfe der anderen hinweg und zerschmetterte eines der Fenster. Ein grüner Schweif wie der eines Kometen folgte ihm. Gerrit starrte mit offenem Mund durch die zerbrochene Scheibe in die Gasse, wo der Teufelswurm saß und noch einmal zu ihnen zurückblickte, und es schien Gerrit, als ob er ihm höhnisch zuzwinkern würde. Dann verschwand er.

„Verdammt!", schrie Gerrit und trat gegen eine verbeulte Pfanne, die auf dem Boden lag.

„Beruhige dich!", sagte Bartholomäus zu ihm, dabei hatte er sich gerade erst selbst beruhigt. „Es ist nicht so schlimm, dass der Teufelswurm abgehauen ist, es ist nur wichtig, dass du mich vor ihm bewahrt hast. Ich danke dir."

Gerrit lief rot an. „Das war doch ... selbstverständlich", stammelte er schüchtern.

„Dass du mich vor dem Teufelswurm gewarnt hast, mag selbstverständlich gewesen sein", sagte Bartholomäus, „aber es war nicht selbstverständlich, dass du erkannt hast, dass es der Teufelswurm war. Ich bin sehr stolz auf dich, aber zugleich auch sehr verwundert. Du hast enorme Kräfte, Gerrit!"

„Danke!", flüsterte Gerrit.

„Wahrscheinlich warst es im Unterbewusstsein auch du, der den Teufelswurm unten aus der Höhle verjagt hat", vermutete Bartholomäus leise und schaute Gerrit mit Bewunderung an.

„Lasst uns endlich gehen!", schlug Pauline vor. Sie schaute sich nervös um und man merkte, dass sie sich unwohl fühlte. „Malumis hat den Teufelswurm hierher geschickt, also wird er uns bestimmt bald wieder angreifen."

Bartholomäus nickte und streckte Adrian seine Hand entgegen. „Hilf mir bitte hoch!" Adrian zog Bartholomäus auf die Beine und sie verließen mit den anderen das Restaurant.

Während sich Pauline und Bartholomäus am Nachmittag oben in der Küche unterhielten, saßen die Kinder in Pascals Zimmer. Dort war – wie sollte es auch anders sein –

alles grün. Die Wände, der Bettbezug, ein kleiner Teppich, der auf dem Boden lag, und die von Pascal selbst gemalten Bilder, die an den Wänden hingen. Darauf waren einfach verschiedene Formen in verschiedenen Grüntönen auf einen grünen Untergrund gemalt. Insgesamt hatte Pascal davon vier. Zwei hingen an der Wand gegenüber der Tür, eins über dem Schreibtisch an der rechten Wand und eins über dem Bett rechts von der Tür. Links stand ein riesiger hellbrauner Kleiderschrank, in dem sich größtenteils grüne Anziehsachen befanden, und unter den beiden Bildern gegenüber der Tür stand ein kleines Regal, in dem sich eine Stereoanlage und ein Fernseher befanden.

Gerrit gefiel das Zimmer sehr, besonders die grünen Farben gefielen ihm. Am tollsten fand er das Grün der Bettdecke, auf der er lag. Er lag auf dem Bauch, hatte seine Beine an die Wand gelehnt und ließ die Arme aus dem Bett fallen. Bastian hingehen, der auf dem Schreibtisch saß, stachen die Farben eher ins Auge, als dass sie ihm gefielen. Adrian lag auf dem Boden und war einfach nur beeindruckt, wie sauber und ordentlich das Zimmer war. Das war auch Leila aufgefallen, die auf dem Schreibtischstuhl saß. Ihr Zimmer im AGS war nie so aufgeräumt gewesen. Pascal selbst saß neben Franziska an den Kleiderschrank gelehnt auf dem Boden. Er knabberte schon seit fünf Minuten an demselben Schokoriegel herum.

„Wann bist du eigentlich mal fertig mit dem Ding?", fragte Franziska grinsend.

„Mmpf!", sagte Pascal mit vollem Mund und keiner hatte ein Wort verstanden.

Leila zuckte mit den Schultern. „Lass ihn doch mampfen, wenn er will. Können wir Musik anmachen?" Ohne eine Antwort abzuwarten, stand sie auf und durchsuchte die CDs von Pascal. Schließlich legte sie das Album von irgendeiner Rockband ein, die niemand kannte.

„Mach das mal leiser!", sagte Franziska laut, damit Leila sie auch verstand.

Leila drehte an einem Knopf und es wurde wieder etwas ruhiger im Zimmer.

„Wisst ihr, worüber ich schon die ganze Zeit nachdenke?", fragte Adrian plötzlich. Adrian wartete einen Moment, aber niemand antwortete. Warum auch? Sollten die anderen etwa seine Gedanken lesen können? Also fuhr er fort: „Warum ist Bartholomäus zusammengebrochen, als Gerrit gesagt hat, dass Wilhelm in Wahrheit der Teufelswurm ist?"

„Die Frage meinst du nicht ernst, oder?" Franziska schaute ihn ein bisschen empört an. Doch Adrians Blick sagte ihr sofort, dass er die Frage wirklich ernst meinte. „Bartholomäus hat Wilhelm schon einmal verloren. Dann dachte er, er hätte ihn wieder gefunden, doch es war nur eine Täuschung. Das muss ganz schön frustrierend für ihn gewesen sein, meinst du nicht?"

Adrian nickte. Er fühlte sich ein bisschen bescheuert, dass er diese Frage überhaupt stellen musste.

„Können wir jetzt mal über etwas anderes reden?", beschwerte sich Leila. „Immer geht es nur um Bartholomäus, Malumis und Sachen, die irgendetwas mit den beiden zu tun haben. Warum können wir nicht mal etwas machen, was normale Jugendliche auch machen?"

Plötzlich wurde es still im Zimmer, nur noch die Musik spielte. Aber in diesem Moment war auch noch das Lied zu Ende und es wurde für einen kurzen Augenblick ganz leise.

„Es tut mir leid", sagte Leila schließlich. Jetzt war sie diejenige, die sich bescheuert fühlte. „Ihr wisst ja gar nicht, was normale Jugendliche so machen."

„Dann zeig es uns doch!", sagte Gerrit plötzlich.

Da waren auch die anderen Feuer und Flamme und Leila war Gerrit dankbar, dass er ihr geholfen und die Stimmung gedreht hatte.

„Wir könnten Flaschendrehen spielen", schlug Leila vor. „Da muss man zweimal eine Flasche drehen und der, auf den die Flasche beim ersten Mal zeigt, muss dem, auf den die Flasche beim zweiten Mal zeigt, einen Kuss auf die Wange geben."

Die anderen grinsten und Pascal holte eine kleine Plastikflasche aus seinem Schreibtisch. „Na, dann mal los!"

Er legte die Flasche auf den Boden und drehte sie. Als sie stehen blieb, zeigte sie auf Franziska. Sie nahm die Flasche und drehte sie noch einmal, dieses Mal zeigte sie auf Gerrit. Der grinste und Franziska stand auf. Sie ging zu Gerrit hinüber und gab ihm einen kleinen Kuss auf die Wange, ohne zu zögern. Denn Gerrit war ein kleiner, niedlicher Junge, dem sie unter anderen Umständen auch einfach so mal ein Küsschen gegeben hätte. Aber als Pascal Franziska einen Kuss geben sollte, wurde sie rot und wehrte sich erst ein bisschen. Doch schließlich überredeten die anderen sie, indem sie ihr sagten, sie sei sonst eine Langweilerin, und Pascal durfte ihr einen Kuss auf die Wange geben.

Danach wurde es richtig lustig, weil Adrian Bastian einen Kuss geben musste, dann sollte Leila Adrian küssen. Die beiden zierten sich nicht und so waren sofort Gerrit und Bastian dran. Als Bastian gerade Pascal einen Kuss geben sollte, platze Bartholomäus herein. Doch er lachte nicht oder fragte, was sie denn da machten, wie es die anderen vielleicht erwartet hätten, er sagte einfach nur: „Ihr müsst sofort nach oben kommen!"

Alle merkten, dass Bartholomäus das nicht zweimal sagen wollte, und folgten ihm zum Aufzug. Als sie oben aus dem Gartenhäuschen kamen, roch es stark nach Rauch und plötzlich wies Gerrit aufgeregt zu dem Wald, der zwischen ihnen und Ressteinburg lag. Eine dicke, schwarze

Rauchsäule stieg aus den tieferen Regionen des Waldes zum Himmel empor.

„Oh mein Gott, der Wald brennt!", rief Franziska erschrocken.

Bartholomäus nickte.

„Wir gehen ihn löschen!", sagte Adrian entschlossen.

„Aber was ist, wenn das eine Falle von Malumis ist?", fragte Pascal.

„Ich denke nicht, dass das Malumis war", sagte Bartholomäus überzeugt. „Er würde uns direkt angreifen, zudem nicht mit Feuer. Und jetzt geht und löscht das!"

Adrian, Pascal und Franziska sprangen über den Zaun und liefen auf den Wald zu und Pauline rannte ihnen von der Vordertür des Hauses aus hinterher.

Auf dem Weg klügelte Adrian einen Plan aus, den er schließlich den anderen mitteilte: „Ich werde versuchen, das Feuer zu verkleinern! Pauline, lass dich von einem Windstoß über den Wald tragen und überwache alles von oben. Dort kannst du auch Wind von allen Seiten auf das Feuer blasen, damit es sich nicht ausbreitet. Pascal, du kümmerst dich um die Pflanzen. Franziska, du löschst das Feuer!"

Als Adrian seine Anweisungen ausgesprochen hatte, erreichten sie den Waldrand und ein heftiger Wind riss Pauline von den Füßen und hob sie in die Luft. Adrian, Franziska und Pascal hingegen liefen auf dem kleinen Trampelpfad, der durch den Wald führte, auf das Feuer zu.

Plötzlich blieben Franziska und Pascal stehen. „Wir können nicht weiter!", sagte Franziska erschöpft. „Es ist zu heiß!"

Erst jetzt sah Adrian, dass sie und Pascal nass geschwitzt waren. Aber ihm war nicht einmal warm. Er war ja wegen seiner Kräfte immun gegen Feuer und Hitze.

„Dann versucht, alles von hier aus zu regeln", sagte er

nach kurzem Überlegen. „Ich werde noch näher rangehen."
Nun machte Adrian sich also alleine weiter auf den Weg. Während er noch lief, fing es an zu regnen. Pauline musste einen ganzen Sturm heraufbeschworen haben. Und Franziska gab ihren Senf dazu, indem sie riesige Wasserbälle auf das Feuer warf.

Adrian kam schließlich bei den ersten verkohlten Pflanzen an, aber das Feuer selber begann erst ein paar Meter vor ihm. Es musste also schon etwas kleiner geworden sein. Nun versuchte auch er, das Feuer zu dämpfen, aber plötzlich knackte etwas laut im Innern der Flammen und er hielt inne.

Ihm fiel ein, dass Feuer ja immer knacken, und er wollte weitermachen, doch in diesem Moment drang ein lautes Schnauben durch das Prasseln der Flammen, und normalerweise schnaubten Feuer nicht.

Bewegte sich da ein Schatten? Adrians Herz begann zu rasen.

„Ganz ruhig!", sprach er sich selbst Mut zu. „Feuer lodern, sie bewegen sich, da gibt es auch schon mal ein paar Schatten, die aufflackern."

Etwas Schweres donnerte auf den Boden und Adrian fuhr zusammen. Jetzt gab es keinen Zweifel mehr: In dem Feuer war irgendetwas. Langsam trat Adrian auf die Flammen zu. Sie begannen an seinen Armen zu lecken, aber er bemerkte es nicht. Das Feuer umgab ihn schließlich ganz und Adrian verlor die Orientierung.

Wieder erschütterte ein schwerer Donnerschlag die Erde. Es war, als würde ein riesiges Tier auf den Boden stampfen. Es kam von links, also änderte Adrian seine Richtung. Plötzlich zuckte etwas vor ihm durch die Glut. Zuerst dachte Adrian, es sei eine schwarze Schlange mit lederner Haut und Tausenden kleinen Stacheln auf dem Rücken, aber dann erkannte er, dass es ein Schwanz war. Er war gut zwei Meter lang und Adrian konnte nicht erkennen, wem er gehörte. Er sah nur einen riesigen, schwarzen Schatten, der auf einer großen Lichtung, umgeben von Feuer, saß.

Adrian machte einen kleinen Bogen um die Lichtung und trat dann aus dem Feuer heraus, sodass er sie sehen konnte: eine riesige, echsenähnliche Gestalt, die mindestens so groß war wie Bartholomäus' Haus. Sie wurde von vier riesigen Pranken getragen, die so groß waren wie Adrians Kopf und die mit gefährlichen spitzen Krallen besetzt waren. Das Ungetüm hatte zwei meterlange Flügel, war komplett schwarz und hatte eine glatte, lederne Haut.

Jetzt drehte das Monster seinen Kopf, der sich auf einem kurzen, muskulösen Hals befand, in Adrians Richtung. Aus dem großen Mund ragten zwei spitze Reißzähne und aus den riesigen Nüstern darüber stiegen kleine Rauchwölkchen. Unter zwei dicken Hörnern, die auf der Stirn saßen, schauten zwei feurig rote Augen Adrian an. In diesem Moment erkannte er, dass das Geschöpf ein Drache war.

Der Drache und das Einhorn

Mit klopfendem Herzen trat Adrian einen Schritt zurück. Die Augen des Drachen folgten seinen Bewegungen, aber ansonsten bewegte sich der Körper nicht. Der Drache atmete schwer und immer wieder stieg Rauch aus seinen Nüstern. Adrian wich noch ein Stück zurück. In diesem Moment öffnete der Drache sein Maul und stieß einen so markerschütternden Schrei aus, dass Adrian eine Gänsehaut bekam, sich umdrehte und losrannte. Der Drache breitete seine Flügel aus, stieß sich kräftig vom Boden ab und schoss in den mit dunklen Wolken und Rauchschwaden behangenen Himmel.

Adrian sah, dass Pauline dem Drachen ausweichen musste, doch dieser kümmerte sich gar nicht um sie. Er wendete in der Luft und schoss wieder auf den Boden zu, genau hinter Adrian her. Der rannte so schnell er konnte und hielt sich immer nah an den Bäumen, damit der Drache nicht an ihn herankam.

Plötzlich verfing sich Adrians Fuß unter einer Wurzel und er stürzte. Er drehte sich auf den Rücken und schaute sich nach dem Drachen um, während er versuchte, seinen Fuß aus der Wurzel zu befreien. Ein lautes Kreischen sagte ihm, dass der Drache hinter ihm war.

Adrian schaute nach hinten. Der Drache schwebte weit oben, legte seine Flügel an und raste im Sturzflug auf den Baum zu. Er öffnete sein Maul und stieß eine riesige Flamme aus, die den Baum ansengte. Dann breitete er die Flügel wieder aus, um den Sturz abzubremsen, und rammte seine Krallen in das Geäst. Mit einem einzigen Ruck riss er den Baum samt Wurzeln aus dem Boden und warf ihn zur Seite auf ein paar andere Bäume.

Nun war Adrian zwar frei, aber der Drache schwebte direkt über ihm. Es kam ihm sogar so vor, als ob der Drache grinsen würde. Was sollte er jetzt tun? Adrian wusste, dass das sinnlos war, aber er feuerte trotzdem ein Flammengeschoss auf das fliegende Wesen. Mit einer gewaltigen Explosion krachte dieses gegen den Drachen und der wurde ein Stück zurückgeschleudert. Die Zeit reichte Adrian, um sich aufzurappeln und wieder im Wald Schutz zu suchen.

Aber er konnte den Drachen nicht abhängen. Er preschte wie ein Pfeil, der in einen Körper eindrang, hinter Adrian her durch den Wald und rammte die Bäume, die ihm im Weg standen, einfach weg. Er kam immer näher und streckte schon sein spitz-zahniges Maul nach Adrian aus, als dieser sich mit einer kleinen Explosion in die Luft schleuderte. Der Drache schoss unter ihm hindurch und Adrian nutzte die Gelegenheit, um einen zweiten Feuerball auf ihn zu schießen. Die Explosion drückte den Drachen im Flug nach unten und er krachte auf den Boden, überschlug sich und blieb reglos liegen.

Doch bereits kurz darauf hob er seinen Kopf und öffnete wieder seine schrecklichen, roten Augen. Er funkelte Adrian zornig an, der sich immer noch in der Luft hielt. Dann stieß sich der Drache wieder vom Boden ab und schoss auf Adrian zu. Der reagierte zu spät und der Drache traf ihn mit dem Maul. Zum Glück hatte er es nicht geöffnet, sodass Adrian nur aus der Luft gerissen wurde, gegen einen Baumstamm prallte und zu Boden sank.

Adrians Rücken schmerzte, sein Kopf pochte und er bekam nichts mehr richtig mit. Eine leichte Erschütterung des Bodens sagte ihm, dass der Drache in seiner Nähe gelandet sein musste, aber gehört hatte er nichts. Er hörte auch nicht den Atem, der ihm von der Seite ins Gesicht blies. Adrian hatte zu viele Schmerzen, um den Kopf zu drehen.

Da stampfte eine der riesigen Pranken vor ihm auf den Boden und Adrian hüpfte ein wenig hoch. Sein Kopf fing noch heftiger an zu pochen, aber mit einem Mal konnte er wieder klar denken, sehen und hören. Es war, als hätte das Stampfen ihn geweckt. Und so konnte er schnell reagieren, als der Kopf des Drachen plötzlich von oben auf ihn herab schoss.

Adrian rollte sich herum und rappelte sich auf, nur um im nächsten Moment dem stacheligen Schwanz auszuweichen, der auf ihn zugeschossen kam. Geschickt sprang er über ihn hinweg und warf sich in eine kleine Höhle unter einem großen Baum. Der Drache drehte sich ziemlich umständlich um und zerstörte dabei mindestens fünfzig Pflanzen. Dann fing er an, mit seinem Kopf auf dem Höhleneingang herumzuhämmern. Das Holz des Baumes begann zu splittern und das Loch wurde immer größer.

Da entdeckte Adrian hinter sich einen zweiten Ausgang. Er quetschte sich hindurch und sprang auf. In diesem Moment krachte der Drache durch das Loch und hatte dafür so viel Kraft aufgewendet, dass er gleich wieder durch das andere Loch hinausschoss. Wütend kreischte er auf, als er Adrian nur einen Meter von ihm entfernt stehen sah. Er versuchte, nach ihm zu schnappen, aber er war zu weit entfernt.

Jetzt reichte es dem Drachen. Mit einem Ruck riss er seinen Kopf hoch und zog den Baum aus dem Boden heraus. Adrian rannte los, während der Drache sich aus seinem Gefängnis befreite und sich vom Boden abstieß, um über die Bäume hinweg fliegend Adrian zu verfolgen, den er durch die Blätter sehen konnte.

Plötzlich stand Adrian wieder auf der Lichtung, wo er

dem Drachen das erste Mal begegnet war. Das Feuer war fast gelöscht, aber an vielen Stellen züngelten noch kleine Flammen. Es krachte laut, als der Drache hinter ihm landete. Adrian drehte sich um und wich langsam zurück.

Da landete Pauline neben ihm und Franziska und Pascal kamen auf die Lichtung gerannt. Franziska schoss dem Drachen kleine Wasserstrahlen in die Nase und der Drache begann, schmerzerfüllt zu kreischen. Er prustete, aber aus seinem Maul kamen keine Flammen mehr. Pascal richtete seine Hand auf den Boden unter dem Drachen und ließ einen spitzen Fels daraus hervor schießen. Der Drache konnte gerade noch ein Stück zur Seite weichen, sodass der Fels ihm nur die Seite aufschlitzte. Dunkles Blut quoll aus der Wunde.

Auf einmal erhellte ein greller Blitz den dunklen Himmel. Er schlug vor Franziska und Pascal in den Boden ein und sie flogen schreiend ein Stück nach hinten. Einem weiteren Blitz konnte Pauline gerade eben noch ausweichen. Jetzt schwebte sie aber so weit von Adrian entfernt, dass sie nicht mehr verhindern konnte, dass der Drache auf Adrian, der noch versuchte wegzurennen, zustürmte. Außerdem musste sie einem dritten Blitz ausweichen, der vom Rand der Lichtung kam. Und dort sah sie einen Jungen stehen, der schreckliche, gelbe Augen hatte. Das musste Malumis sein. Sauer ließ Pauline einen harten Windstoß auf Malumis niederstürmen und dieser stürzte zu Boden.

Im selben Moment stürzte auch Adrian. Der Drache hatte ihn eingeholt und von den Beinen gerissen. Das Monster starrte ihn blutdurstig an und öffnete sein riesiges Maul. Langsam hob es die linke Vorderpranke und stieß wieder einen seiner markerschütternden Schreie aus. Darauf folgte eine unheimliche Ruhe. Man hörte nur das Prasseln des Regens und den rasselnden Atem des Drachen.

Dann durchbrach ein lautes Wiehern die Stille. Alle

wandten sich dem leuchtend weißen Geschöpf zu, das aus dem Wald auf die Lichtung getrabt kam. Es sah aus wie ein Pferd, war trotz des dreckigen Wetters, trotz der verkohlten Bäume und Sträucher, trotz der Asche und des Qualms, schneeweiß und leuchtete in der Dunkelheit. Die lange Mähne wehte im Wind und flatterte um das lange Horn, das auf der Stirn des Tieres saß und kunstvoll in eine Spirale verdreht war.

Das Einhorn schaute Adrian gutmütig mit seinen dunklen Augen an, dann preschte es nach vorne auf den Drachen zu. Der Drache reagierte überhaupt nicht, seine roten Augen folgten nur ängstlich dem Einhorn, das auf ihn zugerast kam. Ein schrecklicher Schrei ertönte, als sich das Horn des weißen Geschöpfs in die glatte, schwarze Haut bohrte. Der Drache wand sich und schlug mit seinem Schwanz um sich, bis er erschlaffte und auf dem Boden aufschlug.

„Nein!", schrie Malumis am Rande der Lichtung und es sah so aus, als hätte er Tränen in den Augen. „Das werdet ihr büßen!" Es knallte und Malumis verschwand in einer dicken Rauchsäule.

Langsam näherte sich das Einhorn Adrian, der immer noch auf dem Boden lag. Es schnaubte leise, während Adrian sich aufrappelte und über seine Mähne strich. Er bemerkte, dass sich das dicke Blut auf dem Horn allmählich auflöste und das Horn wieder zu leuchten begann.

Jetzt kamen auch Pauline, Franziska und Pascal zu ihnen und streichelten das Einhorn. Schließlich verabschiedete es sich mit einem leisen Wiehern und trabte zurück in den Wald.

„Was für ein herrliches Geschöpf", murmelte Pauline, während sie dem Einhorn hinterher schaute, dann blickte sie abfällig auf den Drachen. „Er muss Malumis' Haustier oder so etwas in der Art gewesen sein. Denn der war ganz schön wütend, als er von dem Einhorn getötet wurde."

In diesem Moment zuckte noch einmal der Schwanz des Drachen und Pauline fuhr erschrocken zusammen.

„Lasst uns gehen!", schlug Franziska vor. „Die Feuerwehr und die Polizei werden bald hier sein."

Und wie auf Kommando hörte man in der Ferne die Geräusche eines nahenden Hubschraubers. Aber Adrian bestand darauf, den Körper des Drachen vorher noch zu beseitigen, damit er unentdeckt blieb. Also verbrannte er ihn und Pascal ließ die Überreste im Boden verschwinden. Danach liefen sie schnell von der Lichtung und durchquerten den Wald, gerade noch rechtzeitig, um nicht von dem Scheinwerferkegel des Hubschraubers erfasst zu werden, der jetzt über die Gegend flog.

Als sie am Waldrand ankamen, schickte Pauline einen heftigen Wind aus, der den Hubschrauber daran hinderte, zu ihnen zu fliegen, sodass die vier zu Bartholomäus' Haus rennen konnten, ohne gesehen zu werden. Adrian betrat als Erster die Veranda und blieb erschrocken vor der zerschmetterten Haustüre stehen.

„Was um Himmels willen ist hier passiert?", stammelte Pascal.

„Malumis", murmelte Franziska zornig und ging entschlossen an Adrian vorbei. Sie drückte die Tür auf und trat in den Flur. Die anderen folgten ihr langsam.

Plötzlich schlug die Kleiderschranktür auf und Leila kam heraus. „Oh mein Gott! Ich bin so froh, dass ihr es seid. Es war so schrecklich. Malumis …"

Franziska schob Leila zur Seite und ging zielstrebig in die Küche. Die anderen folgten ihr und Pauline entfuhr ein kleiner Schrei, als sie den Raum betrat.

„Bastian, Gerrit!", rief Adrian entsetzt und stürmte zu Gerrit hin, der reglos auf dem Fußboden lag. Sein Gesicht war ganz weiß und Blut quoll aus einer großen Platzwunde an der Stirn hervor. Bastian stand ganz starr daneben. Er war gerade im Begriff loszulaufen, aber irgendetwas hatte ihn mitten in der Bewegung erstarren lassen.

„Bartholomäus!", rief jetzt Pascal und lief um den Küchentisch herum, hinter dem Bartholomäus leise röchelnd auf dem Boden lag. Pascal kniete sich neben ihn und legte Bartholomäus' Kopf auf seine Hand. „Was ist passiert?"

„Malumis ... ich ... Tormentum-Fluch", presste Bartholomäus zwischen zusammengebissenen Zähnen hervor. Er musste riesige Schmerzen haben.

„Helft mir mal!", rief Pascal und Franziska und Pauline eilten zu ihm. Zusammen hoben sie ihn hoch und trugen ihn ins Wohnzimmer, wo sie ihn auf das Sofa legten.

Währenddessen füllte Adrian Wasser in ein Glas und schüttete es Gerrit übers Gesicht. Gerrit schlug die Augen auf, schreckte hoch, hustete laut und setzte sich hin.

„Malumis ... Bartholomäus ... Bastian", stammelte er und schaute sich um. „Bastian!"

„Geht es dir gut, Gerrit?", fragte Adrian besorgt.

Gerrit fasste sich zwar mit einem schmerzvollen Gesichtsausdruck an die Platzwunde an seiner Stirn, nickte aber. „Aber Bastian ..."

„Leila, weißt du, wie Malumis Bastian verzaubert hat?", wollte Adrian wissen.

„Es war nicht Malumis, es war der Teufelswurm", sagte Leila. „Er hat Bastian verzaubert. Aber er brauchte Worte dazu. Ihr hättet seinen Mund sehen sollen! Normalerweise sieht man ihn ja nicht und wisst ihr, warum? Er hat eigentlich gar keinen! Er hat einfach unter seinen Augen die Haut auseinandergezogen und ein Loch gemacht. Es war, wie wenn man Kaugummi auseinanderzieht! Wisst ihr, so ..."

„Leila!", unterbrachen Gerrit und Adrian sie gleichzeitig. „Was hat er gesagt?"

Leilas Stirn legte sich in Falten, als sie angestrengt nachdachte. „Muorate Embrosa natürlich! Aber seine Stimme ... sie war so gruselig! So heulend und ..."

„Leila!", fuhren Gerrit und Adrian schon wieder dazwischen.

„Ist ja gut!" Leila hob unschuldig ihre Hände.

„Es war also ein normaler Zauber", murmelte Adrian, ging zu Bastian und legte ihm seine Hand auf die Stirn. Nach ein paar gemurmelten Lauten leuchtete sie kurz auf, dann zuckte Bastian zusammen und regte sich wieder.

„Bastian!", rief Gerrit freudig und nahm ihn in den Arm.

„Schön, dass es dir gut geht", sagte Leila und lächelte, dann schüttelte sie den Kopf. „Ich fasse es einfach nicht. Wisst ihr, Bartholomäus hat mir erzählt, dass die Teufelswürmer eine eigene Art der Magie beherrschen. Er sagte, dass sie nur ein paar Techniken können, wie Druckwellen erzeugen, Gestaltenwandel und Telekinese. Diese Techniken können sie aber aufgrund ihrer magischen Fähigkeiten total gut und natürlich brauchen sie dafür nicht Embrosa zu benutzen. Aber andere Techniken ... ich finde es einfach unglaublich, dass Malumis ihnen auch noch die menschliche Magie beibringt! Bartholomäus hat ..."

„Bartholomäus!", fiel Adrian plötzlich wieder ein und er rannte an Leila vorbei ins Wohnzimmer. Dort knieten Franziska und Pascal vor dem Sofa und Pauline stand hinter ihnen.

„Was für ein Fluch, hat er gesagt, war das?", fragte Adrian.

„Der Tormentum-Fluch", antwortete Pauline.

Adrian nickte, ging zu dem Bücherregal an der Wand und holte ein dickes, braunes, in Leder gebundenes Buch hinter ein paar kleineren Büchern hervor, das Bartholomäus ihnen letztens gezeigt hatte. Er wischte den Staub von dem Umschlag und schaute auf die Beschriftung. *Das große Zauberbuch von Bärbel Balthasar* stand dort dick in goldenen Lettern. Adrian schlug das Buch auf und blätterte darin herum. Auf einer besonders vergilbten Seite fand er schließlich ein paar Angaben über den Fluch und las sie laut vor: „*Der Tormentum-Fluch (tormentum, i. n.= Folter/ lat.) ist der schlimmste Zauber, den ein Magier wirken kann. Der Betroffene erleidet solange körperliche Qualen, bis er diesen geistig unterliegt und stirbt. Der Tormentum-Fluch ist einer der wenigen Zauber, die nicht von einem Gegenzauber gebrochen werden können. Es gibt allerdings zwei Wege, den Betroffenen zu retten, die aber nur wenigen Magiern bekannt sind und die diese nicht preisgeben wollen. Der Tormentum-Fluch ist neben der Blitzmagie eine der Stärken des berühmten dunklen Zauberers Malumis.*

Bitte beachten Sie beim Benutzen der Formel, dass der Fluch dem Wirkenden selbst großen Schaden zufügen kann, wenn dessen magische Kraft nicht ausreichend ist … Jetzt stehen hier noch der Zauberspruch und die Anwendung!"

„Oh mein Gott! Das ist so grausam!", stöhnte Pauline auf.

„Macht euch … um mich … keine Gedanken!", röchelte Bartholomäus plötzlich. „Nur … das goldene Medaillon … ihr … müsst reisen!" Nachdem Bartholomäus das letzte Wort gesprochen hatte, sackte er wieder zusammen, sein Körper erschlaffte und seine Augen schlossen sich. Für eine Weile herrschte eine eiserne Stille im Wohnzimmer. Dann ertönte Bartholomäus' rasselnder Atem und alle atmeten auf.

„Was sollen wir jetzt machen?", fragte Franziska ein bisschen verzweifelt.

Aber die anderen blieben stumm, niemand wusste eine Antwort. Sie standen oder knieten alle einfach nur da und warteten darauf, dass ihnen irgendwer sagte, was sie tun sollten.

Schließlich hielt es Adrian nicht mehr aus. „Was hat er denn noch mal gesagt? *Das goldene Medaillon* und *Ihr müsst reisen!*, oder? Was hat er damit gemeint?" Bastian zuckte mit den Schultern, nahm aber Adrian das Zauberbuch aus der Hand und blätterte darin herum. Doch über ein goldenes Medaillon stand dort nichts.

„Vielleicht hat er das Medaillon hier irgendwo", meinte Pauline und durchwühlte Bartholomäus Hosentaschen, aber dann schüttelte sie den Kopf.

„Kommt, wir suchen das ganze Haus ab", schlug Franziska vor. Alle nickten und begannen, Zimmer für Zimmer alles auf den Kopf zu stellen, bis sie wieder im Wohnzimmer waren. Sie hatten wirklich in jedem Winkel des Hauses gesucht, Gerrit hatte sich sogar mit einem Zauber verkleinert und war in ein Mauseloch gekrabbelt, aber ein goldenes Medaillon hatten sie nicht gefunden.

„Das ist doch sinnlos!", sagte Pauline schließlich, als es draußen schon längst stockfinster war. „Wir sollten uns lieber auf das Reisen konzentrieren."

Franziska ließ sich erschöpft in den Sessel fallen und Gerrit sank vor dem Mauseloch auf den Boden. Pascal vergrub das Gesicht in seinen Händen und nur Leila, Pauline, Adrian und Bastian dachten angestrengt nach.

Plötzlich trat Bastian gegen die Tür zum Flur und sie knallte zu. „Das ergibt einfach keinen Sinn!"

„Aber Bartholomäus würde uns nie etwas sagen, was nichts bedeutet oder was wir nicht verstehen", entgegnete Pauline.

„Bartholomäus hatte riesige Schmerzen. Wahrscheinlich war er im Kopf nicht mehr ganz klar", vermutete Bastian.

„Sag so etwas nicht!", sagte Franziska leise und schaute ihn zornig an.

Da stöhnte Gerrit laut auf. „Natürlich!"

Pascal nahm seine Hände wieder vom Gesicht und schaute Gerrit erwartungsvoll an. „Hast du eine Idee?"

Gerrit nickte. „Wisst ihr noch, wie wir durch den Gang nach unten in die Höhle mit der Steinsäule gegangen sind?", fragte er.

Alle schauten ihn gespannt an, aber Gerrit wartete darauf, dass ihm jemand antwortete.

„Jetzt spann uns nicht so auf die Folter!", rief Franziska schließlich und Gerrit fuhr fort: „Im Gang sind wir doch an diesem eingemeißelten Kreis mit den Bildern von den Elementen vorbeigekommen. Darüber stand auch irgendetwas mit reisen, ich glaube, es war … *Wenn du etwas über die Vergangenheit erfahren willst, musst du reisen!*"

„Stimmt!", rief Pascal aufgeregt. „Du hast recht, aber es war: *Um die Vergangenheit zu verstehen, musst du reisen!* Wir müssen sofort da runter!"

„Aber warum sollen wir die Vergangenheit verstehen?", fragte Franziska skeptisch. „Das ergibt doch auch keinen Sinn."

„Keine Ahnung", sagte Pascal, „aber es ist der einzige Hinweis, den wir im Moment haben, oder?"

Darauf entgegnete Franziska nichts mehr und folgte den anderen zum Gartenhäuschen. Sie fuhren mit dem Aufzug nach unten und gingen ans Ende des Gangs, wo das große Bild von Franziska und Pascal hing.

„So, wie ging das noch mal?", fragte Pauline, aber sie hatte die Frage nicht wirklich ernst gemeint, denn ohne eine Antwort abzuwarten, tippte sie auf den blaugrauen Anhänger an Pascals Kette. Mit einem Zischen schwang das Bild zur Seite.

„Hier!" Pascal reichte Pauline den kleinen Quader, die diesen in das Loch in der Wand steckte. Wie beim letzten Mal vor ein paar Tagen öffnete sich die Wand und gab den Blick auf den langen, dunklen Tunnel frei.

„Ich hasse diesen Tunnel", bemerkte Franziska. „Er ist so feucht und gruselig."

„Du kannst auch hier bleiben", sagte Pascal genervt und betrat den Lehmboden des Gangs. „Jetzt kommt endlich!"

Adrian folgte Pascal, dann Bastian, Leila, Pauline und Gerrit und zuletzt kam auch Franziska mit einem Seufzer hinterher.

Tiefer und tiefer führte der Tunnel sie hinab. Die Luft wurde immer schlechter und Franziska begann, schauspielerisch zu husten.

„Sind wir vielleicht schon an dem Kreis vorbeigegangen?", fragte sie schließlich heiser. „Gleich müssten wir nämlich schon bei der Höhle sein."

Gerrit schüttelte den Kopf. „Das hätten wir gemerkt, meinst du nicht?"

Franziska seufzte und blieb stehen, als Pascal von vorne rief: „Hier ist es! Wir sind da!"

Franziska seufzte noch einmal und ging weiter. Wenig später stand sie neben den anderen vor dem Kreis mit den Elementsymbolen und betrachtete den verschnörkelten Schriftzug darüber: *Um die Vergangenheit zu verstehen, musst du reisen!*

„Und jetzt?", fragte sie.

Adrian schritt auf den Kreis zu und fuhr über die feinen, eingemeißelten Rillen. Er tastete jede einzelne ab, bis er am kleinen Kreis in der Mitte angelangt war. Diese Rille war viel tiefer als die anderen. Adrian tastete den Kreis weiter vorsichtig ab und drückte schließlich leicht darauf. An dieser Stelle gab die Wand nach und der kreisrunde Stein rutschte ein Stück nach hinten.

Plötzlich begann der äußere Ring, sich zu drehen. Als er halb herum war, blieb er stehen und die vier Viertelkreise und der kleine Kreis in der Mitte fuhren nach hinten und verschwanden in der Wand. Jetzt klappten die vier Balken, die in die Mitte zeigten nach hinten und in der Wand klaffte ein großes, kreisrundes Loch.

Mit offenen Mündern starrten alle in den dunklen, schwarzen Raum. Adrian rührte sich als Erster und steckte seinen Kopf in das tiefe Schwarz. Die versteckte Kammer war nicht sehr groß, sie war nicht mal einen Meter hoch und noch weniger lang und breit. Alles war voller Spinnweben. Aber direkt unter Adrian lagen auf dem Boden – genau gesagt auf einem grauen Kissen – eine mit fingerdickem Staub belegte Schatulle und eine ebenso verdreckte Pergamentrolle.

Adrian hob beides hoch und bemerkte, dass das Kissen eigentlich rot und nur von dem vielen Staub grau geworden war. Er nahm seinen Kopf wieder aus der Kammer und reichte Pauline die Pergamentrolle. Langsam öffnete er die Schatulle und alle beobachteten ihn dabei.

Das kleine Kästchen war mit rotem Samt ausgelegt und auf dem Boden lag eine goldene Kette mit einem goldenen Medaillon daran. Es war kreisrund, vorne glatt und hatte hinten eine Auswölbung. Auf der vorderen, flachen Seite war derselbe Kreis eingraviert, der auch eben noch auf der Wand geprangt hatte.

„Mach es auf!", flüsterte Franziska und Adrian tat es. Er drückte auf den kleinen Knopf an der Seite und das Medaillon sprang auf. Innen war in der Mitte eines winzigen, samtenen, roten Kissens eine kleine, hellblaue Murmel befestigt.

„Eine Murmel", sagte Pascal ehrfürchtig.

„Und was sollen wir jetzt damit machen?", fragte Bastian ratlos.

„Ich glaube, das weiß ich", sagte Pauline, die die Pergamentrolle ausgerollt und angefangen hatte, sie zu lesen. „Hört mal zu: *Um die Vergangenheit zu verstehen, musst du reisen! Benutze dazu das goldene Medaillon. Drehe den äußeren Ring einmal herum und du wirst in die Vergangenheit eintauchen. Das Medaillon weiß, wohin du willst, auch wenn du es nicht weißt. Aber beachte, dass du das Medaillon niemals verlieren solltest, denn sonst wirst du in der Vergangenheit zur Realität gehören und könntest dort gefangen oder getötet werden. Drücke auf den kleinen Kreis in der Mitte und du kehrst nach Hause zurück. Während du dich in der Vergangenheit aufhältst, läuft die Zeit in deiner Welt ganz normal ohne dich weiter, also sei nicht zu lange im Besitz der Vergangenheit. Das goldene Medaillon kann nur von Hütern des Gleichgewichts genutzt werden. Na, was sagt ihr dazu?"*

„Ich würde mal sagen, du hast unser kleines Problem gelöst", sagte Gerrit. „Aber Leila, Bastian und ich müssen hier bleiben. Wir sind keine Hüter."

„Das ist doch nicht schlimm", sagte Pauline. „Ihr könntet ja versuchen, Zauberer oder Hexen zu finden, die die zwei Wege für Bartholomäus' Heilung kennen."

„Und wie sollen wir das anstellen?", wollte Leila wissen.

Pauline zuckte mit den Schultern. „War ja nur so eine Idee."

„Aber was sollen wir denn in der Vergangenheit tun?", fragte Franziska schon wieder. „Das ergibt doch keinen Sinn! Dort können wir Bartholomäus nicht helfen."

„Bartholomäus hat uns selbst gesagt, dass wir mit dem goldenen Medaillon reisen sollen, und ich denke, dass das Medaillon uns schon dort hinbringt, wo wir etwas Wichtiges erfahren können", sagte Adrian zuversichtlich.

Er ging zu Gerrit und umarmte ihn, klopfte Bastian auf die Schulter und schaute Leila kurz an, dann gab er ihr einen Kuss auf die Wange und drehte sich um.

„Passt auf euch auf!" Er ging zu Pauline, Franziska und Pascal, die alle drei das Medaillon anfassten und ihn nervös anschauten. Adrian umfasste den äußeren Ring, schaute noch einmal zu Leila, Bastian und Gerrit zurück und drehte ihn schließlich einmal ganz herum.

In Urbs Regentis

Die Augen der vier Hüter hatten plötzlich rot, blau, grau beziehungsweise grün zu leuchten begonnen, ebenso wie ihre Narben. Dann hatten die vier sich nach und nach in einem Wirbel aus golden glitzerndem Licht aufgelöst. Nachdem sie komplett verschwunden waren, waren Leila, Bastian und Gerrit den Tunnel wieder nach oben gelaufen, hatten aber die Wand offen gelassen und nur das Bild davor geklappt. Dann waren sie mit dem Aufzug nach oben gefahren und hatten sich in der Küche an den Tisch gesetzt.

„Vielleicht sollten wir wirklich versuchen, jemanden zu finden, der Bartholomäus helfen kann", sagte Gerrit nach einer kurzen Weile.

„Aber wie sollen wir das machen?", entgegnete Leila erneut und Gerrit wusste genau wie Pauline keine Antwort.

„Jedenfalls können wir nicht einfach nur tatenlos hier herumsitzen", meinte auch Bastian. „Vielleicht haben wir ja im Zauberbuch irgendeine wichtige Information übersehen."

Er stand auf, ging ins Wohnzimmer und holte das Zauberbuch aus dem Regal. Er schlug es auf und begann, den ganzen Text noch einmal zu lesen: „ ... der schlimmste Zauber ... erleidet solange körperliche Qualen ... stirbt ... nicht von einem Gegenzauber gebrochen werden ... zwei Wege, den Betroffenen ... Moment mal! Woher weiß diese Bärbel, dass es zwei Wege gibt, wenn die Zauberer, die diese kennen, sie nicht verraten?"

Darauf wussten Gerrit und Leila auch keine Antwort und Bastian grinste triumphierend. „Ich wette mit euch, dass diese Bärbel Balthasar auch die beiden Wege kennt."

„Das mag sein", sagte Leila, nicht ganz so glücklich wie Bastian, „aber wie willst du sie finden? Wahrscheinlich ist sie längst tot! Du weißt doch, dass die meisten Magier gestorben sind, als Bartholomäus Malumis in dem Stein eingesperrt hat."

Bastian stöhnte und ließ sich in den Sessel fallen. „Das kann doch nicht wahr sein! Wir müssen doch irgendetwas tun können!" Verzweifelt schaute er zu Bartholomäus, der immer noch mit geschlossenen Augen und rasselndem Atem auf dem Sofa lag. Sein Gesicht war mittlerweile rot angelaufen, er schwitzte und seine Hände und Füße zitterten.

„Vielleicht hat Bartholomäus ja ein Adressbuch", meinte Leila und fing an, im Haus nach solch einem zu suchen, aber Bartholomäus hatte nicht einmal ein Telefonbuch.

Gelangweilt schnappte sich Gerrit das Zauberbuch und blätterte darin herum. Bastian und Leila beobachteten ihn dabei. Seine Augen flogen über die Seiten, aber er las sie nicht. Trotzdem leuchteten sie plötzlich auf.

„Das gibt's doch nicht", rief Gerrit und winkte die anderen zu sich. „Hier!" Er hielt ihnen das Buch hin. Die allerletzte Seite war aufgeschlagen, auf der sich Bartholomäus eine Liste von Namen notiert hatte. Hinter den Namen stand immer eine Sache wie Froschlaich, Einhornhaare, Schweineborsten oder Elfenbeinpulver. Bärbel Balthasar stand auch auf der Liste. Hinter ihrem Namen stand Kiefernwurzel.

„Wenn das nicht sogar gleich die Verbindung zu Bärbel mit der magischen Straßenbahn ist, fresse ich einen Besen", sagte Bastian grinsend. „Gut gemacht, Kleiner!"

Dafür schlug Gerrit Bastian leicht gegen die Schulter. „Du weißt, dass du mich nicht Kleiner nennen sollst."

„Das musste einfach mal wieder sein", sagte Bastian.

„Aber woher sollen wir Kiefernwurzeln bekommen und was sollen wir damit machen?", fragte Leila plötzlich.

Da wurden Gerrit und Bastian wieder ruhig und starrten enttäuscht ins Leere.

„Ich meine, im Küchenschrank wird er die wohl nicht haben", fügte Leila noch hinzu.

„Warum nicht?", fragte Gerrit und lief in die Küche. Er riss eine Schranktür nach der anderen auf, bis er hinter einer stapelweise Gewürze fand. Aber Kiefernwurzeln, Einhornhaare oder Elfenbeinpulver waren nicht dabei.

„Einen Versuch war's wert", murmelte Bastian.

„Warte!", rief Leila, als Gerrit den Schrank wieder zumachen wollte. Sie schubste ihn sanft zur Seite und begann, alles aus dem Schrank zu räumen. Dann entfernte sie auch noch die Regalbretter und fing an, an der Rückwand herumzufummeln. Schließlich hatte sie diese in der Hand und dahinter befand sich tatsächlich ein kleiner Hohlraum in der Wand, der vollgestellt war mit verschiedenen Gläsern, Dosen und Beutelchen – und auch mit Kiefernwurzeln.

„Also ich finde, wir beide arbeiten gut zusammen", bemerkte Gerrit. „Ich meine, Bastian hat ja noch keine guten Vorschläge gehabt."

Dieses Mal fing sich Gerrit einen leichten Schlag auf die Schulter ein. „Wenn du nicht willst, dass ich dich Kleiner nenne, solltest du netter zu mir sein!"

„Könnt ihr jetzt mal aufhören und mir helfen?", unterbrach Leila sie und reichte ihnen eine knorrige, alte Wurzel und ein Blatt Papier.

Bastian faltete es auseinander. „Hier steht, was man mit den verschiedenen Sachen machen soll", sagte er zu Leila und Gerrit. „Bei Kiefernwurzeln steht, dass man sie verbrennen soll und eine Fingerspitze voll Asche in zweihundert Millilitern Wasser verrühren soll."

„Dann schätze ich mal, dass wir das hinterher trinken und Muorate Embrosa sagen sollen", meinte Leila, während sie den Schrank wieder einräumte.

„Räum du weiter hier auf", sagte Bastian grinsend zu Leila, „schließlich ist das Frauenarbeit, und Gerrit und ich gehen die Wurzel verbrennen."

Empört schaute Leila Bastian an, konnte sich aber ein Grinsen auch nicht verkneifen. Also packte sie weiter Gewürze in den Schrank, während Gerrit und Bastian in den Garten gingen. Bastian holte Spiritus und ein Feuerzeug aus dem Gartenhäuschen und schüttete den Spiritus über die Wurzel.

„Geh ein Stück zurück, Gerrit", sagte er und zündete die Wurzel an. Eine Stichflamme schoss in die Luft, wurde aber schnell wieder kleiner. Schließlich brannte die Wurzel leise knisternd vor sich hin.

„Adrian hätte dafür keinen Spiritus gebraucht", murmelte Gerrit.

Bastian nickte. „Aber Adrian ist nicht hier, oder? Hol mal bitte einen Teller von drinnen, wo wir die Asche drauftun können."

Gerrit stand auf, lief ins Haus und kam kurz darauf mit einem kleinen, weißen Teller zurück. Bastian hob die Wurzel mit einem Handschuh hoch, den er in der Zwischenzeit aus dem Gartenhäuschen geholt hatte, und klopfte die Glut ab. Ein paar kleine, rote Stückchen fielen auf den Teller und wurden schnell grau.

„Das müsste reichen", sagte Bastian zu sich selbst und brachte die Wurzel zu der Regentonne, wo er sie im Wasser löschte. Dann ging er mit Gerrit zurück in die Küche.

Leila war mittlerweile mit Aufräumen fertig und hatte schon drei Gläser mit Wasser gefüllt. „Genau zweihundert Milliliter – dreimal!", sagte sie stolz.

„Und wir haben hier ein bisschen Asche, die für drei

Fingerspitzen reichen sollte", sagte Bastian mindestens genauso stolz.

Jeder von den dreien nahm, ohne ein weiteres Wort zu sagen, eine Fingerspitze voll Asche und schüttete sie in sein Glas. Sie rührten das Ganze mit einem Löffel ein paar Mal um, dann schauten sie sich ein bisschen unentschlossen an.

„Sollen wir das wirklich machen?", fragte Bastian und blickte skeptisch auf sein Glas. „Vielleicht sind das ja Vergiftungstränke für die jeweiligen Personen."

„Als ob es für jeden einen anderen Vergiftungstrank gibt", meinte Leila, aber ganz überzeugt schien sie auch nicht zu sein.

„Alle gleichzeitig", beendete Gerrit die Diskussion und zählte von drei runter. Mit geschlossenen Augen kippten alle gleichzeitig das Getränk hinunter und sagten laut: „Muorate Embrosa!"

Etwas kitzelte Adrian an der Nase und er öffnete die Augen. Erschrocken flatterte ein kleiner, bunter Schmetterling davon. Adrian setzte sich hin und schaute sich um. Er saß auf einer saftigen, grünen Wiese, die gesprenkelt war mit den verschiedensten bunten Blumen.

Vor ihm lag ein tiefes Tal, an dessen Rändern dichte Wälder standen. Auf der anderen Seite des Tals ragte ein großer Berg in die Höhe. Auf seiner Spitze glitzerten ein paar vereinzelte Schneeflecken und über eine große Klippe darunter strömte ein breiter Wasserfall tosend in einen breiten See, aus dem ein schmaler Fluss in den Wald und aus dem Tal hinaus floss.

Das Bild war einfach atemberaubend, aber was Adrian noch mehr beeindruckte, war die riesige Festung, die in der Mitte des Tals thronte. Sie hatte riesige, stabil aussehende, dicke Steinmauern, auf denen sich hölzerne Wachgänge befanden. An einer Stelle war ein großes Tor in die Mauer eingelassen, das im Moment durch zwei massive, Holzpforten verschlossen wurde, und auch diese sahen nicht zerbrechlich aus.

Innerhalb der Mauern stand ein genauso stabil aussehendes, einem Schloss ähnliches Gebäude mit verwinkelten Dachgeschossen, spitzen Türmchen, kleinen Zinnen und vielen steinernen Treppen. Ein einziger kleiner Weg führte von einem kleinen Tor in der vorderen Wand des Schlosses zu dem großen Tor in der Mauer.

Die ganze Festung war umgeben von zahlreichen Häusern und Straßen, zwei Kirchen mit Friedhöfen und vielen Scheunen. Es herrschte viel Trubel auf den Straßen und in den Gassen und Adrian hörte die Geräusche von Karren, spielenden Kindern, Händlern auf einem kleinen Markt nahe der Festungsmauern und von den Hammerschlägen eines Schmiedes. Auch die Stadt war von einer Mauer umgeben, die allerdings um einiges kleiner war als die der Festung. Das musste Urbs Regentis sein.

„RAAH!" Der plötzliche, laute Schrei ließ Adrian zusammenfahren. Erschrocken drehte er sich um und sah ein breites, eisernes Schwert auf sich zu sausen. Im letzten Moment prallte das Schwert gegen irgendetwas Unsichtbares in der Luft und Adrian wurde verschont.

Der Ritter, der das Schwert geführt hatte, klappte das Visier von seinem silbernen Helm hoch, der mit ein paar roten Federn geschmückt war. „Da ist kein Durchkommen, mein Herr!", sagte er kopfschüttelnd und hinter ihm tauchte ein weiterer Mann auf.

Er war einen Kopf kleiner als der Ritter, der jetzt zu seinem braunen Pferd zurückging, und trug ein langes, schwarzes Gewand. Um den Bauch hatte er einen breiten schwarzen Gürtel, der um die Schnallen mit zwei dicken, roten Edelsteinen besetzt war und an dem drei kleine, schwarze Samtbeutel baumelten. Der Mann leckte sich mit der Zunge über seinen schwarzen Stoppelbart und schaute begierig auf das idyllische Tal, während er sich seine schwarzen, schulterlangen Haare hinter die Ohren streifte. Dann drehte er sich um und folgte dem Ritter, der schon ein Stück weiter geritten war.

Adrian schaute den beiden hinterher. War das Malumis gewesen? Und war die unsichtbare Wand vor ihm vielleicht Autumnus' Schutzwall? Vielleicht war er ja in der Zeit gelandet, in der Bartholomäus und seine Leute schon in Urbs Regentis vor Malumis Schutz gesucht hatten.

Langsam ging Adrian auf die Stelle zu, an der das Schwert des Ritters hängen geblieben war. Er streckte seine Hand aus und wollte gerade die unsichtbare Wand berühren, als ihn jemand an der Schulter packte und er herumfuhr.

Vor ihm stand Pascal. „Bin ich froh, dich zu sehen!", sagte Pascal grinsend. „Ich habe einen Riesenschreck bekommen, als ich hier mitten in der Einöde aufgewacht bin und ihr alle weg wart."

„Seht ihr, was mein Anliegen ist?" Die vertraute Stimme ließ Adrian schon wieder zusammenfahren. Er drehte sich um und sah Bartholomäus, der hinter einem Gebüsch hervorkam. Er trug ein altes, braunes Gewand und einen langen dunkelroten Umhang. Er sah genauso aus, wie Adrian ihn kannte, nur dass er noch ein bisschen jünger zu sein schien. Sein Haar war noch voller und nur teilweise ergraut und er hatte weniger Falten. Aber seine alte, verbeulte Brille trug er schon und auch sein Bart sah genauso aus wie der, den Adrian kannte.

Bartholomäus folgte ein kleiner, dicker Mann mit langem grauem Vollbart. Er hatte ein hellblaues Gewand und einen dunkelblauen Umhang an und trug eine dicke Goldkette um den Hals. Er hinkte mit dem rechten Bein, sodass er beim Laufen hin und her wackelte und der kleine Hut auf seinem Kopf drohte, herunterzufallen.

Nun kam noch eine ältere Frau hinter dem Gebüsch hervor, die ein violettes Kleid und Unmengen von Halstüchern, Perlenketten und Armreifen trug. Ihre kastanienbraunen Locken hatte sie mit einem rosafarbenen Samt-Tuch zurückgebunden und an ihren Ohren baumelten große, goldene Ohrringe.

„Hey, Adrian!", rief Pascal plötzlich. „Ich kenne diese Frau! Ich habe sie schon einmal gesehen, als wir in Ammergau essen waren. Das heißt, sie lebt noch!"

Adrian schaute Pascal skeptisch an. „Bist du dir sicher? Vielleicht sieht sie ihr nur ähnlich. Schließlich kann sie nicht so alt sein."

„Ich verstehe immer noch nicht, was du meinst", sagte die Frau jetzt, während sie anfing, eines ihrer Halstücher aus ein paar Zweigen zu fummeln, in denen es sich verfangen hatte.

„Ihr habt doch gesehen, dass Kelvin meinen Schutzwall schon fast mit einem einfachen Schwert durchbrochen hat", sagte Bartholomäus aufgebracht.

Die Frau hatte jetzt keine Geduld mehr und riss ihr Tuch aus den Zweigen heraus. Sie trat auch auf die Wiese und ihr folgten – Pauline und Franziska. Als sie Adrian und Pascal entdeckten, winkten sie und kamen zu ihnen.

„Endlich haben wir euch gefunden", sagte Pauline erleichtert. Dann fragte sie Adrian: „Hast du noch das Medaillon?"

Adrian nickte und zeigte es ihr. „Lasst uns mal zuhören, was Bartholomäus mit den beiden anderen beredet", schlug er vor, während er die goldene Kette aus seiner Tasche zog.

„Ich denke, du machst dir da zu viele Sorgen", sagte die Frau gerade. „Kelvins Schwert hat deinen Wall noch lange nicht durchbrochen und wird es auch in naher Zukunft nicht tun."

„Nicht sein Schwert, aber Malumis' Magie", murmelte Bartholomäus.

Jetzt mischte sich auch der kleine Mann mit ein: „Sei nicht so pessimistisch, Autumnus! Wenn du so denkst, wird Malumis es viel eher schaffen, deinen Wall zu überwinden, als wenn du dich ihm voller Überzeugung stellst."

„Aber ich merke, dass meine Kraft schwindet." Bartholomäus ließ sich nicht beirren. „Ich bin alt und bald an meinem Lebensende angelangt. Egal, wie dieser Krieg ausgeht, ich werde ihn nicht überleben."

„Ich möchte solche Worte nicht hören!", brauste die Frau auf. „Wenn auch nur einer deiner Anhänger dies mitbekommt, so wissen es bald alle, und dann hast du ihnen auch noch die letzte Hoffnung geraubt und sie werden endgültig alle zu Malumis überlaufen."

„Bärbel hat recht", sagte der kleine Mann etwas ruhiger. „Du musst vorsichtiger sein!"

„Bärbel? Meint ihr, dass das die Frau ist, die das Zauberbuch geschrieben hat, Bärbel Balthasar?", flüsterte Adrian.

„Schon möglich", antwortete Pascal genauso leise.

„Ihr könnt auch laut sprechen", bemerkte Franziska. „Sie hören euch eh nicht."

Bartholomäus seufzte und ließ sich auf einen kleinen Felsbrocken sinken. „Ich wollte euch damit nur zeigen, dass ich es für nötig halte, weitere Vorkehrungen zu treffen. Wir brauchen irgendetwas, das Malumis aufhalten kann, auch wenn ich nicht mehr da bin."

„Aber was für Vorkehrungen sollen das sein?", fragte Bärbel. „Es gibt keinen Zauberer, der so mächtig ist wie du, und ich denke nicht, dass du jemanden oder etwas erschaffen kannst, der oder das mächtiger ist, als du es selber bist."

„Wer weiß", murmelte Bartholomäus, dann stand er auf.

Der kleine Mann starrte ihn ungläubig an. „Willst du damit sagen, dass du wirklich etwas erschaffen könntest, dessen Macht deine noch übersteigt?"

„Das habe ich nicht gesagt", entgegnete Bartholomäus. „Aber ich werde darüber nachdenken und euch sofort benachrichtigen, wenn ich einen guten Einfall habe."

Bärbel und der kleine Mann nickten, verbeugten sich leicht und machten sich auf den Weg, zurück ins Tal zu gelangen. Bartholomäus schaute ihnen hinterher, als er schreiend in die Knie ging und auf dem Boden zusammensackte. Er wälzte sich im Gras herum und schaute mit schmerzverzerrtem Gesicht in den Himmel.

Alarmiert drehten Bärbel und der Mann sich wieder um und eilten, so schnell sie konnten, zu Bartholomäus hin. Sie knieten sich neben ihn und begannen, sich um ihn zu kümmern, als ein gehässiges Lachen sie aufblicken ließ.

„Ihr hättet besser auf euren Herrn hören sollen!" Der Mann, der eben bei dem Ritter gewesen war, stand dort, wo der unsichtbare Schutzwall war, und blickte hämisch zu ihnen herüber. Jetzt war sich Adrian sicher, dass er Malumis war. „Sein Schutzwall ist wirklich nicht mehr der beste", fuhr dieser jetzt herablassend fort. „Er kann vielleicht noch unsere Körper aufhalten, aber nicht mehr meine Magie."

„Es ist der Tormentum-Fluch", flüsterte Bärbel dem kleinen Mann zu, der jetzt aufgesprungen war.

Er lief auf den Schutzwall zu und hob fuchtelnd seine Fäuste. „Pass bloß auf, du …!"

Malumis lachte auf, schnipste mit dem Finger und der kleine Mann brach genauso wie Bartholomäus schreiend zusammen. „Bärbel, Täubchen, willst du auch noch?"

Bärbel funkelte Malumis mit ihren tiefen dunkelbraunen Augen wütend an und irgendwie kamen Adrian diese Augen und das Funkeln bekannt vor. Plötzlich stieß Bärbel einen kleinen Schrei aus und schlug mit der Faust in Malumis' Richtung in die Luft.

Malumis schrie auf und wurde zurückgeschleudert. Er prallte hart auf dem Boden auf und flog wieder in die Luft, wo er plötzlich verharrte. Er hing dort wie ein Schlüsselanhänger an einer Kette und schaute Bärbel zornig an. Adrian wusste genau, dass er Bärbel in diesem Moment am liebsten getötet hätte.

Sie hingegen brachte Bartholomäus und den kleinen Mann derweil zum Schweben und ließ sie hinter sich her hinab ins Tal fliegen.

„Schnell! Folgt ihr!", rief Adrian und schubste die anderen vor sich den Hügel hinunter. Sie rannten Bärbel hinterher, die sich sehr beeilte, von dem Schutzwall und von Malumis, der immer noch fluchend in der Luft hing, wegzukommen.

„Wisst ihr, was ich nicht verstehe?", rief Pauline. „Warum hat sie Malumis gerade nicht getötet?"

„Vielleicht kennt sie keinen Zauber, der tötet, oder sie kann keinen wirken", meinte Pascal.

Malumis war jetzt außer Sichtweite und Bärbel wurde etwas langsamer. Besorgt schaute sie immer wieder zu den beiden reglosen Körpern, die hinter ihr herschwebten, zurück, als ob sie jeden Augenblick verschwinden könnten. Besonders auf Bartholomäus schaute sie ziemlich oft und dann lag immer etwas Ängstliches, Schmerzerfülltes in ihren Augen. Und immer wieder wurde Adrian den Gedanken nicht los, dass er diese Augen kannte.

Sie erreichten die dicke Mauer der Stadt und Bärbel schloss eine eiserne Hintertür auf, die von einem Wacholderbusch verdeckt worden war. Sie verschwand darin und Pauline, Franziska, Adrian und Pascal mussten sich beeilen, um gleichzeitig mit Bartholomäus und dem dicken Mann durch die Tür schlüpfen zu können. Als Bärbel die Tür zuknallte, hätte sie beinahe Franziskas Arm eingeklemmt und Adrian fragte sich, ob sie das überhaupt gemerkt hätte, schließlich waren sie ja für diese Welt unsichtbar.

Aber Adrian hatte keine Zeit, länger darüber nachzudenken, denn er musste schauen, dass er und die anderen an Bärbel dranblieben und sie nicht mitten in der Stadt verloren, denn sie hatte einen Zahn zugelegt. Sie lief eine kleine steinerne Gasse entlang, möglichst schnell, damit sie niemand sah. Dann blieb sie in einer Sackgasse vor einer Wand stehen und schaute sich hektisch um, ob auch wirklich niemand in der Nähe war.

Schließlich drückte sie einen der Steine in die Wand und links von ihr bewegte sich eine dicke Steinplatte auf dem Boden zur Seite. Sie hüpfte in das Loch darunter und die reglosen Körper ihrer Freunde und die Hüter folgten ihr. Die Platte fuhr wieder über die Öffnung und es wurde stockfinster. Da zündete Bärbel ein Licht an ihrem Daumen an und lief den dunklen Gang entlang, bis sie wieder ans Tageslicht trat.

Die Hüter krabbelten ihr blinzelnd hinterher aus dem Loch heraus und bemerkten, dass sie hinter einem kleinen Gebüsch in der Nähe der kleinen Straße standen, die von dem großen Tor in der Festungsmauer zu dem kleinen Tor des großen verwinkelten Schlosses führte.

Bärbel pfiff durch die Finger und zwei Wachmänner kamen aus dem Schloss. „Achtet darauf, dass der Weg zu meinem Zimmer frei ist, damit sie niemand sieht. Und wenn ihr nur ein Sterbenswörtchen darüber verliert, dann belege ich euch beide mit dem Tormentum-Fluch", drohte sie ihnen an und die beiden Männer nickten ängstlich. Sie drehten sich wieder um und verschwanden in dem Gebäude. Bärbel folgte ihnen mit etwas Abstand, ihr flogen die beiden Körper hinterher und dahinter kamen Pauline, Franziska Adrian und Pascal.

Sie gingen ein paar Gänge entlang, die von ein paar kleinen Fenstern und ein paar Fackeln erhellt wurden. Ab und zu stiegen sie ein paar Treppen hoch – die meisten davon waren Wendeltreppen – und dort gab es auch ein paar große, bunte Fenster. Schließlich blieben die Wachmänner am Fuß einer sehr engen, steilen Wendeltreppe stehen und die anderen stiegen in einen der vielen Türme hinauf. Am Ende der Treppe war eine alte Holztür, die quietschte, als Bärbel sie öffnete.

Ein rauchiger Dunst lag in dem kleinen, engen Zimmer, das an den Wänden mit dicken Teppichen behangen war. Ein kleines Fenster gegenüber der Tür beleuchtete die seltsamen Gegenstände in dem Raum: In der Mitte stand ein kleiner, runder Tisch, auf dem eine Glaskugel, mehrere Würfel und ein paar alte Karten lagen. Der Tisch war umgeben von Kissen und kleinen Schüsseln voll Sand, in denen verkohlte Stäbchen steckten, und Adrian ging davon aus, dass dieser Dunst im Zimmer von diesen Stäbchen herrührte. Links an der Wand stand ein riesiger Spiegel und daneben eine Garderobe, an der verschiedene Gewänder und Tücher hingen: Alle waren entweder rot, violett oder blau. Auf der anderen Seite an der Wand stand ein großes Bett, das mit ein paar violetten Seidenvorhängen verhangen war. Und an den Dachbalken, die über ihren Köpfen quer durch das Zimmer verliefen, hingen seltsame Beutel, Kräuter, andere Pflanzen und Kadaver von Tieren, die einen unangenehmen Geruch verströmten. Auf den Balken standen noch verschiedene Gläser und Dosen, die ebenfalls eher unappetitliche Dinge enthielten wie Froschaugen oder Rattenschwänze.

Bärbel ließ Bartholomäus und den kleinen Mann auf das Bett schweben, während sie durch ihr Zimmer eilte und ein paar Sachen aus den Beuteln an der Decke und aus den Gläsern auf den Balken holte. Zwischendurch schnipste sie mit den Fingern und aus dem Tisch mit der Glaskugel und den Kissen wurde eine Feuerstelle, in der ein kleines Feuer prasselte und ein kleiner Kessel mit kochendem Wasser stand.

Erstaunt wichen Adrian und Pascal ein Stück zurück, aber Franziska und Pauline traten interessiert näher an den Kessel heran.

„Bestimmt braut sie jetzt einen Trank, der die beiden heilt", vermutete Franziska.

„Wir müssen uns merken, wie sie das macht, damit wir Bartholomäus auch heilen können", bemerkte Pauline und ging um die Feuerstelle herum, um die Sachen zu betrachten, die Bärbel mittlerweile vor den Kessel gelegt hatte.

Ein schmerzerfüllter Schrei ließ sie zusammenfahren und sie drehte sich zu Bartholomäus um. Er verkrampfte sich gerade und biss die Zähne zusammen, sodass sein ganzes Gesicht rot anlief und ihm Schweiß die Stirn herunter lief.

Schnell drehte sich Pauline wieder um und studierte weiter die Zutaten für den Trank: „Merkt euch das mal alle: fünf Froschaugen, einen Büschel Einhornhaare ..."

Da packte Bärbel das ganze Zeug und schmiss es alles auf einmal in den Kessel.

„Verdammt!", fluchte Pauline. „Wie sollen wir Bartholomäus nur je retten?" Verzweifelt fing sie an, im Kreis zu laufen. „Wir haben versagt ..."

„Jetzt warte es doch erst mal ab", versuchte Franziska, sie zu beruhigen. „Bartholomäus wird uns schon nicht hierher geschickt haben, wenn wir gar nicht genug Zeit haben, um das Mittel gegen den Tormentum-Fluch zu finden."

Pauline seufzte auf. „Und was ist, wenn er uns für fähiger gehalten hat? Was ist, wenn er gedacht hat, wir schaffen das?"

Franziska wusste keine Antwort und schaute in den Kessel, in dem sich das Wasser jetzt olivgrün gefärbt und verdickt hatte.

Bärbel schnipste erneut mit dem Finger und das Feuer ging wieder aus. Sie hob den Kessel hoch und trug ihn neben das Bett. Dann holte sie eine Art Suppenkelle aus einer Kiste an der Wand hervor, schöpfte mit ihr etwas von dem Trank aus dem Kessel und kippte es in den Mund des kleinen Mannes. Ein bisschen von dem Zeug lief am Mundwinkel wieder heraus, aber das meiste verschwand in seinem Inneren.

Plötzlich schlug der Mann die Augen auf, setzte sich aufrecht hin und begann zu husten. Bärbel beachtete das gar nicht, sondern füllte die Suppenkelle wieder mit dem Trank und schüttete ihn in Bartholomäus' Mund. Auch er schlug kurz darauf die Augen wieder auf.

„Ihr beiden!", sagte sie zornig und zeigte mit dem Finger auf sie.

„Danke!", sagten Bartholomäus und der kleine Mann gleichzeitig.

„Ihr braucht euch nicht dafür zu bedanken, dass ich euch geheilt habe", entgegnete Bärbel spitz. „Das war selbstverständlich. Aber ihr hättet spüren müssen, dass Malumis noch in der Nähe war. Ihr hättet diese Gefahr wahrnehmen müssen. Ich bin sehr enttäuscht von euch. Ihr könnt von Glück sagen, dass Malumis so ein grausamer Mensch ist. Wenn er euch gleich getötet hätte und euch nicht vorher noch Höllenqualen hätte erleiden lassen wollen, dann hätten wir jetzt ein Problem."

„Du hast ja recht", gab Bartholomäus zu. „Ich hätte ihn bemerken müssen, aber ich war zu beschäftigt mit den Problemen, die ich euch ja erörtert habe."

„Du darfst dich auch von so etwas nicht ablenken lassen", ermahnte Bärbel ihn. „Und ab jetzt müsst ihr noch vorsichtiger sein. Man kann einen Menschen nur einmal von einem Tormentum-Fluch befreien. Wenn Malumis euch also noch einmal mit einem belegt, dann seid ihr verloren. Ich vermute zwar, dass es noch einen zweiten Weg der Heilung gibt, aber dieser wäre sehr riskant und gefährlich – für den zu heilenden und für den Heiler. Gebt also demnächst besser acht!"

Die vier Hüter, die das Gespräch belauscht hatten, starrten sich ungläubig an.

„Habt ihr das gehört? Bartholomäus kann so nicht noch einmal geheilt werden!", rief Franziska fassungslos.

„Und der andere Weg, den Bärbel zu kennen glaubt, ist zu riskant", fügte Pascal hinzu.

Pauline raufte sich die Haare. „Das darf doch nicht wahr sein!"

„Jetzt wartet doch mal!", versuchte Adrian, die drei zu beruhigen. „Bartholomäus wusste, dass er nicht noch einmal geheilt werden kann. Also ... warum hat er beziehungsweise das goldene Medaillon uns dann hierher geschickt?"

Bartholomäus' Nachkomme

Leila, Bastian und Gerrit standen plötzlich im Dunkeln. Sie waren von dicken Steinwänden umschlossen, nur direkt vor ihnen hing ein riesiger, dicker, violetter Vorhang.

„Wo sind wir?", flüsterte Gerrit ängstlich.

„Bei Bärbel Balthasar", antwortete eine rauchige Frauenstimme. „Seid willkommen!" Eine alte, schrumpelige Hand fuhr durch einen Schlitz in dem dicken Vorhang und zog eine Hälfte beiseite.

Vor ihnen stand die Frau, die sie schon im *Goldenen Ritter* gesehen hatten und die so exotisch aussah. Sie trug heute ein violettes Kleid und mehrere Schals in verschiedenen Rottönen. Ihr kastanienbraunes Haar mit den grauen Strähnchen trug sie offen und an ihren Ohren hingen zwei große, goldene Ohrringe. An ihren Händen klimperten zahlreiche Armreifen, aber ihre Perlenketten hatte sie nicht an – oder sie wurden von den vielen Halstüchern verdeckt. Außerdem fiel Bastian heute etwas auf, das ihm im *Goldenen Ritter* nicht aufgefallen war: die tiefen dunkelbraunen Augen, die ihn an irgendwen erinnerten ... aber er wusste nicht an wen.

„Ich habe euch erwartet", sagte Bärbel und ließ sie in einen kleinen Raum eintreten, in dem es stark nach Qualm roch. Ein riesiger Schreibtisch stand rechts an der Wand, auf dem sich Unmengen an Papier stapelten. Davor stand ein kleiner runder Tisch mit einer Glaskugel, mehreren Zigarettenschachteln und ein paar alten Karten. Den Kindern gegenüber stand ein Regal voller Bücher und auf dem Boden lagen überall Kissen verteilt. Links führte eine Tür aus dem Zimmer und rechts neben dem Vorhang befand sich ebenfalls eine Tür, durch die ein ekelerregender Gestank zu ihnen drang. Fenster gab es keine. Der ganze Raum wurde lediglich von einem kleinen Feuer erhellt, das mitten im Raum in der Luft schwebte.

Bärbel bot ihnen an, auf den Kissen Platz zu nehmen, aber Leila, Bastian und Gerrit blieben lieber stehen. Sie selber setzte sich auf den Stuhl hinter dem Schreibtisch.

„Woher wussten Sie denn, dass wir kommen?", fragte Leila interessiert.

„Nun, ich wusste nicht, dass ihr kommt", sagte Bärbel, „aber ich wusste, dass irgendwer kommen würde."

Bastian lief ein kalter Schauer über den Rücken, als er daran dachte, dass Bärbel womöglich hellsehen konnte. „Sie waren letztens im *Goldenen Ritter* und haben uns beobachtet, nicht wahr?"

„Beobachten würde ich das nicht nennen", wehrte Bärbel ab. „Ich kenne Bartholomäus sehr gut und sehr lange und es wunderte mich nur, dass er mit so vielen Leuten unterwegs war. Sonst ist er immer allein. Außerdem hat er mich nicht gegrüßt, wahrscheinlich wollte er nicht, dass ihr mich kennenlernt."

„Warum sollte er das nicht wollen?", fragte Leila verwundert.

„Nun, ich denke nicht, dass er euch erzählt hat, dass wir ein Liebespaar waren, nicht wahr?"

„Bartholomäus hatte mal eine Freundin?", rief Bastian ungläubig und Bärbel lachte leise auf. Bastian konnte sich einfach nicht vorstellen, wie Bartholomäus eine Frau küsste.

„Und warum *waren* Sie ein Liebespaar?", fragte Leila interessiert.

„Nun", murmelte Bärbel und schluckte, „wir hatten vor ein paar Jahren einen heftigen Streit und haben seitdem nicht mehr miteinander geredet. Aber damals, als Bartholomäus sich noch Autumnus nannte, da waren wir verliebt, wie, wie ... ach, mir fällt da gar kein passender Vergleich ein."

„Moment mal", fuhr Leila dazwischen. „Sie haben da schon gelebt? Aber dann müssen sie ja ..."

„Ja, ich bin genauso wie Bartholomäus älter, als normale Menschen es werden", sagte Bärbel leise. „Eigentlich hatte Bartholomäus mich vor der großen Schlacht gebeten, das Schloss zu verlassen, was ich natürlich nicht tat. Während er also mit Malumis kämpfte, bemerkte er mich und eilte zu mir, während er den Zauber sprach, der Malumis in seinen Stein einsperrte. Er hat es noch geschafft, mich zu berühren, dadurch war ich mit ihm verbunden, als er seinen Zauber wirkte und deshalb werde ich jetzt wie Bartholomäus von den Lebenskräften meiner Freunde ernährt – auch wenn ich das gar nicht will."

Leila schluckte. Bartholomäus' und Bärbels Schicksal musste ziemlich hart sein und es tat ihr leid, dass sie die beiden nicht wenigstens trösten konnte.

„Waren Sie auch an dem Tag, an dem Malumis das Restaurant verwüstet hat, dort?", fragte Bastian.

Bärbel nickte. „Ich bin eigentlich jeden Abend dort. Tagsüber arbeite ich an meinem Werk. Ich schreibe nämlich ein Buch über die Hüter des Gleichgewichts. Das sieht man vielleicht." Sie wies auf den Schreibtisch und Leila, Bastian und Gerrit erkannten, dass all die Blätter von Hand beschrieben waren.

„An jenem Abend war ich ebenfalls im *Goldenen Ritter*, aber glaubt mir, ich wäre lieber nicht dort gewesen. Wir saßen alle wie gewohnt in unseren Ecken und machten das, was wir immer in dem Restaurant taten: Die einen tranken, die anderen spielten Karten, wieder andere rauchten einfach nur. Plötzlich flog die Tür auf und ein etwas älterer Junge kam herein. Er verlangte in ziemlich ruppigem Ton, Wilhelm zu sprechen, aber so, wie der da herumgeschrien hat, wollte Gregor, der Kellner, ihn gleich wieder rausschmeißen. Da preschte ein Blitz aus der Decke und traf Gregor. Er war sofort tot. Der Junge schaute sich im Zimmer um und wollte, dass irgendwer Wilhelm holte, da erblickte er mich mit seinen schrecklichen, gelben Augen und ich wusste sofort, dass Malumis Besitz von seinem Körper ergriffen hatte. Er hatte mich ebenfalls erkannt und kam auf mich zu, um mich umzubringen. Ich hatte nicht mehr genug Zeit, um einen Verteidigungszauber wirken zu können, geschweige denn einen Tötungszauber. Also habe ich mich einfach hierher gezaubert. Und als ich am nächsten Tag ins Restaurant zurückkehrte, war alles zerstört und niemand war mehr da."

„So haben wir das Restaurant auch vorgefunden", sagte Gerrit erschüttert.

„Aber es ist noch etwas viel Schlimmeres passiert!", rief Leila und begann, ihre Geschichte zu erzählen: „Die Leute, die sie bei Bartholomäus gesehen haben, waren wir und die Hüter des Gleichgewichts."

„Was?" Aufgebracht fuhr Bärbel von ihrem Stuhl hoch. „Aber das heißt ja …"

„Ja, die Steine haben sie gerufen, obwohl nirgendwo die Elemente aus dem Gleichgewicht gekommen waren", sagte Bastian. „Bartholomäus hat sofort vermutet, dass Malumis dabei war, sich aus seinem Stein zu befreien, und er wollte das verhindern. Aber im Endeffekt hat Malumis es doch geschafft."

„Das ist ja schrecklich", murmelte Bärbel. Sie wurde blass und musste sich wieder auf ihren Stuhl setzen.

„Es kommt noch schrecklicher", warnte Leila sie vor.

„Malumis hat uns in eine Falle gelockt. Während die Hüter im Wald einen Brand löschen mussten, den sein Drache gelegt hatte ..."

„Sein Drache lebt auch noch?", rief Bärbel entsetzt.

„Jetzt nicht mehr", sagte Gerrit leise. „Ein Einhorn hat ihn getötet."

„Wenigstens eine gute Nachricht", murmelte Bärbel.

Dann fuhr Leila fort: „Jedenfalls hat Malumis uns währenddessen zu Hause überfallen. Bartholomäus war gerade im Gartenhaus, als er mit seinem Teufelswurm kam. Ich konnte mich noch rechtzeitig im Kleiderschrank verstecken, aber Bastian hat der Teufelswurm verzaubert und Gerrit hat er verletzt. Dann kam Bartholomäus herein und er und Malumis haben gekämpft, bis Malumis es geschafft hat, Bartholomäus mit dem Tormentum-Fluch zu belegen."

„Tormentum-Fluch?" Bärbel wurde noch bleicher, als sie sowieso schon war. „Seid ihr ganz sicher, dass es der Tormentum-Fluch war?"

Leila, Bastian und Gerrit nickten und Tränen schossen in Bärbels Augen.

„Wir haben in Bartholomäus' Zauberbuch nachgeschlagen, ob es eine Heilungsmöglichkeit gibt, aber da stand nur, dass es zwei Wege gibt, die fast niemand kennt, und daraus haben wir dann irgendwie gefolgert, dass sie diese Wege kennen und ..."

Bärbel seufzte. „Ich kenne die beiden Wege", sagte sie leise und Leila, Bastian und Gerrit lächelten freudig. Doch dann fuhr Bärbel fort: „Aber der eine Weg kann nur ein einziges Mal angewandt werden und Bartholomäus wurde schon einmal von mir von einem Tormentum-Fluch befreit."

Während Bärbel redete, schwand das Lächeln der drei Kinder immer mehr.

„Die andere Möglichkeit habe ich noch nie ausprobiert.

Ich vermute nur, dass sie funktionieren könnte, aber sie ist sehr riskant für den Heilenden ... und für Bartholomäus."

„Heißt das, es gibt keine Chance für Bartholomäus?", fragte Gerrit leise.

Bärbel nickte, dann schlug sie ihre Hände vors Gesicht und begann, bitterlich zu schluchzen.

„Aber vielleicht findet sich ja jemand, der dieses Risiko eingehen würde", meinte Leila hoffnungsvoll.

Bärbel versuchte, sich zusammenzureißen, und hörte auf zu schluchzen. „Es muss jemand sein, der Bartholomäus' Blut in sich trägt."

„Hat Bartholomäus denn keine Familie?", fragte Bastian genauso hoffnungsvoll wie Leila.

„Wir hatten eine Tochter", sagte Bärbel leise. „Sie ist nach Spanien gezogen, um dort einen Prinzen zu heiraten. Wir mussten leider in Urbs Regentis bleiben, weil der Krieg gegen Malumis unmittelbar bevorstand. Wir haben sie danach nie wiedergesehen und nichts mehr von ihr gehört. Ich weiß nur, dass sie schwanger war von ... von jemand anderem."

Bärbel begann erneut zu schluchzen und Leila wollte unbedingt etwas sagen, um sie zu trösten, aber ihr fiel einfach nichts Passendes oder Tröstendes ein.

Plötzlich leuchteten Gerrits Augen auf. „Für Sie müsste es doch eigentlich eine Leichtigkeit sein, jemanden ausfindig zu machen, der ein Nachkomme von Bartholomäus ist!", rief er und wies auf die Glaskugel.

„So eine Glaskugel ist nicht das, was du vermutest", entgegnete Bärbel. „Mit Glaskugeln kann man nicht in die Zukunft sehen und man kann auch nicht wahllos irgendwelche Menschen beobachten. Man kann damit nur in die Vergangenheit sehen und Leute beobachten, die man kennt, und beides auch nur dann, wenn die Leute, die man beobachtet, es zulassen."

„Aber Ihre Tochter kennen Sie doch", meinte Gerrit.

„Sie war doch normalsterblich und ist mit Sicherheit schon lange tot", flüsterte Leila Gerrit zu, der darauf seine Frage zurücknahm.

„Können Sie denn nicht einfach mal schauen, ob Sie jemanden kennen, der mit Bartholomäus verwandt ist?", fragte Bastian.

„Das ist zwar sehr unwahrscheinlich, aber du hast recht damit, dass es ziemlich unverantwortlich wäre, diese Möglichkeit außer Betracht zu lassen." Bärbel erhob sich wieder von ihrem Stuhl und trat hinter dem Schreibtisch hervor. Sie setzte sich auf eines der Kissen vor den Tisch und schaute in die Glaskugel.

Schnell setzten sich Leila, Bastian und Gerrit zu ihr, bevor Bärbel ihre Hände über die Kugel hielt. Sie schloss ihre Augen und runzelte die Stirn und plötzlich begann die Kugel, zu leuchten. In ihrem Innern erschien ein milchiger Nebel, der umherwaberte, sich aber immer mehr lichtete. Schließlich drang durch das ewige Weiß ein leises, flackerndes Orange und schließlich konnte man ein Feuer erkennen, das mitten in der Luft schwebte. Und darunter saßen Bärbel, Leila, Bastian und Gerrit.

Ratlos saßen die Hüter des Gleichgewichts in Bärbels Zimmer auf dem Boden. Das eigentliche Ziel ihrer Reise hatte sich aufgelöst, hatte sich als falsch herausgestellt und jetzt wussten sie nicht mehr, was sie tun sollten.

Bartholomäus hatte, nachdem er aufgewacht war, Bärbel und dem kleinen Mann seinen Vorschlag unterbreitet, die Steine der Elemente zu erschaffen. Dem hatten beide zugestimmt, also war Bartholomäus nach ein paar gemurmelten Zauberworten verschwunden und Pauline, Franziska, Adrian und Pascal hatten ihm nicht folgen können.

Nun saßen sie in Bärbels Turmzimmer und wussten

nicht weiter. Der kleine Mann war vorhin auch gegangen und Bärbel lag nur auf ihrem Bett herum und starrte in das Dachgebälk.

„Ich verstehe einfach nicht, was wir hier sollen", murmelte Pascal und die anderen stimmten ihm kopfnickend zu. „Überlegt mal, was alles in unserer Welt passieren könnte, während wir hier sind."

Darüber wollte lieber niemand nachdenken und so wurde es wieder still. Pauline stand auf und fing an, im Kreis zu laufen, Franziska beobachtete, wie sich Bärbels Brustkorb langsam hob und wie er wieder sank, und Pascal und Adrian saßen einfach nur an die Wand gelehnt da und schauten in die Gegend.

„Wisst ihr, ich werde das Gefühl nicht los, dass ich Bärbel letztens im *Goldenen Ritter* gesehen habe", unterbrach Franziska mit einem Mal die Stille und Pascal stimmte ihr sofort lauthals zu: „Dasselbe habe ich auch schon zu Adrian gesagt!"

„Jetzt, wo du es sagst", murmelte Pauline und schaute zu Bärbel hinüber. „Aber das würde heißen, dass sie auch so alt ist wie Bartholomäus."

„Und wenn schon", fuhr Adrian dazwischen und holte das goldene Medaillon hervor, um damit zwischen seinen Fingern zu spielen. „Das hilft uns doch jetzt auch nicht weiter."

„Es ist nur unlogisch", entgegnete Franziska, die Pauline verstanden hatte. „Bartholomäus lebt noch, weil er den Zauber gewirkt hat, der Malumis in den Stein verbannt hat. Aber warum lebt Bärbel noch?"

„Schaut mal hier!", rief Pauline plötzlich. Sie stand an dem kleinen Fenster und schaute hinaus. „Ist das eine tolle Aussicht!"

Pascal und Adrian erhoben sich und stellten sich hinter Pauline. Durch das kleine Fenster konnte man auf die Burg hinunter sehen, auf Urbs Regentis und auf das ganze Tal. Der Wasserfall und der kleine Fluss glitzerten in der untergehenden Sonne und am Eingang des Tals tummelten sich Malumis' Schergen an Bartholomäus' Schutzwall.

Plötzlich stieg eine Rauchsäule aus dem Boden des Zimmers und Bartholomäus tauchte wieder auf. Bärbel sprang sofort aus dem Bett und eilte zu ihm hin.

„Und? Hat alles geklappt?"

Bartholomäus nickte. „Ich muss heute Nacht noch die Hüter des Gleichgewichts bestimmen. Danach werde ich den Schutzwall aufgeben. Meine Kräfte sind am Ende und es ist besser, wenn ich den Rest, der noch übrig geblieben ist, dazu verwende, Malumis unschädlich zu machen. Wenn ich den Schutzwall noch länger aufrechterhalte und dann sterbe, wird auch der Schutzwall verschwinden und meine Anhänger müssen alleine gegen Malumis kämpfen. Du siehst, ein direkter Kampf ist unausweichlich, aber heute Nacht hätten wir vielleicht die Möglichkeit zu siegen."

„Das glaube ich dir gerne", sagte Bärbel leise und beherrscht, doch dann begann sie, zu schluchzen. „Dann werden wir alle sterben."

„Nein, nicht alle", entgegnete Bartholomäus. „Wenn wir gewinnen, sterben nicht alle und du stirbst auch nicht."

„Aber ..." Bärbel schaute Bartholomäus fragend an.

Bartholomäus nickte. „Ich möchte, dass du noch vor Mitternacht von hier verschwunden bist."

„Das kannst du nicht von mir verlangen!", rief Bärbel aufgebracht. „Ich kann dich und all die anderen nicht einfach im Stich lassen! Ich will neben euch kämpfen!"

„Denk an Helena", ermahnte sie Bartholomäus. „Willst du, dass sie, falls sie irgendwann zurückkehren und nach uns suchen sollte, nur den Grabstein ihrer Eltern finden kann? Und denk an mich! Ich könnte es nicht ertragen, dich in der Schlacht sterben zu sehen."

Verblüfft starrten sich Pauline, Franziska, Pascal und Adrian an.

„Die beiden sind ein Paar und haben eine Tochter?", sprach Pascal das laut aus, was sie alle gerade dachten.

Und wie zur Bestätigung fielen sich Bärbel und Bartholomäus in diesem Moment in die Arme und küssten sich. Bärbel begann jetzt, richtig zu weinen, und Bartholomäus streichelte ihr übers Haar.

„Irgendwann sehen wir uns wieder", versuchte er sie zu beruhigen, aber ihr Schluchzen wurde nur noch heftiger. Schließlich ließ Bärbel Bartholomäus los und trat einen Schritt von ihm zurück.

„Lebe wohl!", sagte sie leise, dann schnippte sie mit dem Finger und verschwand in einer Rauchwolke.

Bartholomäus hob sachte die Hand und murmelte ebenfalls: „Lebe wohl!" Eine einsame Träne kullerte über seine Wange in den weißen Bart und er starrte mit leeren Augen in den Rauch vor ihm, bis sich auch der letzte Rest wieder gelegt hatte.

Pauline und Franziska mussten jetzt auch schluchzen. Pascal und Adrian hingegen schauten sich verständnislos an und schüttelten grinsend die Köpfe.

Plötzlich drehte sich Bartholomäus um und sie mussten sich beeilen, ihm zu folgen. Und das war gar nicht so leicht in einer so verwinkelten Burg und bei dem Tempo, das Bartholomäus an den Tag legte.

Schließlich hielt er in einer großen Halle, die ziemlich hoch war und an den Wänden lange, bunte Fenster hatte. Die Decke war wunderschön bemalt – soweit Adrian das erkennen konnte, war das das Tal, in dem Urbs Regentis lag – und darunter stand ein Dutzend langer Holztische mit dazugehörigen Bänken. Daran saßen Hunderte von jungen und alten Männern und Frauen mit langen, bunten Gewändern, seltsamen Hüten und noch seltsameren Utensilien.

Bartholomäus suchte die Köpfe der Leute ab, die ihn lächelnd begrüßten, bis er den kleinen Mann gefunden hatte. Er winkte ihn zu sich und beugte sich zu ihm hinunter. Die beiden flüsterten eine Weile, dann nickte der kleine Mann, verschwand aus der Halle und kam kurz darauf wieder.

Bartholomäus aber stellte sich vor die zwölf Tische und klatschte in die Hände. Augenblicklich kehrte Stille in die Halle ein. Eine erwartungsvolle Stille.

„Es ist jetzt genau 296 Tage her, dass der Letzte von euch durch die Tore dieser Festung trat, bevor ich unseren Schutzwall errichtete und niemanden mehr hindurchließ", verkündete Bartholomäus fast schon feierlich.

Ein Raunen fuhr durch die Menge, denn niemand schien zu glauben, dass er diese Burg schon seit fast zehn Monaten nicht mehr verlassen hatte.

„296 Tage", fuhr Bartholomäus energisch fort, „in denen wir unsere Freiheit nicht genießen konnten, in denen Malumis uns ständig belagerte und in denen wir voller Angst leben mussten. So kann es nicht weitergehen!"

„Ja!", schrien ein paar Magier und Hexen aus der Menge.

Adrian musste lächeln. Er spürte, wie sich Spannung in der Halle ausbreitete. Alle wussten ganz genau, worauf Bartholomäus hinauswollte, aber bis jetzt hatte er es noch nicht ausgesprochen. Die Leute warteten nur darauf, dass er endlich das in den Mund nahm, was sie alle wollten: das Ende dieser Gefangenschaft.

„Malumis muss besiegt werden!", rief Bartholomäus.

Als Antwort schlug ihm eine Welle tobenden Jubels entgegen. Niemanden hielt es jetzt noch auf den Bänken. Alle waren aufgestanden und johlten Bartholomäus entgegen oder klatschten ihm Beifall. Bartholomäus hob seine Hand, um wieder für Ruhe zu sorgen.

Als es dann endlich wieder so leise war, dass man eine Stecknadel fallen hören konnte, hauchte Bartholomäus in

die zum Zerreißen gespannte Stille: „Und ich sage euch ..."
Bartholomäus machte eine dramatische Pause und dann schrie er, so laut er konnte: „Er wird besiegt! Und zwar heute Nacht!"

Jetzt gab es kein Halten mehr. Die Halle explodierte vor Euphorie, all die Hexen und Zauberer und ihre Kinder sprangen umher, fielen sich um den Hals, schrien und johlten, was das Zeug hielt. Sogar die Hüter wurden von der Aufregung mitgerissen, klatschten in die Hände und hüpften hin und her.

Bartholomäus versuchte gar nicht erst, wieder Ruhe in die Halle zu bekommen, sondern wartete eine lange Zeit, in der alle möglichen Magier zu ihm kamen, ihm auf die Schulter klopften und um den Hals fielen. Dann endlich herrschte wieder Stille und Bartholomäus konnte seine Pläne erklären: „Wir werden jetzt alle in die Schlafräume gehen, um uns noch ein wenig auszuruhen. Wenn die Zeit gekommen ist, werde ich euch rechtzeitig wecken lassen, um euch noch für eine Schlacht vorzubereiten. Dann werde ich meinen Schutzwall auflösen und wir werden Malumis und seine Schergen im Schlaf überfallen. Das mag vielleicht unehrenhaft klingen, aber hier geht es schon lange nicht mehr um Ehre."

Zustimmende Rufe kamen aus dem Publikum und erneut brachen alle in Beifall aus.

Bartholomäus lächelte zufrieden. „Gut. Dann begebt euch jetzt alle in eure Räume!"

Ein mächtiger Lärm ertönte, als die vielen Zauberer und Hexen sich von ihren Plätzen erhoben und zu den Ausgängen strömten. Bartholomäus stand mitten in den Menschenmassen wie ein Fels in der Brandung und überwachte das Ganze. Als dann endlich alle bis auf ihn und den kleinen Mann draußen waren, seufzte Bartholomäus und ließ die Schultern hängen.

„Kopf hoch!", versuchte der kleine Mann, ihn aufzumuntern. „Heute Nacht wird endlich alles vorbei sein."

Dann drehte er sich um und verschwand ebenfalls. Bartholomäus schaute ihm eine Weile nach und es sah so aus, als ob er keine Ahnung hätte, was er tun sollte. Schließlich schlurfte er aus der Halle und Franziska, Pauline, Adrian und Pascal folgten ihm. Er ging durch ein paar Gänge und ein paar Treppen hinauf, bis er auf einem riesigen Balkon stand, von dem man einen ähnlichen Ausblick hatte wie von Bärbels Zimmer aus.

Ein kleiner Junge stand neben einer gewaltigen Säule, die das Dach stützte, hatte seine Ellbogen auf das dicke Geländer gestützt und schaute auf das Tal herab. In der Ferne, dort wo Malumis' Lager lag, sprühten immerzu große, gelbe Blitze wie ein Feuerwerk Funken in die Luft und beleuchteten die Zelte von Malumis' Schergen.

Bartholomäus stellte sich neben den Jungen, stützte sich ebenfalls auf das Geländer und schaute auch auf das Tal hinab. Der Junge bemerkte ihn, schaute zu ihm auf und fragte höflich: „Was sind das für sonderbare Feuer, mein Herr?"

Bartholomäus lächelte matt. „Malumis ist sauer", sagte er knapp.

„Warum?", fragte der kleine Junge weiter.

„Weil ich etwas getan habe, was ihn nicht besonders erfreut", antwortete Bartholomäus.

Aber die Neugier des Jungen war nicht zu stillen. „Was habt Ihr denn getan, mein Herr?", wollte er wissen.

„Das kann ich dir nicht erklären", sagte Bartholomäus leise.

Da nickte der Junge und schaute wieder zu dem gelben Feuerspektakel. Eine Weile herrschte Stille, dann fragte er: „Heute Abend werden wir Malumis endlich besiegen, nicht wahr?"

Bartholomäus antwortete nicht.

„Mein Herr?", fragte der Junge.

Zuerst reagierte Bartholomäus wieder nicht, dann fragte er plötzlich: „Wie heißt du, mein Junge?"

„Matthäus", antwortete der Junge.

„Nach dem Evangelisten, hm?", fragte Bartholomäus.

Matthäus nickte.

„Dann glaubst du an Gott und die Zehn Gebote und an Jesus?", fragte Bartholomäus weiter.

Matthäus nickte wieder.

Bartholomäus beugte sich zu Matthäus hinunter. „Nun, mein Junge, dann würde ich dir raten, dich heute Nacht zu verstecken."

„Aber ich will doch neben Euch kämpfen, mein Herr!", rief Matthäus empört.

„Ich weiß, ich weiß", entgegnete Bartholomäus. „Aber heute Nacht werden viele Menschen gegen das Sechste Gebot verstoßen: Du sollst nicht töten! Und wenn du mit uns kämpfst, wirst du in Bedrängnis geraten und auch töten müssen. Das willst du doch nicht, oder?"

Matthäus schluckte, dann schüttelte er den Kopf.

„Na, also", sagte Bartholomäus liebevoll und streichelte Matthäus über den Kopf. „Dann geh jetzt und schlafe, und wenn du aufwachst, ist alles vorbei."

Matthäus nickte. „Danke, mein Herr!" Dann rannte er vom Balkon und verschwand in der Burg. Bartholomäus blieb aber noch lange auf dem Balkon stehen, schaute auf das friedliche Tal hinab und schnupperte die kühle Abendluft, bevor er auch in der Burg verschwand.

Die Hüter folgten ihm ohne ein Wort durch die immer dunkler werdenden Gänge, in denen sich niemand mehr außer ihnen befand. Alles war ruhig und verlassen und plötzlich kam Adrian die Festung ein wenig unheimlich vor. Aber es faszinierte ihn, dass Bartholomäus' Autorität so groß war, dass wirklich niemand mehr herumschlich, sondern alle zu schlafen schienen.

Nacheinander schlich sich Bartholomäus in verschiedene Räume, in denen mal einzelne, mal mehrere und mal weniger Leute schliefen. Er beobachtete sie und viermal trat er leise zu jemandem heran und berührte ihn am Hals. Seine Fingerspitze leuchtete weiß auf und beschien den ganzen Raum. Dann erlosch das Leuchten und es war wieder dunkel. Nachdem er dies getan hatte, fasste er die Hände des Auserwählten, sagte bestimmt: „Muorate Embrosa!", und verschwand mit dem Auserwählten in seiner Rauchwolke. Kurz darauf kam er dann alleine wieder zurück.

Die Hüter, die Bartholomäus auserwählte, waren alle vier noch Kinder. Franziska, Pauline, Adrian und Pascal kannten drei von ihnen nicht, aber der letzte, den Bartholomäus ermächtigte, war der kleine Matthäus.

Als alle Arbeit erledigt war, ging Bartholomäus wieder hinaus auf den Balkon, wo er sich auf den Boden setzte und die Augen schloss.

Die vier Hüter ließen sich auf der anderen Seite des Balkons nieder und schauten wachsam zu Bartholomäus hinüber. Währenddessen spielte Pauline mit zwei kleinen Steinchen auf dem Boden vor ihr und Adrian ließ immer wieder das goldene Medaillon aufschnappen, nur um es gleich wieder zu schließen.

„Die vier Leute, die wir eben gesehen haben, waren unsere Vorfahren", murmelte Franziska plötzlich.

Die anderen schauten sie verwundert an, dann verstanden sie, was sie gemeint hatte. Sie stammten alle von einem der vier Hüter ab, die Bartholomäus eben berührt hatte.

„Wenn wir doch nur hätten sehen können, wer von ihnen unser Zeichen hatte", jammerte Franziska. Dann war sie wieder still.

Rückkehr
in eine andere Zeit

Kurz vor Mitternacht trat der kleine Mann auf den Balkon. Er grüßte Bartholomäus kurz und ging dann an das Geländer, um in das Tal hinabzuschauen. Sein Gesicht und sein Oberkörper leuchteten gelb auf.

„Malumis ist also immer noch sauer, dass du die vier Steine der Elemente geschaffen hast?", bemerkte der kleine Mann und sah Bartholomäus an.

Der nickte und fügte noch hinzu: „Und er hat einen fünften Stein geschaffen. Den Stein des Blitzes. Er lässt es mich spüren."

Der kleine Mann seufzte kopfschüttelnd und schaute wieder ins Tal hinab. „Bartholomäus, so können wir Malumis und seine Leute nicht angreifen", sagte er matt.

„Ich weiß", meinte Bartholomäus und seufzte ebenfalls.

Malumis' Funkengewitter hatten nicht abgenommen. Im Gegenteil, sie waren sogar noch schlimmer geworden. Zwischendurch war der Himmel sogar mehrere Minuten lang ununterbrochen gelb erhellt gewesen.

Bartholomäus erhob sich. „Aber wir können nicht noch eine Nacht warten."

„Du willst sie angreifen lassen?", fragte der kleine Mann ungläubig.

Bartholomäus nickte. „Wir haben keine andere Wahl. Wenn ich den Schutzwall einreiße, wird Malumis das sofort bemerken und seine Schergen hierher schicken. Am Tag sind sie sowieso wach, da würden sie uns auch angreifen, und bis zum Abend halte ich es nicht mehr durch."

„Ist es wirklich so anstrengend, diesen Schutzwall zu halten?", wollte der Mann wissen.

„Hast du schon mal einen Schutzwall heraufbeschworen, der ein ganzes Tal, in dem knapp tausend Menschen leben und das von ebenso vielen Magiern bedroht wird, beschützt?", rief Bartholomäus empört.

Der kleine Mann schüttelte den Kopf und schwieg.

„Dann wähle deine Worte das nächste Mal besser", riet ihm Bartholomäus.

„Das werde ich tun, mein Herr!", sagte der kleine Mann leise.

Eine Weile herrschte Stille, schließlich sagte Bartholomäus: „Wir sollten nun darüber sprechen, wie ich Malumis zu töten gedenke."

Der kleine Mann nickte.

„Nichts ist so rein, ehrlich und magisch wie das Horn eines Einhorns", begann Bartholomäus, seine Strategie zu erklären, „und nichts ist so schwarz wie das Herz von Malumis. Wenn es mir also gelänge, das Horn eines Einhorns durch Malumis' Herz zu stoßen, so würde er an einen Ort verbannt, der für ihn der schrecklichste und qualvollste ist, den es gibt, und dort würde er für immer gefangen sein."

„Aber er müsste doch sterben!", unterbrach ihn der kleine Mann.

Bartholomäus schüttelte den Kopf. „Meinst du nicht, Malumis wäre imstande, sich, noch während er stirbt, wieder zu heilen?" Der Mann schluckte. „Siehst du? Malumis kann nicht mit gewöhnlichen Mitteln getötet werden. Nur die Reinheit des Einhorns vermag, ihm überhaupt zu schaden."

„Und woher willst du das Horn eines Einhorns bekommen?", wollte der Mann wissen.

Bartholomäus lächelte, als ob er auf diese Frage gewartet hätte, und zog einen weißen, leuchtenden Gegenstand aus seiner Tasche hervor. Er war lang, spitz und kunstvoll gewunden.

„Einhörner sind nicht nur reine, sondern auch sehr kluge Tiere. Klüger noch als manche Menschen. Wenn man mit ihnen spricht und ihnen Dinge erklärt, so können sie sehr zutraulich werden und lernen zu teilen", erklärte Bartholomäus verschmitzt.

Beim Anblick des wunderschönen Horns und bei Bartholomäus' Aussage mussten auch der kleine Mann und die Hüter des Gleichgewichts lächeln.

Plötzlich schlug sich Pascal gegen die Stirn. „Deshalb sind wir hier!", rief er und schaute die anderen triumphierend an. Diese schauten nur verständnislos zurück.

„Na, denkt doch mal nach! Bartholomäus weiß, dass er nicht noch einmal von dem Tormentum-Fluch befreit werden kann, also hat er uns hierher geschickt, damit wir herausfinden, wie wir Malumis besiegen können!"

Jetzt verstanden die anderen auch, was er meinte. „Stimmt!", riefen sie gleichzeitig.

„Dass ich das noch erleben darf", murmelte Franziska und lächelte Pascal an.

„Was?", fragte dieser verständnislos zurück.

„Na, dass du dich mal sinnvoll in die Geschehnisse mit einbringst!", lachte Franziska, und Adrian und Pauline grinsten.

„Na warte!", meinte Pascal und stand auf, aber bevor er auf Franziska losgehen konnte, verließen Bartholomäus und der Mann den Balkon und sie mussten ihnen folgen. Pauline warf die beiden Steinchen weg, mit denen sie eben noch gespielt hatte, und Adrian nahm die Kette des Medaillons in die andere Hand. Dann folgten sie Bartholomäus und dem kleinen Mann, die jetzt zu einem Schlafraum mit älteren Hexen und Zauberern liefen. Sie weckten diese und mit ihrer Hilfe schafften sie die schlafenden Kinder in einen großen dunklen Raum tief unter der Burg. Dann gingen sie durch die Schlafräume und weckten nacheinander alle Leute.

Kurz darauf tummelten sich wieder Mengen an Zauberern und Hexen auf den Gängen, die Waffen wie Stäbe, Schwerter oder Dolche zusammensuchten oder die sich mental auf den Kampf vorbereiteten. Es war ein reges und hektisches Treiben wie auf einem Markt. Leute riefen einander etwas zu, andere suchten nach jemandem, der noch Waffen übrig hatte. Überall liefen Menschen hin und her und immer wieder musste Bartholomäus aushelfen, Fragen beantworten oder ängstlichen Hexen und Zauberern gut zureden. Aber irgendwann, als der Mond schon wieder sehr tief über dem Horizont hing, hatten sich dann doch noch alle in der großen Halle, in der vorhin noch riesige Bänke und Tische gestanden hatten, versammelt.

Bartholomäus stand in der Mitte und hob die Arme, damit Ruhe einkehrte. „Leider hat sich Malumis heute nicht zu Bett gelegt, wir können ihn also nicht überraschen. Trotzdem werden wir hier in unserer Festung einen klaren Vorteil haben und unseren Gegner besiegen."

Laute Jubelrufe schallten in der Halle wider und Adrian lief ein kalter Schauer über den Nacken. Wie konnte man sich nur so auf eine Schlacht freuen, sich mit solch einem Eifer der Gefahr zu sterben aussetzen und sich überhaupt keine Sorgen darüber machen, dass man bald andere Menschen töten musste?

„Nun denn! Auf in den Kampf!", schrie Bartholomäus.

Ein paar Männer öffneten die großen Türen des Saales und die Magier strömten jubelnd durch den größten Gang der Festung in die Eingangshalle. Dort öffneten dieselben Männer wie eben die kleinen Tore, gingen über die kleine

Straße zu der Mauer und öffneten dort die großen Tore. Danach kamen sie zurück in die Halle, wo sich die anderen bereits in dunklen Ecken, hinter steinernen Statuen und hinter schweren, dunklen Vorhängen versteckt hatten. Nur Bartholomäus stand noch mitten auf dem riesigen Fliesenboden. Er schaute sich noch einmal um, blickte rechts und links die beiden Treppen hinauf, die auf die Empore führten, und sah noch einmal zu all den Magiern, die hinter den riesigen Marmorsäulen am Rande der Halle lungerten.

Bartholomäus schaute durch die Tore, die Hauptstraße von Urbs Regentis entlang bis hin zu Malumis' Lager und rief: „Ich löse jetzt meinen Schutzwall auf."

Ein Wispern drang aus allen Ecken und Winkeln zu ihm hervor, aber Bartholomäus ließ sich nicht ablenken und beendete den schwersten Zauber, den er je gewirkt hatte. Dann ging er die Treppe hinauf zu der Empore, wo auch Franziska, Pauline, Pascal und Adrian standen. Bartholomäus stellte sich an das Geländer, schaute wieder zu Malumis' Lager und wartete.

Plötzlich hörten Malumis' Funkengewitter auf. Er musste bemerkt haben, dass Bartholomäus seinen Schutzwall eingerissen hatte. Trotzdem dauerte es noch eine Weile, bis alle seine Leute geweckt und auf den Beinen waren und aus dem Lager auf die Stadt zustürmten. Als sie die Hauptstraße entlang rannten, gingen in den Häusern Kerzen an und Leute schauten aus den Fenstern. Zum Glück beachteten Malumis und seine Leute sie nicht, sondern liefen geradewegs auf die beiden Tore zu.

Adrian konnte in dem fahlen Licht erkennen, dass Bartholomäus schwitzte. Die Angst und die Spannung schienen ihm zu schaffen zu machen, denn er wusste ja noch nicht, was die Hüter schon längst wussten: wie das Ganze hier ausgehen würde. Als Adrians Blick auf die Köpfe der Magier fiel, die nervös aus den Verstecken hervor lugten, konnte Adrian auch dort Schweißperlen und Sorgenfalten entdecken.

Aber als Malumis in die Eingangshalle gerannt kam, waren alle Köpfe verschwunden und auch das letzte ängstliche Wispern war verstummt, nur Bartholomäus stand noch wie ein Geist auf der Empore. Malumis' Männer wurden langsamer, blieben stehen und schauten sich verwundert um. Niemand schien Bartholomäus zu bemerken.

Jetzt wurde Malumis ungeduldig und nervös schickte er ein paar seiner Männer die Gänge entlang, die von der Eingangshalle abzweigten. Gerade, als er sich mit dem Rücken zur Empore drehte, hievte Bartholomäus sich blitzschnell auf das Geländer, stieß sich gekonnt ab und sprang Malumis in den Rücken.

In diesem Moment stürmten auch all die anderen Magier schreiend aus ihren Verstecken hervor und schleuderten die ersten Speere auf ihre Gegner.

„Cool!", murmelte Pascal, als sich die Magier mit Feuerbällen bewarfen, Blitze aufeinander schossen oder sich ganz einfach mit Schwertern die Köpfe einschlugen. Ein paar der Magier wurden von der Schlacht sogar die Treppen hinauf gedrängt und kämpften jetzt direkt neben den Hütern.

„Das findest du toll?", meinte Franziska angewidert.

Plötzlich ertönte ein Schrei rechts von ihnen und der Kopf eines Magiers fiel ihnen vor die Füße. Pascal kreischte wie ein Mädchen, Paulines und Franziskas Gesichter wurden blass und Adrian rutschte das Medaillon aus der Hand.

Für einen Moment schien die Zeit stillzustehen. Adrian schaute dem Medaillon hinterher, wie es langsam zu Boden fiel. Ein dicker Mann trat dagegen, als er einen Schritt nach vorne machte, um eine der Steinstatuen explodieren zu lassen, und das Medaillon verschwand in der Menge.

„Verdammt!", schrie Adrian. „Das Medaillon!"

Pauline und Franziska wurden noch blasser und Pascal schaute ihn ungläubig an. „Du hast es doch nicht etwa verloren?", rief er verzweifelt.

„Es ist mir runtergefallen", versuchte Adrian, sich zu verteidigen.

„Aber dann …", setzte Pascal an, doch schon bestätigte eine alte Frau seine Befürchtungen: „Jetzt schickt Autumnus auch schon Kinder vor!", rief sie und starrte die Hüter verächtlich an. Dann hob sie ihre Hand und schleuderte ihnen einen Feuerball entgegen.

Adrian reagierte schnell, sprang vor die anderen und wehrte das Feuer ab. Ihm konnte es ja nichts anhaben. Die Frau schaute verwundert, als sie auch schon ein Feuerball von Adrian traf, der sie mit einer kleinen Explosion davon schleuderte.

„Sucht das Medaillon!", rief Adrian und schuf mit einer Feuerwalze etwas Platz. Kurz blitzte etwas Goldenes zwischen den vielen Füßen auf und Pascal schmiss sich in die Menge. Doch er kam zu spät: Das Medaillon wurde wie ein Spielball von den Füßen hin und her geschossen.

Pauline beschwor unterdessen einen Sturm herauf, der alle Leute außer die Hüter wegwehen sollte. Und tatsächlich waren die Kämpfenden nach kurzer Zeit in die andere Hälfte der Halle gepustet worden. Doch das Medaillon war nicht zu sehen.

Dafür stand Malumis plötzlich Autumnus gegenüber. Sie schauten sich kurz an, dann griffen sie einander an. Schnell schaffte es Bartholomäus, Malumis mit einer Druckwelle in eine dunkle Ecke zu schleudern, wo der kleine Mann mit dem Horn des Einhorns stand. Er wollte es gerade in Malumis Herz stechen, als einer von Malumis' Leuten es bemerkte und einen Dolch nach ihm warf, der sich tief in die Brust des kleinen Mannes bohrte. Blut quoll aus der Wunde und er brach röchelnd zusammen.

Malumis rappelte sich auf, aber Bartholomäus war schon wieder in der Menge verschwunden, die jetzt auf die andere Seite der Halle gepustet worden war, da Pauline die Windrichtung geändert hatte. Malumis schnappte sich wütend das Horn und setzte es so stark unter Strom, dass es verglühte.

Auf der Suche nach dem Medaillon kämpfte sich Adrian durch die Magier und musste sich immer wieder verteidigen. Plötzlich streifte ein Schwert seinen Oberarm und schlitze ihm die Haut auf. Blut lief seinen Arm herunter und es brannte höllisch, aber er riss sich zusammen und bahnte sich weiter seinen Weg durch die Schlacht.

Da entdeckte er Bartholomäus. Seine Augen waren trübe und er murmelte etwas vor sich hin. Adrian wurde klar, dass Bartholomäus den Zauberspruch sprach, der Malumis in seinen Stein einsperren sollte. Er wollte sich gerade umdrehen, als ein Hammer seinen Hinterkopf traf. Er spürte nichts mehr, sah nur noch weiße Punkte und blaue Muster, dann brach er zusammen.

Währenddessen lief Franziska auf der leeren Seite der Halle umher und hielt Ausschau nach dem Medaillon. Da kam Pascal hinter einem dicken Vorhang hervor.

„Ich hab es!", rief er glücklich und hielt die Kette hoch, an der das goldene Medaillon baumelte. Doch im selben Moment schoss ein Blitz auf ihn zu.

„Vorsicht!", schrie Franziska und schaffte es gerade noch, Pascal mit einem Wasserstrahl aus der Gefahrenzone zu schubsen. Pauline zog ihren Sturm zurück und kam zu ihnen. „Wo ist Adrian?"

Franziska und Pascal schauten sich ratlos um, als Pauline Bartholomäus entdeckte. „Verdammt, wir müssen hier weg! Bartholomäus ist kurz davor, Malumis einzusperren", schrie sie entsetzt und stürmte in die Menge, die immer kleiner wurde, weil immer mehr Zauberer starben, und versuchte, Adrian zu finden. Pascal und Franziska hatten Mühe, ihr zu folgen, aber schließlich standen sie neben ihr. Sie kniete auf dem Boden und hielt Adrians Kopf in den Händen.

„Ist er tot?", fragte Franziska entsetzt und blickte auf Adrian.

Pauline schüttelte den Kopf. „Los! Berührt mich!"

Franziska und Pascal zögerten nicht und keinen Moment zu früh drückte Pascal auf den kleinen Kreis in der Mitte des goldenen Medaillons.

Sie sahen noch, wie Malumis zu zittern begann, wie Bartholomäus schmerzvoll seine glasigen Augen aufriss, plötzlich Bärbel entdeckte, die sich doch in die Schlacht geschlichen hatte, wie er zu ihr hinübersprang und sie noch am Fußknöchel erwischte, und wie ein grelles Licht die Halle erfüllte. In diesem Moment kehrten sie aus dieser Zeit zurück.

„Das kann doch nicht sein!", rief Bärbel fassungslos und starrte Gerrit, Bastian und Leila an. „Wer von euch ...?"

Irritiert schaute sie wieder in die Kugel. „Also in der Kugel ist ... Gerrit in der Mitte, das heißt ..."

Gerrit sprang auf. „Ich bin mit Bartholomäus verwandt?"

„Das kann nicht sein ...", murmelte Bärbel. „Aber dann ..."

„Dann ist er auch mit Ihnen verwandt", vollendete Leila Bärbels Satz. „Oder hatte Bartholomäus noch eine andere Frau, mit der er Kinder hatte?"

„Oh mein Gott!" Bärbel schossen Tränen in die Augen, als sie sich erhob und Gerrit umarmte. Dann nahm sie seinen Kopf in die Hände, tätschelte ihn und seufzte immer wieder.

„Jetzt weiß ich auch, woher mir Ihre Augen so bekannt vorkamen!", rief Bastian.

Gerrit und Bärbel schauten ihn verständnislos an, und als er sie so gucken sah, erkannte er sofort, dass sie verwandt sein mussten. Sie hatten dieselben tiefen dunkelbraunen Augen.

Bastian lachte und Bärbel und Gerrit stimmten mit ein und schließlich musste auch Leila lachen.

„Bartholomäus!", rief Bärbel plötzlich, ließ von Gerrit ab und rannte zu dem dicken Vorhang an der Wand. „Kommt schnell!", rief sie Leila, Bastian und Gerrit zu und sie schlüpften zu ihr hinter den Vorhang.

Bärbel fummelte noch an irgendetwas herum und machte Leila, Bastian und Gerrit mit ihrer Hektik ganz schön nervös. Schließlich reichte sie ihnen Becher mit irgendeiner Flüssigkeit, die sie nicht erkennen konnten, aber sie wussten, was sie zu tun hatten. Mit einem Schluck spülten sie das Zeug runter, riefen: „Muorate Embrosa!", und schon waren sie wieder aus Bärbels Reich verschwunden.

Als sie schließlich in Bartholomäus' kleiner Hütte ankamen, stürmte Bärbel sofort ins Wohnzimmer, wo sie vor dem Sofa, auf dem Bartholomäus schwitzend und zitternd lag, auf die Knie fiel und bitterlich zu schluchzen begann.

Leila, Bastian und Gerrit standen in der Tür und wussten nicht, was sie tun sollten. Sie wussten nur, dass Bärbel ihnen erklären musste, wie Gerrit Bartholomäus helfen konnte, aber keiner von ihnen traute sich, etwas zu sagen.

Schließlich erhob sich Bärbel von selbst und wischte sich die Tränen aus dem Gesicht. „Wir dürfen keine Zeit mehr verlieren. So wie es aussieht, hat Bartholomäus nur noch Kraft, bis die Sonne morgen Abend wieder untergegangen ist."

Leila schaute auf die tickende Uhr an der Wand. Es war schon kurz vor drei Uhr nachts und plötzlich überkam Leila die Müdigkeit. Aber sie konnte jetzt nicht schlafen. Stattdessen fragte sie: „Was muss Gerrit denn jetzt tun, um Bartholomäus zu helfen?"

„Nun, das ist eigentlich sehr einfach", sagte Bärbel. „Die starke Magie des Tormentum-Fluches basiert vor allem auf dem Hass desjenigen, der den Fluch wirkt. Nur die direkten Nachfahren des Betroffenen haben die Energie einer Liebe in sich, mit deren Hilfe der Betroffene den Hass überwinden und den Fluch abschütteln kann. Das heißt, du musst Bartholomäus einfach nur berühren und zulassen, dass er die Energie deiner Liebe benutzen darf."

„Aber ...", stotterte Gerrit verwirrt. „Du sagtest doch, es sei gefährlich."

„Das ist es auch", sagte Bärbel leise und seufzte. „Bei diesem Verfahren prallen die Energie deiner und Bartholomäus' Liebe und die Energie von Malumis' Hass aufeinander. Bei solchen magischen Zusammenstößen kann man nie wissen, was passiert. Ihr wisst: Einer dieser Zusammenstöße hätte fast die Magier ausgerottet."

Gerrit schluckte. „Das heißt, es könnten alle Magier in unserer Umgebung sterben, wie damals, als Bartholomäus Malumis in dem Stein eingesperrt hat."

Bärbel nickte. „Und genau deshalb hat noch niemand diese Methode ausprobiert und niemand weiß, ob sie auch wirklich funktioniert."

„Ich will's trotzdem tun!", sagte Gerrit, schritt aber nur zögerlich ein Stück näher an Bartholomäus heran. Sein Herz raste, als er seine Hand hob und sie sich langsam Bartholomäus näherte. Sein ganzer Körper kribbelte vor Aufregung und seine Stirn fühlte sich an, als würde ein ganzer Fluss an Schweiß daran hinunterströmen.

Plötzlich klingelte es an der Tür und Gerrit zuckte erschrocken zurück. Auch die anderen waren vor Schreck zusammengefahren und schauten jetzt den Flur entlang zur Haustür.

„Aufmachen!", dröhnte eine laute Männerstimme durch die Tür.

Bärbel wedelte heftig mit den Armen, um Leila, Gerrit und Bastian verständlich zu machen, dass sie sich verstecken sollten. Als sie dann endlich ihre Zeichen richtig gedeutet hatten und verschwunden waren, rief Bärbel mit einer gespielt freundlichen Stimme: „Ich komme schon!", und ging zur Tür.

Als sie diese öffnete, standen zwei große, bullige Männer in schwarzen Anzügen vor ihr. Diese traten sofort zur Seite und machten einer jüngeren Frau mit dunklen Locken und ebenso dunklen Augen Platz. Ein dicker, bärtiger Mann in grauem Anzug und ein junger Mann, der eher lässig gekleidet war und sich nervös seine dicke Brille putzte, folgten ihr auf den Fuß.

„Guten Tag! Wie kann ich Ihnen helfen?", begrüßte Bärbel sie übertrieben höflich.

„Wir sind vom AGS, dem Amt für geheime Staatsangelegenheiten", sagte die Frau. „Wir haben Grund zur Annahme, dass sich zwei gesuchte Personen in diesem Haus befinden."

„Ach, wirklich?", spielte Bärbel die Unwissende. „Davon weiß ich gar nichts. Was sollen die beiden denn gemacht haben und wie sehen sie aus?"

„Sie haben gegen das Gesetz verstoßen, reicht das?", sagte der Mann in dem grauen Anzug unfreundlich. „Wir würden jetzt gerne mit Bartholomäus Schmidt reden."

„Seien Sie nicht so unfreundlich!", entgegnete Bärbel empört. „Bartholomäus ist krank, sehr krank. Sie können jetzt nicht mit ihm reden."

„Wer sind Sie eigentlich?", wollte die Frau plötzlich wissen.

„Ich bin Bärbel Balthasar, eine Freundin von Herrn Schmidt", antwortete Bärbel. „Ich passe auf Bartholomäus auf. Wie gesagt, er ist krank."

Die Frau nickte, dann fragte sie: „Dürfen wir das Haus durchsuchen?"

„Haben Sie einen Durchsuchungsbefehl?", fragte Bärbel zurück.

Schweigen trat ein.

Da richtete Bärbel blitzschnell ihre Hand auf den Mann im grauen Anzug, der etwas aus seiner Hosentasche hervorholen wollte, und rief: „Das würde ich nicht tun!"

Erschrocken zog der Mann die Hand aus der Tasche und dabei fiel ein kleiner silberner Stift auf den Boden. „Woher wussten Sie ...", stammelte der Mann.

Die junge Frau mit den dunklen Locken lächelte. „Ich wusste doch gleich, dass Sie nicht das sind, wonach Sie aussehen."

Im selben Moment hatte der Mann mit der Brille, eine Waffe gezückt, die aussah wie eine Wasserpistole, nur das der Wasserbehälter aus Glas war und eine seltsame grüne Flüssigkeit enthielt. Noch ehe Bärbel reagieren konnte, drückte der Mann ab und eine dichte, grüne Dampfwolke umgab Bärbel. Sie hustete, dann brach sie zusammen.

Adrian schlug die Augen auf. Sein Kopf schmerzte und als er seinen Hinterkopf betastete, fühlte er eine dicke Wölbung. Er nahm seine Hand wieder weg und schaute an die Decke. Nackte Dachbalken schwebten über ihm und man sah das Stroh, das diese bedeckte.

„Adrian! Alles in Ordnung?", rief plötzlich eine vertraute Stimme und Pauline beugte sich über ihn.

Er nickte und setzte sich auf. Er saß in einem großen Zimmer mit einem langen Tisch, an dem ein gutes Dutzend Männer saß. Rechts an der Wand lehnten Franziska und Pascal und lauschten aufmerksam der Unterhaltung der Männer.

„Wo sind wir?", wollte Adrian von Pauline wissen.

„Immer noch in Urbs Regentis", antwortete Pauline. „Das Medaillon hat uns nicht in unsere, sondern in eine andere Zeit gebracht. Es sind jetzt ungefähr zehn Jahre seit der großen Schlacht vergangen. Urbs Regentis ist neu aufgebaut worden und die Männer beraten über einen neuen Namen."

„Und warum hat uns das Medaillon hierher gebracht?"

„Das wissen wir auch noch nicht", sagte Pauline. „Aber zumindest sind wir wieder sicher, denn die Leute sehen uns nicht mehr."

Adrian lächelte. „Das ist auch gut so."

Plötzlich gab es einen Knall. Adrian und Pauline fuhren hoch und schauten zu der dicken Rauchwolke, die am anderen Ende des Raumes aufgetaucht war. Die Männer starrten erschrocken in den Rauch, dann trat Bartholomäus daraus hervor. Er hustete.

„Guten Tag!", röchelte er und wedelte verzweifelt mit der Hand. Dann kam ein gurgelndes Geräusch aus seinem Hals und er murmelte: „Schlechtes Transportmittel."

Mit offenen Mündern starrten die Männer ihn an.

„Nicht gedacht, dass ein Zauberer überlebt haben könnte, nicht wahr?", fragte er lächelnd. „Aber ich sage Ihnen, dass noch mehr überlebt haben."

„Sie ...", setzte einer der Männer an, aber Bartholomäus schnitt ihm das Wort ab: „Ich bin nur hier, um Ihnen einen Vorschlag zu machen. Sie sollten die Stadt Ressteinburg nennen."

„Und wieso sollten wir das tun, Herr ...?", fragte der Mann am Kopf des Tisches.

„Nennen Sie mich Autumnus!"

„Warum sollten wir das tun, Autumnus?", fragte der Mann erneut.

„Nun, weil ich das sage", meinte Bartholomäus und drehte sich um. „Außerdem", fuhr er fort und wedelte mit seinen Armen in der Luft herum, „besteht das Wort aus genau denselben Buchstaben wie Urbs Regentis." Da wo Bartholomäus eben noch herumgefuchtelt hatte, stand jetzt in leuchtenden Lettern mitten in der Luft *Urbs Regentis*. Bartholomäus fuchtelte noch ein wenig herum und die Buchstaben vertauschten sich. Und schon stand dort *Ressteinburg*.

Erstaunt warfen die Hüter sich ungläubige Blicke zu.

„Und warum wollen Sie das so machen?", fragte der Mann weiter.

„Nun, ich hatte viele Freunde, die Wahrsager waren. Sie sind zwar alle tot, aber sie befinden sich immer noch in meinem Geist und sagen mir, dass ich meinem späteren Nachfahren diesen Hinweis geben soll. Sein Name ist wohl irgendwo in Ressteinburg versteckt. Aber ich weiß selbst nicht, wie man ihn herausfindet. Und ich denke, dass Ressteinburg ganz passend ist, da wir hier doch mitten im Resen sind. Wir sind also umgeben von Ressteinen und ich vermute mal, dass sie das zum Wiederaufbau dieser Stadt benötigte Gestein auch aus dem Resen haben."

„Ich finde die Idee gar nicht schlecht, aber meinen Sie nicht, dass Ressteinstadt besser passen würde? Schließlich ist das hier eine Stadt und keine Burg!", erwiderte einer der Männer.

„Nun", antwortete Bartholomäus zögerlich, „immerhin ist diese Stadt aus einer Burg entstanden, nicht wahr? Außerdem muss diese Stadt Ressteinburg heißen. Wie gesagt: Ich muss einem Nachkommen eine Botschaft hinterlassen."

„Und deshalb sollen wir unsere Stadt Ressteinburg nennen?", rief ein anderer Mann spöttisch. „Was, wenn wir das gar nicht wollen?"

„Oh, Sie werden das wollen!", sagte Bartholomäus und begann, einen Zauberspruch zu murmeln.

„Er wird gleich verschwinden", rief Franziska plötzlich und sprang auf. „Wir müssen mit ihm gehen." Sie lief zu Bartholomäus und die anderen drei folgten ihr. Gerade als Bartholomäus seinen Zauberspruch beendet hatte, berührten die vier ihn am Arm. Er klatschte in die Hände und Pauline, Franziska, Adrian und Pascal verschwanden mit ihm. Sie hörten gerade noch, wie einer der Männer verwirrt fragte: „Was ist passiert?"

„Ich weiß nicht", sagte ein anderer. „Aber ich habe das plötzliche Verlangen, die Stadt Ressteinburg zu nennen."

„Ich auch", stimmten ihm die anderen Männer zu.

Dann umgab Adrian dicker Qualm und er kniff die Augen zusammen. Als er erschrocken einatmete, bekam er den Staub und den Dreck in seine Lunge und er begann, zu husten. Um ihn herum ertönte plötzlich das Husten vierer weiterer Personen. Das mussten die anderen sein. Adrian suchte nach einem Ausweg aus der dicken Wolke und wedelte um sich, bis er plötzlich frische Luft in den Mund bekam und hektisch einatmete.

„Autumnus!", rief eine Stimme, die Adrian mittlerweile gut kannte. Es war Bärbel. „Woher kommt dieser ganze Qualm? Hast du noch jemanden mitgenommen?"

„Nein", röchelte Bartholomäus und trat ebenfalls aus der sich lichtenden Rauchwolke in ein großes, helles Zimmer.

Es hatte zwei große Fenster, durch die die strahlende Mittagssonne auf zwei große Betten, einen nackten Holztisch mit zwei einfachen Stühlen, eine kleine Garderobe und die Wände schien.

„Ich weiß auch nicht, warum es diesmal so viel Qualm war", murmelte Bartholomäus und umarmte dann Bärbel.

Adrian schaute sich instinktiv nach einem Versteck um, obwohl Bartholomäus ihn ja gar nicht sehen konnte, und die Rauchwolke, die sich langsam verzogen hatte, gab nun die Sicht auf die anderen drei Hüter frei, die sich ebenfalls in eine Ecke des Raums zurückgezogen hatten.

„Wo warst du?", fragte Bärbel jetzt.

„Nun", sagte Bartholomäus lächelnd, „ich musste etwas mit dem Stadtrat von Urbs Regentis besprechen und die Herrschaften haben meinen Vorschlag dankend angenommen."

Bärbel nickte, schien aber nicht sehr überzeugt. „Was für einen Vorschlag?", fragte sie, wartete aber keine Antwort ab, sondern sagte sofort: „Ich habe ein Anliegen." Wieder wartete sie Bartholomäus' Reaktion gar nicht erst ab, sondern fuhr direkt fort: „Du wirst deinen Namen ändern müssen."

„Wieso?", wollte Bartholomäus wissen.

„Wenn du weiter Autumnus heißt, wird sich die Nachricht, dass du überlebt hast, wie ein Lauffeuer verbreiten und die Leute werden wie ein Rudel hungriger Wölfe über dich herfallen, da sie glauben, du seiest der letzte Zauberer auf der Erde."

„Stimmt", meinte Bartholomäus. „Zum Glück wissen sie nicht, dass sich manche Zauberer gar nicht am Krieg beteiligt haben, dass ich die Hüter geschaffen habe und dass ich dein Leben noch retten konnte, bevor ich ..." Bartholomäus schluckte. „Du weißt schon."

Bärbel nickte und tätschelte seine Wange. „Du weißt, dass du das machen musstest. Du darfst dir deswegen keine Vorwürfe machen!"

„Das sagst du so einfach!", rief Bartholomäus und lachte ein wenig hysterisch. „Jede Nacht suchen sie mich in meinen Träumen auf. Ihre schmerzverzerrten Gesichter, ihre verzweifelten Augen, der qualvolle Ausdruck ihrer Gesten."

„Meinst du, das ist bei mir nicht so?", fuhr Bärbel auf. „Du weißt, dass mich ihre Kraft genauso nährt wie dich! Ich habe sie auch alle sterben sehen, denn du musstest mich ja davor bewahren! Ich wäre lieber mit all meinen Freunden gestorben, als die Qualen zu erleiden, die ich jetzt erleiden muss. Trotz alledem müssen wir nach vorne sehen. Selbst wenn wir dieses Leben nicht wollen, müssen wir das Beste daraus machen. Für unsere Freunde und für alle, die gestorben sind!"

Bartholomäus drehte sich um und ging ans Fenster. Eine Weile schaute er in die hügelige Landschaft hinaus, auf die Wipfel der Wälder, auf die Bäche, die durch die Täler flossen und auf die Sonne, die über das alles wachte. Dann drehte er sich wieder zu Bärbel um.

„Zum Glück müssen die anderen Zauberer, die den Krieg überlebt haben, diese Qualen nicht erleiden, schließlich warst nur du direkt mit mir verbunden, als es passiert ist. Oder meinst du, dass auch die anderen für Jahrhunderte mit Nächten voller Alpträume leben müssen?"

Bärbel seufzte. „Ich hoffe es nicht!" Sie ging an Bartholomäus vorbei und schaute genau wie er auf dieselbe Landschaft hinaus. Dann fragte sie: „Wie wäre es mit Bartholomäus? Bartholomäus, der Schmied."

Freund und Feind

Adrian schlug die Augen auf. Endlich sah er wieder etwas Vertrautes: den dunklen, modrigen Gang, der von Franziskas und Pascals Reich zu der Höhle führte, die tief unter Urbs Regentis, also unter Ressteinburg lag.

„Das ist einfach unglaublich!", rief Pauline, nachdem auch sie sich wieder in dem Gang eingefunden hatte.

„Was?", wollte Pascal wissen, der hinter ihr aufgetaucht war und nicht verstanden hatte, was sie meinte.

„Vor ein paar Wochen war ich noch eine ganz normale Sekretärin. Und jetzt habe ich übernatürliche Fähigkeiten, habe ein Einhorn und einen Drachen gesehen und bin mit euch durch die Zeit gereist! Und was wir alles erfahren haben!", erzählte Pauline begeistert. „Wir wissen, wie wir Malumis unschädlich machen können, wir wissen, dass Ressteinburg früher Urbs Regentis war, wir wissen einfach so viel mehr!"

„Ja, zum Beispiel, dass Bartholomäus sterben wird und wir es nicht verhindern können!", knurrte Franziska sarkastisch, als sie plötzlich neben Pauline auftauchte.

Pauline schluckte. „Ja, das auch", murmelte sie bedrückt.

„Kommt! Lasst uns endlich hochgehen", schlug Pascal vor. „Die anderen warten bestimmt schon auf uns und machen sich Sorgen."

Er ging los und Pauline und Franziska folgten ihm. Aber Adrian blieb nachdenklich an der Wand stehen, in der noch das Loch klaffte, aus dem er das goldene Medaillon und die Schriftrolle hervorgeholt hatte.

„Adrian, komm!", rief Franziska, als sie bemerkt hatte, dass er zurückgeblieben war. Doch er regte sich immer noch nicht, also fragte sie, was los war.

Adrian schaute zu ihr auf. „Die Sache mit den vertauschten Buchstaben bei Ressteinburg hat mich zum Nachdenken gebracht."

„Dann denk nachher weiter", meinte Franziska. „Komm jetzt erst mal mit!"

Adrian nickte und wandte sich dem Loch in der Wand zu, um das Medaillon wieder darin zu verstauen. Plötzlich verspürte er jedoch das Verlangen, es noch ein wenig zu behalten. Er schaute zu den anderen Hütern, aber sie warteten nicht auf ihn, sondern liefen schon den Gang entlang. Also hing er sich schnell die Kette um den Hals und versteckte das Medaillon unter seinem Pullover. Dann verschloss er das Loch wieder, folgte den anderen und verlor sich wieder in den Gedanken über Bartholomäus' Nachkommen.

Nachdem er ein paar Schritte neben den anderen hergelaufen war, blieb er erneut stehen und sagte: „Bartholomäus meinte, dass der Name der Stadt ein Zeichen für seinen Nachfahren sein soll. Ich vermute mal, dass man wieder die Buchstaben vertauschen muss, um auf den Namen seines Nachfahren zu kommen. Und wisst ihr, welcher Name passen würde?"

Er schaute die anderen an, aber sie zuckten nur unwissend mit den Schultern.

„Gerrit. Und dann würden noch die Buchstaben B, E, U, zwei S und ein N für einen Nachnamen übrig bleiben."

„Wie ist denn Gerrits Nachname?", wollte Pauline wissen.

„Das wissen wir ja eben nicht", erklärte ihr Adrian.

„Aber man kann damit auch andere Namen bilden",

sagte Franziska skeptisch. „Zum Beispiel Rene, Tine oder Bert oder, oder ..."

„Ja, schon", murmelte Adrian. Aber er ließ sich nicht von Franziska überzeugen und als Pauline vor sich hinmurmelte: „Könnte man denn einen anständigen Nachnamen aus den übrigen Buchstaben bilden? Sunseb, Nessbu, Ussben, Bsenus, Subens, Susben ...", klingelte etwas in seinem Kopf.

„Moment mal!", rief er aufgeregt. Nachdenklich lief er im Gang auf und ab und schlug sich leicht gegen die Stirn. „Subens, Subens, irgendetwas sagt mir der Name. Ich habe ihn, glaube ich, schon einmal gehört."

„Ach, du spinnst!", regte sich Franziska plötzlich auf. „Kommt endlich mit hoch!"

„Franziska hat recht", pflichtete Pascal ihr bei. „Du kannst auch noch wann anders darüber nachdenken."

Adrian seufzte und folgte den anderen widerwillig durch den feuchten Gang zu Franziskas und Pascals unterirdischer Wohnung und von dort aus fuhren sie, nachdem sie den Eingang zu dem Tunnel wieder sorgfältig verschlossen hatten, gemeinsam mit dem Aufzug nach oben in das Gartenhäuschen. Sie liefen eilig über den Rasen und platzten durch die Hintertür ins Wohnzimmer. Aber da war niemand.

„Hallo?", rief Franziska.

Etwas rappelte an der Haustür und kurz darauf stürmten ein Trupp in Anzüge gekleideter Männer, eine Frau und ein normal gekleideter, junger Mann mit Brille durch den Flur ins Wohnzimmer. Adrian erkannte die Leute sofort.

„Gabriella?", rief er verwundert. „Mike?"

„Da bist du ja!", rief Herr Meinrich, der hinter Gabriella im Türrahmen aufgetaucht war. „Was hast du dir nur dabei gedacht, uns einfach anzugreifen?"

„Ich würde es wieder tun!", entgegnete Adrian schlagfertig und bekräftigte seine Aussage noch, indem er seine Augen kurz rot aufleuchten ließ.

Herr Meinrich stutzte, dann fing er sich wieder und fragte: „Wo hast du Leila versteckt? Sie muss hier auch irgendwo sein."

„Ich bin hier!", kam eine Stimme aus dem Kleiderschrank auf dem Flur.

„Leila, nicht!", wollte eine jüngere Stimme, die aus der Toilette drang, sie aufhalten, aber trotzdem flog die Schranktür auf und Leila trat heraus.

Sofort öffnete sich auch noch die Badezimmertüre und Bastian und Gerrit folgten Leila ins Wohnzimmer.

„Wo ist Bärbel?", fragte Leila verwirrt.

„Das geht dich nichts an", antwortete Herr Meinrich schroff.

„Bärbel war hier?", rief Pauline verwirrt.

Und dann brach das komplette Chaos aus: Alle fingen an, wild durcheinanderzureden, jeder fragte jeden irgendetwas und am Ende hatten alle noch weniger Durchblick.

Schließlich brüllte Gabriella laut: „RUHE!", und alle waren sofort still.

„Leila und Adrian, ihr müsst leider mitkommen", sagte Gabriella jetzt ruhiger. „Der Rest geht uns nichts an, das müsst ihr alleine klären."

„Wir lassen nicht zu, dass sie Leila umbringen!", rief Gerrit, der noch immer mit Bastian neben der Toilette und somit hinter Gabriella stand.

Ohne sich umzudrehen, lächelte Gabriella, als würde sie Gerrit bewundern. „Und wer bitte bist du, dass du glaubst, du könntest das AGS daran hindern, das zu tun, was es tun will?"

„Gerrit", antwortete er, als wäre das selbstverständlich.

Gabriella stutzte und nun drehte sie sich doch um. „Bitte was?"

„Gerrit", wiederholte Gerrit seine Antwort und in diesem Moment traf sich sein Blick mit Gabriellas.

„Das kann nicht ...", stammelte sie plötzlich, und als sie Gerrit näher betrachtete, leuchteten ihr Augen auf. „Aber ja doch ..."

Und da schlug auch Adrian sich gegen die Stirn. „Aber ja doch! Du heißt mit Nachnamen Subens!", rief er aufgeregt. „Aber dann ..."

„Was ist denn los?", wollte Gerrit endlich wissen.

Gabriella zog die Nase hoch und wischte sich Tränen vom Gesicht, als sie mit sich überschlagender Stimme sagte: „Gerrit, ich bin deine Mutter!"

Gerrit starrte Gabriella mit offenem Mund an. Er sah so aus, als ob er nicht so recht wusste, ob er sich freuen sollte oder nicht. Und dann fragte er: „Warum hast du mich dann ausgesetzt?"

„Ich habe dich gar nicht ausgesetzt", entgegnete Gabriella und kniete sich vor Gerrit auf den Boden. „Ich war vor zwei Jahren mit dir und deinem Vater hier auf der Durchreise, als uns ein Drache angegriffen hat. Er hat deinen Vater getötet, dich mit seinem Schwanz am Kopf getroffen und mich verschleppt. Das AGS hat mich zum Glück gerettet, aber dich haben sie nicht mehr wiedergefunden. Danach bin ich selbst zum AGS gegangen und sehr schnell sehr weit gekommen, ich bin jetzt die stellvertretende Leiterin. Ich bin so glücklich, dass du lebst und dass wir uns jetzt wiedersehen!"

Gabriella lachte und nahm Gerrit in den Arm, der jetzt keinen Zweifel mehr hatte, dass er sich freuen sollte.

„Das ist ja alles gut und schön, aber wir müssen jetzt los", sagte Herr Meinrich ein wenig genervt, während alle anderen Gabriella und Gerrit gerührt beobachteten.

Adrian überging seine Bemerkung sogar ganz und sagte: „Sofort, als ich dich das erste Mal gesehen habe, Gabriella, kamen mir deine Augen und deine Haare so bekannt vor. Aber ... Moment! Wenn das stimmt, dass Gerrit dein Sohn ist, dann ist sein Nachname wirklich Subens und dann ... Gerrit, du bist Bartholomäus' Nachkomme! Deshalb kannst du so gut zaubern!"

Gerrit nickte. „Ich weiß."

„Woher?", setzte Adrian an, aber Gabriella unterbrach ihn ungläubig: „Du kannst zaubern, Gerrit? Ich dachte, die Magier wären ausgestorben!"

Doch bevor Adrian oder Gerrit irgendetwas erklären konnten, drängelte Herr Meinrich: „Wir müssen jetzt wirklich los! Es ist schon vier Uhr morgens." Und dann wandte er sich plötzlich auch noch an Pauline, Franziska und Pascal: „Und ihr kommt auch mit!"

„Warum?", wollten alle drei wissen.

„Weil ich euch noch brauche", antwortete Herr Meinrich genervt.

Da fuhr Leila hoch und schrie: „Ich fasse es nicht! Das glaube ich einfach nicht!" Alle schauten ein wenig erschrocken zu ihr herüber und sahen sie fragend an. „Na, was meint ihr wohl?", rief sie aufgebracht. „Wofür soll er denn alle Hüter brauchen, wenn nicht für den Plan, die Regierung zu stürzen, für den ich Gabriella verantwortlich gemacht hatte."

Jetzt wandte Leila sich an Gabriella: „Es tut mir so leid, Gabriella! Ich war so blind für alles! Es gab so viele Anzeichen, dass du es gar nicht gewesen sein konntest. Du warst viel zu nett, du hast uns verteidigt und er war immer derjenige, der unbedingt seine Macht demonstrieren wollte. Warum sonst hätte er mich so schnell umbringen lassen wollen? Und als ich und Adrian dein Büro durchsucht haben, war kurz das Licht aus und die Tür offen. Ich bin mir sicher, dass er die rote Mappe in dein Zimmer geschmuggelt hat, um den Verdacht auf dich zu lenken."

Gabriella stand auf und baute sich direkt vor Herrn Meinrich auf. „Stimmt das, Walther?"

„Und wenn schon", versuchte Herr Meinrich das Ganze abzutun.

„Wie konnten wir dir alle nur vertrauen?", zischte Gabriella zornig.

„Zum Glück haben wir das Ganze ja rechtzeitig aufgedeckt", sagte Leila ein bisschen stolz.

„Rechtzeitig?" Walther lachte laut auf. „Es ist schon viel zu spät. Schon seit wir hier sind."

„Was ...?", setzte Gabriella an, aber sie konnte ihre Frage nicht zu Ende stellen.

Mike hatte schon seine Gaspistole gehoben und auf die Hüter gerichtet, während Walthers Agenten ihrerseits echte Pistolen gezückt hatten und damit auf den Rest der Gruppe zielten.

„Nun denn! Auf in den Kampf!", sagte Walther, drehte sich auf der Ferse um und stolzierte aus dem Raum.

Seine Agenten schubsten Gabriella, Leila, Bastian und Gerrit hinterher, und als Bastian sich noch einmal umschaute, sah er, wie Mike eine Schutzmaske aufgezogen hatte und mit der Gaspistole die Hüter beschoss. Sie husteten, stöhnten oder röchelten kurz, dann sackten sie einer nach dem anderen zu Boden. Entsetzt wollte Bastian ihnen zu Hilfe eilen, doch einer der Agenten reagierte schneller als er und schlug ihm mit der Pistole auf den Hinterkopf. Hunderte von kleinen Sternchen tanzten durch Bastians Blickfeld und er taumelte vor und zurück, bis er schließlich zusammenbrach und ihm schwarz vor Augen wurde.

Das Blatt wendet sich

Ein lautes Hämmern weckte Bastian. Er öffnete die Augen und erwartete gleißend helles Licht, das ihm Augenschmerzen bereiten würde, doch der Raum, in dem er lag, war dunkel. Er richtete sich auf. Vor ihm stand Gabriella, die unentwegt auf eine schmutzige, eiserne Metalltüre einschlug.

„Gabriella, das bringt doch nichts! Du brichst dir höchstens die Knöchel oder die Finger", versuchte Leila, sie davon abzubringen.

Sie saß rechts von Bastian auf dem Boden, an die Wand gelehnt, und schaute zu Gabriella. Gerrit saß neben ihr, hatte seinen Kopf auf ihre Schulter gelegt, sein Gesicht in seinen Händen vergraben und schluchzte leise.

Bastian schaute sich um. Sie waren in einem dunklen Raum gefangen, der schmutzig und feucht war. Dunkelgrüner Schleim hatte sich an den grauen Wänden abgesetzt und von der Decke tropfte leise Kondenswasser. Der einzige Ausweg aus diesem Raum war die dicke, schwere Eisentür, von der Gabriella endlich abließ.

„Wir kommen hier nie raus", murmelte sie.

„Wo sind wir denn? Und wo sind Bärbel und Bartholomäus?", wollte Bastian wissen.

„Wir sind in einem der Kerkerräume vom AGS. Und Bartholomäus und Bärbel sind nebenan, dort war ein Bett für Bartholomäus", beantwortete Gabriella seine Fragen. „Er ist immer noch nicht geheilt und wird wahrscheinlich bald sterben."

„Ich verstehe das einfach nicht", meinte Leila. „Warum baut das AGS überhaupt solche Verliese?"

„Walther hat das alles von Anfang an geplant", sagte Gabriella. „Die Gedächtnisstifte haben ihm so viel Macht gegeben. Er konnte alle, die ihm in die Quere kamen, einfach alles vergessen lassen. Und die Leute, von denen er wollte, dass sie ihm helfen, hat er davon überzeugt, dass das AGS eine Staatsorganisation sei. Und die, die ihm das nicht geglaubt haben oder die das Gegenteil herausgefunden haben, die er aber noch für die Verwirklichung seiner machtsüchtigen Träume brauchte, hat er einfach hier eingesperrt."

„Und du hast das einfach zugelassen?", fragte Leila.

Gabriella nickte. „Ich dachte, ich dachte, ... ach, ich weiß gar nicht, was ich gedacht habe."

„Kann Gerrit denn nicht versuchen, uns mit Magie hier herauszubringen?", wollte Bastian wissen.

Gabriella schüttelte den Kopf. „Der Kerkergang ist speziell abgesichert. Er ist mit Wänden aus Blei umgeben und nur durch mehrere Schleusen zu erreichen. Unsere Wissenschaftler haben nämlich herausgefunden, dass man jegliche übernatürliche Fähigkeiten mit Blei abschirmen kann. Gerrit kann also nur innerhalb dieses Raums zaubern, aber nicht durch die Wände hindurch."

„Also war mein Armreif aus Blei", murmelte Leila.

Gabriella nickte und Stille trat ein. Alle dachten darüber nach, worüber sie gerade geredet hatten. Sie prüften in ihren Gedanken, ob es nicht doch noch irgendeine Fluchtmöglichkeit geben könnte, und realisierten ihre Gefangenschaft.

Plötzlich klickte es und eine kleine Luke öffnete sich in der Tür. Dort erschien Mikes Gesicht. „Hier ist etwas zu essen!", sagte er schroff, schob eine Kiste durch die Luke und wollte das Loch in der Tür wieder schließen.

Doch Gabriella hielt ihn auf. „Mike!", rief sie mit durchdringender Stimme und Mike hielt inne. „Das bist doch nicht du! Ich weiß genau, dass du uns das niemals antun würdest!"

Mike zeigte immer noch keine Regung, deshalb wusste Gabriella genau, dass sie ins Schwarze getroffen hatte, und sofort redete sie weiter auf ihn ein: „Was auch immer Walther gegen dich in der Hand hat, wenn du uns hier raus lässt, dann werden wir ihn uns schnappen und dann kann er dir nichts mehr anhaben."

Mike bewegte sich immer noch nicht, aber er sagte leise: „Er hat meine Familie!"

„Wir können sie retten!", versicherte ihm Gabriella sofort. „Aber wenn du uns weiter gefangen hältst, dann wird Walther bekommen, was er haben will, und zwar ganz Linäa. Doch du kennst ihn genauso gut wie ich: Linäa wird ihm nicht reichen. Er wird sich ganz Europas bemächtigen wollen und dann der ganzen Welt. Ein Krieg wird ausbrechen, ein Krieg, der für deine Familie vielleicht noch viel schlimmer endet, als du es dir jetzt jemals vorstellen könntest." Gabriella bemerkte, wie Mike immer bleicher wurde. Eine einzelne Schweißperle rollte langsam seine Stirn hinunter und Gabriella sah ihm an, dass er wusste, dass sie recht hatte. Sie brauchte ihn nur noch ein wenig mehr zu bearbeiten ...

„Bitte, Mike!", flehte Gabriella jetzt. „Sei kein schlechter Mensch! Rette dich selber! Rette deine Familie! Rette uns und die ganze Welt!"

Mikes Gesichtszüge wurden immer weicher und Gabriella meinte, sogar Tränen in seinen Augen erkennen zu können. Es fehlte nicht mehr viel. Gleich hatte sie ihn so weit. Sie setzte gerade zum letzten entscheidenden Verbalschlag an, als sich Mikes Gesicht wieder verhärtete und er sie eiskalt anstarrte.

Erschrocken wich Gabriella zurück.

„Es tut mir leid!", sagte Mike und wollte die Klappe wieder schließen, doch jetzt kam Gerrit zum Zug: Rasch zauberte er sich durch die Luke hindurch in den Gang, und ehe Mike ihn überhaupt bemerkt hatte, hatte Gerrit sich schon von hinten an ihn herangeschmissen. Mit all seinen Kräften schaffte er es, Mike seinen Schlüsselbund zu entreißen. Dann schleuderte er Mike mit einer Druckwelle ans Ende des Gangs.

„Schnell!", rief Gabriella und nervös probierte Gerrit ein paar Schlüssel aus, bis endlich einer passte und die Gefängnistür aufflog. Gabriella, Leila und Bastian stürmten sofort heraus und gingen auf Mike los, der sich mittlerweile wieder aufgerappelt hatte. Gerrit hingegen rannte zu dem Verlies, in dem sich Bärbel und Bartholomäus befanden. Wieder probierte er einen Schlüssel nach dem anderen, bis es endlich klickte. Dann riss er die Tür auf und stolperte in den Raum dahinter.

Drinnen war Bärbel sofort aufgesprungen. „Gerrit, Gott sei Dank!"

„Ich werde Bartholomäus jetzt sofort heilen!", sagte Gerrit entschlossen.

„Du willst es also wirklich tun?", vergewisserte sich Bärbel.

Gerrit nickte heftig.

„Gut." Bärbel lächelte. „Denk daran: Du musst dich konzentrieren und dich ihm öffnen."

Gerrit nickte abermals und trat an das alte, rostige Feldbett, auf dem Bartholomäus lag. Sein Herz klopfte, aber er versuchte, sich darauf zu konzentrieren, dass er Bartholomäus seine Liebe zur Verfügung stellte.

Langsam legte er seine Hand auf Bartholomäus' Schulter und Gerrit spürte, wie ein heftiger Sog an seiner Hand zog. Das grelle Leuchten zwischen Bartholomäus' Schulter und seiner Hand bereitete ihm Schmerzen und er schloss die Augen. Nun konnte er den Energiestrom nur noch fühlen, bis dieser plötzlich gestoppt zu werden schien. Gerrit ahnte, dass dies der Moment war, in dem die Energie seiner Liebe auf die Energie von Malumis' Hass prallte, die in dem Tormentum-Fluch steckte. Ängstlich hielt er die Luft an, doch bis auf ein heftiges Kribbeln, das durch seinen Körper fuhr, passierte nichts. Kurz darauf spürte er auch wieder den Sog an seiner Hand und dann schreckte Bartholomäus hoch.

Er atmete schnell, seine Augen waren weit geöffnet und Schweißperlen rannen seine Stirn hinunter, aber sein Gesicht war nicht mehr schmerzverzerrt.

„Bartholomäus, Gerrit! Ihr lebt beide!", rief Bärbel außer sich vor Freude und schloss beide in ihre Arme.

„Was ist passiert?", fragte Bartholomäus verwirrt.

„Gerrit hat dich gerettet", antwortete Bärbel. Bartholomäus nickte und strahlte Gerrit an. „Ich danke dir, Gerrit!" Dann wandte er sich an Bärbel: „Und ich danke dir! Ich hoffe, unser Streit ist damit vergessen!"

Bärbel nickte überglücklich und gab Bartholomäus einen Kuss. Gerrit lächelte selbstzufrieden und wäre am liebsten noch stundenlang neben Bartholomäus und Bärbel sitzen geblieben, aber er wusste, dass er etwas anderes zu tun hatte. „Wir müssen los", sagte er selbstbewusst und zog Bartholomäus hoch auf die Beine. „Meinrich kann über Adrian, Franziska, Pauline und Pascal bestimmen und will erst das Land, dann Europa und dann die ganze Welt erobern, hat meine Mutter gesagt."

„Deine Mutter?", fragte Bartholomäus verwirrt.

„Ja, Gabriella Subens", sagte Gerrit stolz. „Das ist meine Mutter. Sie ist die andere Leiterin vom AGS."

„Du meinst die stellvertretende Leiterin", korrigierte Bartholomäus ihn.

Gerrit nickte. „Ja, oder das. Und du bist mein Urururgroßvater oder so."

„Wirklich?" Bartholomäus schien darüber mehr als verwundert.

„Wie sonst hätte er dich heilen sollen?", fragte Bärbel lächelnd. „Du erinnerst dich doch noch an den zweiten Weg der Heilung eines Tormentum-Fluchs, von dem ich dir erzählt habe?"

Bartholomäus lachte. „Das gibt's doch nicht! Da hab ich doch tatsächlich andauernd meinen Urururenkel oder so etwas beherbergt und bewirtet, ohne es zu wissen! Jetzt verstehe ich auch, warum du so eine gewaltige Zauberkraft hast. Das hast du alles von mir."

„Und von mir!", rief Bärbel empört und Gerrit und Bartholomäus begannen zu lachen, als Bastian hereinplatzte.

„Ihr müsst los!", rief er hektisch und scheuchte sie aus dem Verlies.

„Leila, kannst du uns zu den Hütern teleportieren?", rief Bartholomäus fragend zu Leila, die mit Gabriella Mike auf dem Boden in Schach hielt.

„Nein", entgegnete Leila. „Ihr seid zu viele. Ich kann höchstens einen mitnehmen und selbst das ist problematisch. Außerdem sind wir immer noch in diesem Korridor."

„Verdammt!", rief Bartholomäus.

„Du kannst uns doch zu ihnen zaubern!", meinte Gerrit.

Bartholomäus schüttelte den Kopf. „Ich weiß doch gar nicht, wo sie sind."

„Lass uns erst einmal hier rausgehen!", schlug Bärbel vor. „Gabriella, wie kommen wir zum Ausgang?"

„Nach den Schleusen rechts, dann links und wieder rechts. Da ist dann der Aufzug", antwortete Gabriella. „Mit dem fahrt ihr bis ganz nach oben, links, geradeaus, geradeaus, rechts und dann", sie unterbrach sich kurz, um Mikes Arm wieder festzupinnen, den er befreit hatte, „geht ihr bis zum Ende des Gangs, da ist die Pyramide, mit der ihr nach oben fahren könnt. Leila und ich bleiben hier, um auf Mike aufzupassen."

Während Bastian sich Leila und Gabriella anschloss, da er in einem Kampf gegen Walther sowieso nichts ausrichten könnte, befolgten Bärbel, Bartholomäus und Gerrit Gabriellas Anweisungen und kurz darauf standen sie tatsächlich an der frischen Abendluft, mitten in einem Wald. Die Sonne verschwand gerade hinter den Bergen, schickte ihre letzten goldenen Strahlen durch die Blätter an den Baumkronen und ließ alles glitzern. Einen knappen Tag hatten sie unten in den Verliesen verbracht.

„Das war ganz schön eng", murmelte Bärbel und Bartholomäus sah sie fragend an. Also erklärte Bärbel: „Wäre Gerrit nur ein wenig später in deine Zelle gekommen, hätte er dir nicht mehr helfen können."

Bartholomäus stutzte und nickte langsam.

„Und jetzt?", wollte Gerrit wissen.

„Abwarten", meinte Bärbel zuversichtlich. „Ich spüre, dass wir einfach nur hier warten müssen, damit uns geholfen wird."

Bartholomäus und Gerrit schauten Bärbel skeptisch an, aber sie schaute lächelnd und zufrieden mit sich selbst in den Wald.

Und plötzlich tauchte ein leuchtender Punkt in der Ferne zwischen den Bäumen auf. Er durchdrang das Halbdunkel wie ein Stern, kam rasend schnell näher und strahlte eine so unglaubliche Schönheit aus, dass er Gerrit noch glücklicher machte, als er sowieso schon war.

„Wusstet ihr, dass Einhörner fast so schnell wie der Schall sind, wenn sie nur wollen?", fragte Bärbel immer noch zufrieden lächelnd.

„Du meinst, … das ist ein Einhorn?", fragte Bartholomäus.

Und in diesem Moment war es die Präsenz des Einhorns, die die Frage beantwortete. Es war nämlich so nahe gekommen, dass sich bereits die Konturen eines geschmeidigen, weißen Körpers, einer ebenso weißen und geschwungenen Mähne und eines spitzen, gewundenen Horns, das alle anderen Gegenstände auf der Welt an Schönheit um Längen übertraf, abzeichneten.

Schnaubend und wiehernd stand es schließlich vor ihnen in seiner ganzen ehrlichen und reinen Pracht. Es kniete vor ihnen nieder und ließ sie aufsteigen, dann erhob es sich wieder, warf majestätisch seine Mähne nach hinten und preschte mit einer Geschwindigkeit davon, dass Bärbel, Bartholomäus und Gerrit ihre Umgebung nur in verschwommenen Streifen aller Farben an sich vorbeirauschen sahen, ohne überhaupt zu merken, dass sie sich bewegten.

Adrian starrte aus dem Fenster. Zum zweiten Mal innerhalb weniger Wochen schwebte er hoch über der Erde. Zwar flog das kleine Flugzeug, in dem sie saßen, nicht so hoch, wie das, mit dem er zum AGS geflogen war, aber dennoch flog er wieder.

Aber dieses Mal konnte er nicht so wirklich Gefallen daran finden, aus dem Fenster auf die kleinen Lichter zu schauen, die in den Städten und Dörfern unter ihnen brannten. Eigentlich wollte er aufspringen, zu Walther laufen, der auf der anderen Seite des Flugzeuges in einem gemütlichen Sessel saß, und ihn mit seinen Fähigkeiten zum Teufel jagen, doch er konnte nicht.

Das Gas hatte Adrians Glieder betäubt. Sie gehorchten ihm einfach nicht mehr. Das Amphibion hatte ihm die Macht geraubt, seinen Willen durchzusetzen. Er konnte alles denken, was er wollte, er konnte die besten Pläne ausklügeln, aber er konnte sich nicht bewegen, denn der Herr über seinen Körper war jetzt Walther. Adrian war nur noch der Geist in ihm.

Und so war er gefesselt an seinen Sitz, genauso wie Pascal, der neben ihm saß, und Franziska und Pauline, die vor ihm saßen. Er konnte einfach nicht anders, als aus dem Fenster zu schauen. Für eine halbe Ewigkeit.

Im Angesicht des Todes

Es war mittlerweile schon stockfinstere Nacht und Tausende Sterne funkelten am schwarzen Himmel, als das Einhorn auf einer Pferdekuppel anhielt. Es wieherte leise, während es sich wieder hinkniete und Bärbel, Bartholomäus und Gerrit abstiegen. Dann richtete es sich wieder auf, schnaubte und wies mit einem Kopfnicken in den Himmel. Dort brauste in weiter Ferne ein kleines Flugzeug heran und sie verstanden sofort, dass das Einhorn ihnen mitteilen wollte, dass Adrian, Pascal, Franziska und Pauline darin saßen.

„Vielen Dank!", sagte Bärbel und strich dem Einhorn über die Mähne.

Das Einhorn wieherte noch einmal laut, dann drehte es sich um und galoppierte erhaben davon. Und schon nach wenigen Augenblicken war das wunderbare Geschöpf am Horizont verschwunden.

„Nun denn! Auf in den Kampf!", sagte Bartholomäus überzeugt, fasste Gerrit und Bärbel an die Schultern, murmelte: „Muorate Embrosa!", und schon verschwanden die drei in einer Rauchwolke.

„Überraschung!", rief Bartholomäus, noch während ihn der dunkle Rauch umgab, und er hörte, wie erschrockene Rufe laut wurden, Leute aufsprangen und hektisch hin und her liefen.

Währenddessen ließ Gerrit schon die Gaspistolen der

Agenten platzen, ohne dass er sie überhaupt sah. Die grüne Flüssigkeit spritzte den Männern auf die Anzüge und ins Gesicht, die Scherben schnitten ihnen die Wangen auf und das Amphibion drang in die Wunden ein.

Sofort spürte Gerrit, wie seine Gedanken zu Voodoopuppen wurden, mit denen er die Körper der Agenten bewegen konnte. Er zögerte keinen Moment und schickte die Männer augenblicklich ins Cockpit, wo sie die Piloten dazu bringen sollten, so schnell wie möglich zu landen.

Unterdessen hatte Bärbel sich auf Walther gestürzt, der daraufhin Franziska befahl, ihm Bärbel vom Hals zu halten. Franziskas ohnehin schon blauen Augen leuchteten noch blauer auf, als sie Bärbel mit ihren Wasserattacken angriff und diese hatte allerhand zu tun, um ihren Angriffen auszuweichen und gleichzeitig einen Zauber aufzubauen, der sie von dem Amphibion befreien sollte.

Auch Bartholomäus war damit beschäftigt, Pauline und Pascal, deren Augen ebenfalls komplett die Farbe ihrer Elemente angenommen hatten und die ihn unentwegt angriffen, von dem gefährlichen Gas zu befreien. Er baute einen Schutzschild um sich herum auf, den Pascals und Paulines Kräfte nicht zu durchbrechen vermochten. Das verschaffte ihm gerade genug Freiraum, die Unmengen an Konzentration und magischer Energie, die ein Zauber gegen das Amphibion benötigte, aufzubringen – die üblichen Wörter für die Grundzauber reichten hier nicht aus.

Gerrit hingegen wusste nicht, wie er Adrian von dem Amphibion hätte befreien können, wurde aber von diesem angegriffen. Adrian stürmte an Walthers Sessel vorbei auf ihn zu und hob seine brennende Faust.

Gerrit reagierte schnell und stoppte Adrian mit einer Druckwelle. Adrian ließ sich davon nicht beirren und griff sofort wieder an. Er schoss einen Feuerball auf Gerrit, der es nur mit Mühe schaffte, den Ball abzulenken.

Mit einem lauten Knall explodierte der Feuerball an der Flugzeugwand und riss ein riesiges Loch hinein. Das ganze Flugzeug erzitterte, alle Kämpfenden stürzten zu Boden, Sauerstoffmasken baumelten von der Decke und von irgendwoher ertönte ein warnendes Piepsen, das von dem heftigen Wind, der plötzlich durch die Kabine pustete, in alle Richtungen verstreut und von dem Heulen des Windes übertönt wurde.

Gerrit klammerte sich noch an einem der Sitze fest, aber Adrian wurde den Gang hinunter geschleudert und rutschte langsam über den Boden auf das Loch zu. Gerrits Herz begann zu rasen. Adrian würde gleich aus dem Flugzeug stürzen. Das konnte er doch nicht mit ansehen!

Also zögerte er nicht und ließ sich von dem Wind über den Boden zu Adrian schieben, den er schließlich am Arm zu fassen bekam. Gleichzeitig konnte er sich noch mit dem anderen Arm an einem der Sitze festhalten.

Adrian baumelte jetzt mit den Füßen aus dem Loch, aber das schien ihn nicht zu interessieren. Er starrte Gerrit unentwegt mit seinen roten Augen an und es lag so viel Hass in diesem Blick, dass Gerrit ihm den Hass fast wirklich geglaubt hätte, fast vergessen hätte, dass es Walther war, der Adrian lenkte. Trotzdem schrak er kurz zurück.

In diesem Moment kamen Feuerstrahlen aus Adrians Augen. Sie kamen so plötzlich, dass Gerrit fast keine Gelegenheit blieb, zu reagieren. Im letzten Moment gelang es ihm, die Strahlen mit seinen Gedanken ein paar Zentimeter vor seiner Brust aufzuhalten.

Doch sie ließen nicht nach. Sie drückten auf seine schützenden Gedanken, brannten sich in seinen Geist und kamen ihm immer näher.

Adrian kniff seine Augen zusammen und sammelte seine gesamte Kraft für den letzten, entscheidenden Stoß, der Gerrits Gedanken schließlich zurückdrängte. Die Strahlen trafen Gerrit an der rechten Schulter. Sie brannten Löcher in seinen Pullover, verbrannten seine Haut und bohrten sich in sein Fleisch.

Er schrie vor Schmerz laut auf und ließ Adrian los. Adrian grinste noch, dann war er schon aus dem Flugzeug gerissen worden und verschwunden.

„Adrian!", schrie Gerrit trotz des Schmerzes und plötzlich konnte er nicht anders ... seine Verzweiflung trieb ihn dazu.

Er rappelte sich auf und sprang Adrian hinterher.

Der Wind und der Druck schmissen Bartholomäus zu Boden und hielten ihn dort fest, aber sein Schutzwall blieb bestehen und auch seinen Zauber konnte er trotz der kurzen Unterbrechung weiterführen. Paulines und Pascals Angriffe prasselten weiter auf seine magische, geistige Wand ein, doch Bartholomäus hatte Kraft, die Kraft all seiner Freunde, die für den Frieden gestorben waren. Jetzt lag es an ihm, für diesen Frieden Walthers Pläne zu durchkreuzen, und so schaffte er es mit größter Konzentration schließlich, seinen Gegenzauber zu beenden und das Amphibion aus Pauline und Pascal zu vertreiben.

Danach ging alles Schlag auf Schlag. Pauline besänftigte den Wind in der Kabine und Pascal, kaum dass er sich wieder bewegen konnte, wie er es wollte, stürzte sich auf Walther, der dabei war, sich mit einem Fallschirm aus dem Staub zu machen.

„So kommst du uns nicht davon, Mistkerl!", schrie Pascal, riss Walther zu Boden und schlug auf ihn ein.

Währenddessen hatte Bärbel auch Franziska vom Amphibion befreit und zusammen stürmten sie ins Cockpit. Die Piloten waren damit beschäftigt, eine Notlandung vorzubereiten, und die Agenten standen regungslos hinter ihnen.

„Wo sind Gerrit und Adrian?", fragte Bartholomäus plötzlich und alle schauten sich um.

„Verdammt!", rief Bärbel und lief in die Kabine zurück. „Sie müssen aus dem Flugzeug gefallen sein!"

„Was?", riefen die anderen entsetzt.

In diesem Moment wurde das Flugzeug heftig durchgerüttelt, alle fielen hin und schrien auf und Franziska begann sogar zu weinen.

„Keine Sorge!", beruhigte Bartholomäus sie. „Ich bringe uns hier raus!" Er befahl ihnen, ihm ins Cockpit zu folgen und sich alle an die Hand zu fassen. Durch die Fenster vor den Piloten konnten sie eine hügelige Landschaft voller Wälder und Wiesen auf sich zukommen sehen. Schnell packte Bartholomäus den beiden Piloten auf die Schultern, Bärbel berührte die Agenten, Pascal hatte Walther im Polizeigriff und nahm noch Franziskas Hand und Franziska selbst fasste Bärbel und Bartholomäus an, um eine Verbindung zwischen allen aufzubauen, dann rief Bartholomäus, so laut er konnte: „Muorate Embrosa!"

Mit einem lauten Knall bildeten sich Unmengen an Qualm um sie herum und plötzlich fielen sie. Im nächsten Moment prallten sie auf einer Wiese auf und purzelten einen Abhang hinunter, bevor sie schließlich liegen blieben.

Franziska schaute auf und sah noch, wie das Flugzeug über dem Waldrand verschwand, bevor es in die Bäume stürzte und riesige Flammen und dicker schwarzer Qualm in den Himmel hinaufstiegen.

„Danke", sagte Franziska zu Bartholomäus und seufzte.

Gabriella hatte bestimmt zehn Minuten auf Mike eingeschlagen, bis er sich endlich ergab und versprach, das zu tun, was sie von ihm verlangte.

„Warum nicht gleich so?", murmelte sie, ließ Mike los und erhob sich.

Aber Leila blieb immer noch argwöhnisch hinter Mike stehen, bereit loszuspringen und sich wieder auf ihn zu werfen, wenn er auch nur eine falsche Bewegung machte.

„Da drüben in der Zelle ist auch noch einer gefangen!", verkündete Mike, um zu zeigen, dass er ihnen wirklich nichts Böses mehr wollte.

Bastian ging mit den Schlüsseln zu der letzten Tür auf dem Gang und schloss sie auf. In der hintersten Ecke des Verlieses kauerte ein abgemagerter Mann. Seine dünnen Haare hingen ihm fettig ins Gesicht, seine Augen waren tief in die Augenhöhlen zurückgesunken, seine einst prallen Wangen waren eingefallen und seine knochige rechte Hand umfasste das linke Handgelenk, von dem schlaff die Haut herunter hing.

Bastian rief Gabriella, Leila und Mike zu Hilfe und gemeinsam schafften sie den Mann aus dem Verlies in den Speisesaal, wo Leila und Bastian sich um ihn kümmerten und ihn mit Essen und Trinken versorgten, während Gabriella Dr. Gruber holte. Als sie mit ihm wiederkam, überließen Gabriella, Leila und Bastian den Mann dem Arzt und gingen in Gabriellas Büro, um dort in Ruhe alles Weitere besprechen zu können.

Doch kaum hatte Gabriella die Tür geschlossen, gab es einen lauten Knall und hinter ihrem Schreibtisch stieg eine dicke schwarze Rauchwolke auf. Der reglose, schlaffe Körper eines dicken Mannes in weißem Kittel und verschmutzter Schürze fiel zu Boden und ein dicker, schleimiger, grüner Wurm mit blauen Augen kroch aus dem Qualm hervor. Dann verschwand der dunkle Rauch langsam wieder und zum Vorschein kam ein Junge mit hässlich gelben Zähnen und abgewetzten, dreckigen Klamotten.

Bastian erkannte sofort, dass es Simon war. Seine Augen waren immer noch böse und gelb.

Es schien Adrian, als schwebte er in der Luft. Er sah nichts außer dem Nachthimmel und den funkelnden Sternen und konnte auch nicht seinen Kopf nach unten wenden, um die Erde auf sich zurasen zu sehen. Ihm blieb nicht mehr viel Zeit.

Aber was konnte er schon tun? Er konnte sich nicht bewegen und somit konnte er sich auch nicht mit einem Feuerstrahl oder einer Explosion abfangen. Er würde gnadenlos auf die Erde stürzen und sterben.

Plötzlich hörte er Schreie über sich. „Adrian! Adrian!" War das nicht Gerrits Stimme? Aber das konnte doch nicht sein!

In diesem Moment konnte er über sich einen kleinen, schwarzen Punkt erkennen. Jetzt gab es keinen Zweifel mehr: Das war Gerrit. Gerrit richtete seine kleinen Ärmchen in die Höhe und beschleunigte seinen Sturz noch mit ein paar Druckwellen.

„Was machst du da?", wollte Adrian schreien, aber seine Lippen bewegten sich nicht und aus seiner Kehle trat kein Laut.

Als könnte Gerrit seine Gedanken lesen, schrie er: „Ich werde dich retten!" Und mit jedem seiner Worte kam er Adrian ein Stück näher.

Nun erkannte Adrian auch, dass Gerrit sich selbst geheilt haben musste, denn seine Wunden waren verschwunden. Innerlich jubelte Adrian vor Glück. Gerrit hatte ihn nicht einfach sterben lassen, er war ihm hinterher gesprungen und war gekommen, um ihn zu retten. Doch wie sehr er sich auch freute, im nächsten Moment musste er mit ansehen, wie er sich im Flug aufrichtete und Gerrit mit Feuerstrahlen beschoss.

„Lass das!", schrie er sich selbst an, aber natürlich reagierte sein Körper nicht. Verzweifelt betete er, dass Gerrit seinen Angriffen ausweichen konnte, und Gerrit schaffte es tatsächlich. Da erhaschte Adrian einen Blick auf den Boden. Mit Entsetzen stellte er fest, dass er nicht mehr weit von ihm entfernt war, als Gerrit sich an seinem Rücken festklammerte. Er schrie etwas, das Adrian nicht verstand, und plötzlich stoppte der Fall. Mitten in der Luft hing Gerrit auf Adrians Rücken und jetzt schwebten sie wirklich.

Erleichtert atmete Adrian auf, aber sein Körper fand das nicht so toll. Ohne zu zögern, entflammte er sich und Gerrit ließ Adrian erschrocken los. Zwar schwebten die beiden noch übereinander, aber Gerrit musste sich jetzt vor dem Feuer schützen und konzentrierte sich nicht genug, um auch den anderen Zauber gleichzeitig aufrechtzuerhalten. Sofort stürzten er und Adrian wieder in die Tiefe.

Adrian entfernte sich zunehmend von Gerrit, doch mit einer Druckwelle war Gerrit wieder bei ihm.

„Ich lasse dich nicht sterben!", schrie Gerrit Adrian zu.

Adrians Körper wollte Gerrit mit einem weiteren Angriff beseitigen, aber Gerrit versuchte gar nicht, an Adrian heranzukommen. Stattdessen schoss er sich mit mehreren Druckwellen zum Boden, wo er sich mit einer weiteren Druckwelle abfing, bevor er unsanft auf einer kleinen Wiese an einem Waldrand aufschlug.

Ungeachtet der Schmerzen wälzte er sich herum, stoppte Adrians Sturz gerade noch rechtzeitig und ließ ihn dann langsam zu Boden sinken.

So dankbar wie in diesem Moment war Adrian Gerrit noch nie gewesen. Aber wie befürchtet nahm sein Körper dies nicht als Anlass, Gerrit in Ruhe zu lassen. Er richtete sich auf, schaute sich nach dem kleinen, schwarzhaarigen Jungen um und sprintete sofort auf ihn zu, als er ihn entdeckt hatte.

„Adrian?", fragte Gerrit unsicher, als er diesen heranstürmen sah.

Adrian sah den ängstlichen Ausdruck auf Gerrits Gesicht, sah in die tiefen, dunkelbraunen Augen des Jungen und sah die Zuneigung, die Gerrit für ihn hegte. Und trotzdem rannte er weiter auf ihn zu, hob seinen rechten Arm und schoss einen Feuerstrahl in Gerrits Richtung.

Gerrit, der den Feuerstrahl hatte kommen sehen, sprang ihm geschickt aus dem Weg, als auch schon der nächste angesaust kam. Wieder wich Gerrit ihm aus, doch Adrian schoss immer mehr Strahlen zu ihm. Wie ein Kaninchen sprang Gerrit hin und her, bis er es nicht mehr schaffte, sich rechtzeitig zu ducken.

Ein Feuerstrahl traf Gerrit mitten auf der Brust und die Explosion war so gewaltig, dass er glaubte, sie würde seinen ganzen Oberkörper zerfetzen. Gerrit wurde nach hinten geschleudert, überschlug sich mehrmals und schlug dann noch härter auf dem Boden auf als nach dem Sturz aus dem Flugzeug.

Adrian wurde von dem Feuerstrahl genauso getroffen wie Gerrit. Er spürte denselben Schmerz, schrie innerlich auf und heulte Tränen. Er hoffte inständig, dass Gerrit nichts passiert war, und verzweifelt versuchte er, seinen Körper dazu zu bringen, mit den Attacken aufzuhören und zu Gerrit zu rennen, ihn in den Arm zu nehmen und sich für alles zu entschuldigen.

Aber das tat er natürlich nicht. Stattdessen stieß er ein gehässiges Lachen in den Himmel. Langsam ging er über die Wiese, fast bis an den Waldrand, dorthin, wo Gerrit lag. Er beugte sich über ihn und schaute ihm ins Gesicht. Gerrits Kinn war verbrannt, seine Brust war ein einziges blutiges Schlachtfeld und die verkohlten Fetzen seines T-Shirts lagen darauf wie die Leichen gefallener Soldaten.

Bei diesem Anblick zerriss es Adrian förmlich. In seinem Körper breitete sich eine Wut aus, die er nie zuvor gekannt hatte, und einzelne Gliedmaßen begannen zu zucken. Trotzdem hob sich sein Arm. Seine Finger ballten sich zu einer Faust, die in einer kleinen, lodernden Flamme aufging.

Plötzlich begann Gerrit, zu sprechen: „Adrian! ... Ich weiß, ... dass du ... das nie tun würdest. ... Ich bin dir ... nicht böse, ... du ... kannst ja nichts dafür!" Gerrit röchelte und Blut lief ihm langsam aus dem Mundwinkel. „Ich ... hab dich lieb, ... auch wenn du ... mich tötest!"

Adrians Wut über sich selbst stieg ins Unermessliche. Er wollte Gerrit sagen, dass er ihn auch lieb hatte, er wollte ihn in die Arme schließen, aber stattdessen war er kurz davor, ihn zu töten.

Seine brennende Faust zitterte, aber sie bewegte sich nicht auf Gerrit zu. Adrian spürte, wie seine Wut seinen ganzen Körper erfüllte, wie seine Finger zu kribbeln begannen.

In diesem Moment schloss Gerrit die Augen. Adrian fuhr auf und schrie mit schmerzerfüllter Stimme in den Wald: „NEEEIIIN!"

Sein Schrei hallte noch mehrmals aus dem Wald wider, bevor er begriff, dass er es gewesen war, der da geschrien hatte. Er musste das Amphibion besiegt haben!

Ungläubig stand Adrian noch einen Moment lang unschlüssig da, dann ging er in die Knie und schloss Gerrit in die Arme.

„Gerrit!", schluchzte er haltlos. „Du darfst nicht tot sein!"

„Bin ich doch auch nicht!", entgegnete Gerrit mit leiser, brüchiger Stimme und aus seinen geschlossenen Augen flossen ein paar Tränen.

Die Macht der Einhörner

Adrian saß eine Weile einfach nur schluchzend auf der Wiese und hielt Gerrit erleichtert und überglücklich in seinen Armen. Aber dann ließ ihn ein helles Leuchten aufblicken. Es kam aus dem Wald und näherte sich. Schließlich trat es zwischen den Bäumen hervor und Adrian erkannte ein wunderschönes Einhorn, das auf ihn zu galoppierte.

Noch mehr Glück erfüllte sein Herz und er lächelte. Als das Einhorn neben ihm stehen blieb, erhob er sich und streichelte ihm liebevoll über die glatte Mähne.

Das Einhorn wieherte und senkte seinen Kopf zu Gerrit hinab. Als die Spitze seines gewundenen Horns Gerrits Wange berührte, begann dieser, erfüllt zu lächeln. Plötzlich fing die Spitze des Horns an zu leuchten und es schien Adrian, als würde Gerrits ganzer Körper bläulich-weiß erstrahlen.

Dann schlug Gerrit die Augen auf und das Einhorn hob wieder seinen Kopf. Gerrit schaute an sich herab. Er war vollkommen geheilt. Glücklich stand er auf und legte dankbar seine Arme um den schlanken Hals des Einhorns. Dieses schnaubte zufrieden und kniete sich vor ihnen nieder.

„Es will, dass wir aufsteigen!", bemerkte Gerrit und schwang sich auf den Rücken des leuchtenden Wesens.

Adrian folgte ihm und das Einhorn erhob sich. Mit einer unglaublichen Geschwindigkeit galoppierte es davon und Adrian war fasziniert.

„Wusstest du, dass Einhörner fast so schnell sind wie

der Schall?", fragte Gerrit Adrian und dieser schüttelte lächelnd den Kopf.

„Wisst ihr was?", fragte Bartholomäus plötzlich. Die anderen schauten ihn fragend an, also fuhr er fort: „Warum sollten wir noch länger hier im Nirgendwo herumsitzen? Ich zaubere uns einfach zurück zum AGS, dann können wir von dort aus Gerrit und Adrian suchen."

Eine Weile herrschte Stille, weil alle über Bartholomäus Vorschlag nachdachten. Dann erhob sich Bärbel. „Also gut!"

Alle anderen erhoben sich ebenfalls und legten ihre Hände auf Bartholomäus' Schultern, während Bartholomäus Walther anfasste, dann murmelte er etwas und schon waren sie von der Wiese verschwunden.

Innerhalb weniger Sekundenbruchteile gelangten sie in den kilometerweit entfernten Wald, in dem sich das AGS befand. Dort begannen sie, die Suche nach Adrian und Gerrit zu planen, als ein weißes Licht ihre Aufmerksamkeit beanspruchte.

Es kam immer näher und durch das Leuchten konnte man nicht genau erkennen, was es war, aber Bartholomäus wusste es trotzdem sofort: „Das ist das Einhorn!"

Die anderen stimmten ihm sofort zu: „Tatsächlich!"

„Er hat recht!"

„Jetzt sehe ich es auch."

Dann stand das Einhorn vor ihnen und auf ihm saßen Adrian und Gerrit. Gerrit strahlte bis über beide Ohren und Adrian sah auch glücklich aus.

„Gerrit, Adrian!", rief Bartholomäus erleichtert. „Was ist passiert?"

„Adrian ist aus dem Flugzeug gefallen, da bin ich ihm hinterher gesprungen!", begann Gerrit zu schildern, was passiert war. Er erzählte von dem kleinen Kampf in der

Luft, wie er Adrian ausgetrickst hatte, wie Adrian ihn mit den Feuerstrahlen niedergestreckt hatte und wie letztlich Adrians Wut das Amphibion besiegt und das Einhorn ihn geheilt hatte.

„Unglaublich!", murmelte Bartholomäus immer wieder. „Deine Kraft ist wirklich unermesslich."

Gerrit strahlte stolz und Adrian wuschelte ihm mindestens genauso stolz durch das schwarze Haar.

„Und wie kommen wir jetzt wieder ins AGS?", fragte Bärbel.

„Das haben wir gleich!", lachte Adrian und fing an, nach dem richtigen Ast an dem richtigen Baum zu suchen. Schließlich hatte er ihn gefunden, zog ihn herunter und die Erde unter ihnen begann zu beben. Kurz darauf ragte die Pyramide, die den Eingang zum AGS bildete, vor ihnen aus dem Boden.

Das Einhorn wieherte, als wollte es sich verabschieden, blieb aber noch und trappelte zu Bartholomäus, um sich vor diesem zu verneigen. Bartholomäus war wie vom Donner gerührt und strich dem Einhorn sanft über die Stirn, auf der das Horn saß.

Und plötzlich hatte er das Horn in der Hand. Der weiße, gewundene Gegenstand war einfach so abgefallen und Pauline und Franziska schrien erschrocken auf. Doch das Einhorn schien das nicht im Geringsten zu interessieren. Es schnaubte noch einmal zufrieden, drehte sich um und stolzierte dann gemächlich und erhaben davon.

Und Bartholomäus stand da mit dem Horn in der Hand und schaute dem einstigen vierhufigen Besitzer mit offenem Mund hinterher.

„Was war das denn?", wollte Franziska wissen.

„Hast du nicht zugehört, als wir in der Vergangenheit waren?", entgegnete Adrian, doch auch ihm war die Erinnerung an das Gespräch zwischen Bartholomäus und dem kleinen Mann auf dem Balkon in Urbs Regentis erst gerade eben wieder gekommen.

„Ach, ihr seid tatsächlich mit dem goldenen Medaillon gereist?", fragte Bartholomäus interessiert.

Adrian fasste sich automatisch an die Brust, aber zum Glück spürte er unter dem Stoff seines Pullovers ganz deutlich das Medaillon. Er hatte es also nicht verloren.

„Und wie hat es geklappt?", wollte Bartholomäus jetzt wissen.

„Wir wären zwar fast bei der Schlacht in Urbs Regentis draufgegangen, aber ansonsten lief alles perfekt", sagte Franziska ironisch.

Bartholomäus stutzte.

„Ja, und dass die ganze Reise ja im Prinzip umsonst war, macht ja auch nichts", redete Franziska weiter. „Schließlich haben Bastian, Leila, Gerrit und Bärbel ja zu Hause gute Arbeit geleistet, durch die wir uns unsere Reise eigentlich hätten ersparen können."

„Ich hab's verstanden!", fuhr Bartholomäus Franziska bedrückt an und sie hielt die Klappe.

„Was ist denn jetzt mit dem Einhorn?", wollte Gerrit endlich wissen. „Warum hat es einfach sein Horn verloren?"

„Weil das Horn die einzige Waffe ist, die Malumis etwas anhaben kann", antwortete Adrian. „Wenn man es durch sein Herz sticht, wird er an den Ort verbannt, der für ihn am grausamsten ist, und dort gefangen gehalten."

„Praktisch", sagte Gerrit lächelnd. „Und woher wusste das Einhorn das?"

„Einhörner sind sehr schlaue und hilfsbereite Tiere", antwortete jetzt Bartholomäus.

Gerrit nickte. „Aber das heißt doch, dass Malumis uns bald wieder angreifen wird." Die anderen schauten Gerrit stumm an und er erklärte: „Ich meine: Wenn das Einhorn uns sein Horn gibt, um Malumis damit zu verbannen, wird Malumis ja wohl nicht gerade im Urlaub sein."

„Stimmt!", rief Bartholomäus. „Wir sollten besser reingehen."

Keiner der anderen zögerte, ihm zu folgen – außer Walther, ihn musste Bärbel vor sich her schubsen –, und so standen sie kurz darauf in einem belebten Gang, von dem etliche Türen und Gänge abgingen.

„Wie sind wir noch mal vom Kerkergang hierhergekommen?", fragte Bartholomäus, ohne von irgendjemandem eine Antwort zu erwarten.

„Wir könnten jemanden fragen", schlug Gerrit vor, aber Bartholomäus schüttelte den Kopf.

„Ich werde versuchen, uns dorthin zu führen", meinte Bärbel, klang dabei aber nicht gerade überzeugt von sich selbst.

„Ich gehe währenddessen in Mikes Büro und in die Lagerräume, um das restliche Amphibion zu vernichten", sagte Adrian und verschwand in dem nächsten Gang, der nach links führte.

„Dann machen wir uns auch mal auf den Weg", meinte Bärbel und ging los. Die anderen folgten ihr, und nachdem eine freundliche Frau ihnen zu dem Aufzug geholfen hatte, kamen sie auch sehr schnell voran und standen schließlich vor den Schleusen, durch die man den Kerkergang erreichte.

Bärbel öffnete sie und nacheinander gingen sie alle hindurch. Doch als sie in den Kerkergang eintraten, erwartete sie ein riesiger Schrecken: Leila, Gabriella, Bastian und – zum Erstaunen aller – Wilhelm schwebten reglos unter der Decke, jeder in einer der vier Ecken, als hätte man sie an einem unsichtbaren Strick aufgehängt.

„Wilhelm!", schrie Bartholomäus aufgeregt. „Du lebst!"

Doch Wilhelm antwortete nicht. Seine Augen waren geschlossen, aber immerhin konnte man ein schwaches Atmen vernehmen.

Währenddessen kümmerten sich Bärbel, Pauline, Gerrit und Pascal um die anderen und versuchten mit allen Mitteln, sie aus der Luft zu holen, doch der Zauber, der sie dort oben hielt, war zu stark.

Und schließlich kam auch sein Urheber aus einem der Kerkerräume auf den Gang gekrochen: Es war der Teufelswurm und ihm folgte Simon, der immer noch von Malumis besessen war.

„Malumis", zischte Bartholomäus zornig.

„Ja", lachte Malumis und breitete die Arme aus, als ob er etwas präsentieren würde. „Das hättest du nicht gedacht, hm? Kommst hierher, hast gerade deine Freunde gerettet und dann dieses Schauspiel! Also mir gefällt es. Man sollte dem Autor einen Preis schenken, denn es gibt ja heutzutage solche Dinge wie Preisverleihungen. Alles Sachen, die ich wegen dir verpasst habe! Und nun bin ich hier, um mich dafür zu rächen." Malumis lachte gehässig und seine Augen blitzten mindestens genauso gehässig auf.

„Weißt du, während ich in dem Stein war ... es war übrigens sehr eng ...", ergriff Malumis erneut das Wort, doch Bartholomäus unterbrach ihn schroff: „Eng? Das glaube ich dir nicht! Schließlich war nur dein Geist, dein Verstand, deine innere Größe gefangen, also müsste der Stein für dich wie eine Villa gewesen sein."

Wenn die Situation nicht so ernst gewesen wäre, hätten die anderen bestimmt gelacht, aber so starrten sie alle mit unbewegten Mienen zu Malumis hinüber und warteten darauf, wie er wohl reagieren würde.

Zu aller Überraschung schmunzelte er bei dieser Bemerkung. „Du warst schon immer gut darin, dich um Kämpfe herumzureden."

„Und du warst immer gut darin, auf feige Art die anderen vorzuschicken!", entgegnete Bartholomäus. „Was ist? Traust du dich endlich mal, richtig gegen mich alleine zu kämpfen?"

„Falls du das verdrängt hast: Wir haben schon einmal gegeneinander gekämpft. In der großen Schlacht", rief Malumis Bartholomäus die Szenen von der Schlacht in seiner Burg in Erinnerung.

Auch Pauline, Franziska und Pascal wussten sofort, was Malumis gemeint hatte: In der Schlacht hatten sich Malumis und Bartholomäus kurz gegenübergestanden und bekämpft.

„Du hast versucht, mich in einen Hinterhalt zu locken, und bist dann feige abgehauen", fuhr Malumis fort. „Und jetzt fragst du mich, ob ich mich traue, alleine gegen dich zu kämpfen?" Malumis lachte.

Bartholomäus' Augen funkelten zornig und er knirschte mit den Zähnen. „Was ist denn jetzt? Fängst du etwa an, dich auch mal um einen Kampf herumzureden?"

„So feige bin ich nicht!", entgegnete Malumis schnippisch. „Allerdings habe ich noch ein paar Trümpfe in der Hand", sagte er nach einer kurzen Pause und wies mit einer Handbewegung auf die vier Personen, die in der Luft hingen. „Schließlich hat mein kleiner Teufelswurm sie dort nicht umsonst aufgehängt."

„Lass sie frei!", forderte Bartholomäus.

„Freilassen? Wieso sollte ich?", entgegnete Malumis. „Sie machen das Spiel doch nur interessanter."

„Er hat Angst, dass er ganz alleine gegen Bartholomäus, ohne irgendwelche Tricks, verlieren könnte!", flüsterte Franziska Pauline erstaunt zu und diese nickte.

„Ich werde dir die Spielregeln erklären", kündigte Malumis an. Dann erklärte er: „Wir kämpfen ganz normal gegeneinander. Aber währenddessen musst du versuchen, deine Freunde zu befreien, denn wenn du sie noch nicht befreit hast und du mich verletzen solltest, werde ich jedes Mal einen von ihnen töten. Und das immer so weiter, bis sie alle tot sind ... auch die anderen und du!"

„Du Mistkerl!", zischte Bartholomäus.

„Jetzt bleib bitte auf meinem Niveau!" Ein spielerisches Lächeln zuckte um Malumis' Mundwinkel und seine Augen leuchteten bösartig auf.

„Ja, so eine Beleidigung wäre echt zu hoch für dich!", konterte Bartholomäus.

Da riss Malumis der Geduldsfaden und er brüllte: „Können wir jetzt diese ewigen, albernen Wortspiele lassen und kämpfen wie Männer?"

„Nur weil Bartholomäus darin besser ist", murmelte Pascal.

„Ich finde zwar nicht, dass ein Kampf etwas Männliches an sich hat – männlich wäre es, die Sache auf friedliche Art und Weise zu lösen –, aber ich sehe leider keinen anderen Ausweg."

Bartholomäus begann, sich seiner Sachen zu entledigen, die ihn im Kampf stören könnten. Er reichte sie Pascal und murmelte dabei den anderen zu: „Ich will nicht, dass irgendeiner von euch in den Kampf eingreift, auch wenn Malumis kurz davor ist, mich zu töten. Ich muss diesen Kampf alleine gewinnen, sonst wird mir Malumis keine Ruhe lassen. Und erst falls Malumis mich töten sollte", Bartholomäus holte das magische Horn vorsichtig unter seinem karierten Hemd hervor und reichte es Pauline, sodass Malumis es nicht sehen konnte, „dann zögert keinen Moment, ihn an den Ort zu verbannen, wo er hingehört."

Alle nickten und Bartholomäus drehte sich um. Langsam schritt er auf Malumis zu.

Plötzlich erschien in seiner Hand ein silbernes, zweischneidiges Schwert. Es war gut einen Meter lang, glänzte im Licht und hatte einen golden lackierten Handgriff und eine mit roten Diamanten besetzte Parierstange. In Malumis' Hand war ebenfalls eine Waffe aufgetaucht: ein schwerer, schwarzer Morgenstern.

„Warum benutzen sie denn plötzlich Waffen?", fragte Gerrit Bärbel.

„Du wirst es nicht glauben, aber die meisten Magier sind durch Messerstiche oder Schwerthiebe ums Leben gekommen – und das ohne Einbezug der Opfer von der großen Schlacht!", antwortete Bärbel. „Denn reale Waffen, die echt existieren, sind viel schwerer abzuwehren als magische Angriffe, die nur auf Gedanken und magischer Kraft beruhen, auch wenn du die Angriffe mit Magie abwehrst."

Gerrit nickte und verfolgte ängstlich, wie Bartholomäus und Malumis sich mit ihren Waffen voreinander aufbauten. Bartholomäus hob langsam sein Schwert und Malumis grinste noch ein letztes Mal, dann schleuderte er seinen Morgenstern herum und attackierte Bartholomäus. Dieser parierte den Angriff gekonnt und danach schien es so, als würde Bartholomäus die Oberhand gewinnen.

Malumis schaffte es nicht, seinen Morgenstern nach Bartholomäus zu schleudern und ihn sofort wieder zurückzuziehen, um damit Bartholomäus' Schwerthiebe abzuwehren. So kam Bartholomäus immer öfter zum Angriff und schaffte es mehrmals, Malumis fast zu treffen.

Währenddessen arbeitete er an einem Zauberspruch, mit dem er Gabriella, Leila, Wilhelm und Bastian befreien konnte. Aber es gelang ihm nur mühselig, da er sich gleichzeitig auf den Kampf und auf den richtigen Gegenzauber konzentrieren musste.

Schließlich fiel Bastian zu Boden. Er schrie auf und hustete, doch dann rappelte er sich hektisch auf und schaute sich verwirrt um. Er war frei.

„Bastian!", rief Franziska und er lief zu ihr. Sie fragte ihn, ob es ihm gut ging, und als er bejahte, erklärte sie ihm in knappen Sätzen die Situation. Bastian nickte, drehte sich um und schaute zu Bartholomäus und Malumis.

Malumis war zunehmend wütender und nervöser geworden. Dadurch machte er immer wieder Fehler, die Bartholomäus bis jetzt allerdings noch nicht hatte ausnutzen können. Das machte Malumis nur noch zorniger und schließlich reichte es ihm. Ohne Vorwarnung schoss ein Blitz aus der Decke und traf Wilhelm.

Bartholomäus war sofort abgelenkt und Malumis schleuderte ihm den Morgenstern entgegen. Bartholomäus schaffte es nur noch, seinen Arm schützend zu heben, dann traf ihn die schwere eiserne Kugel mit all ihren Stacheln.

Die Wucht der Waffe warf Bartholomäus zu Boden. Er schrie auf und wälzte sich auf dem Boden herum. Sein ganzer Unterarm war vollkommen zertrümmert.

„Bartholomäus!", rief Bärbel entsetzt und eilte zu ihm. Sie kniete sich neben ihn, untersuchte seine Verletzung und in Windeseile hatte sie seinen Unterarm wieder halbwegs repariert. Trotzdem verzog Bartholomäus weiterhin vor Schmerz das Gesicht.

Pauline wandte sich jetzt an Malumis, der immerhin im Kämpfen innegehalten hatte. „Du hast die Spielregeln gebrochen!", schrie sie ihn an.

„Sagt wer?", fragte Malumis teilnahmslos.

„Na, ich!"

Malumis lachte auf. „Und wer bist du?"

„Pauline", antwortete Pauline ruhig. „Pauline Marons, Hüterin des Gleichgewichts."

Malumis lachte noch lauter. „Bartholomäus und seine Hüter! Ihr seid so armselig!"

„Hüterin der Luft", fuhr Pauline unbekümmert fort, dann wehte plötzlich ein heftiger Wind durch den Kerkergang, der kräftig und spitz in Malumis' Augen stach.

Malumis schrie auf, schlug sich die Hände vor die Augen und krümmte sich vor Schmerz, da schlug Pauline mit der Faust zu. Sie traf Malumis im Nacken und er fiel zu Boden. Langsam hob sie das magische Horn zum letzten entscheidenden Stoß.

Doch plötzlich schossen wieder Blitze aus der Decke und trafen Gabriella, Leila und Wilhelm.

„Aufhören!", schrie Pauline erschrocken.

„Weil Pauline Marons, die Hüterin der Luft, das sagt?", fragte Malumis leise und lachte keckernd.

„Genau deswegen", antwortete Pauline leise und plötzlich stach sie mit dem Horn zu.

Malumis sah die Attacke kommen und fing ihren Arm am Handgelenk auf. Zitternd blieb die Spitze des Horns kurz vor Malumis' Brust stehen.

Mit einem Mal explodierte ein gewaltiges blitzendes Gewitter zwischen den beiden und Pauline wurde zurückgeschleudert. Bärbel und Franziska kreischten und Pascal und Bastian schrien auf. Einer nach dem anderen eilten sie zu Pauline hin. Bis auf ein paar Kratzer und Prellungen ging es ihr jedoch gut.

Währenddessen hatte Bartholomäus Gabriella von ihrem Zauber befreit und Malumis war aufgesprungen und hatte einen Blitzhagel auf Bartholomäus niederprasseln lassen, den dieser nur schwer hatte parieren können, zumal er immer noch Probleme mit seinem Unterarm hatte.

Franziska hatte Gabriella nun genauso geholfen, wie sie auch schon Bastian geholfen hatte. Gabriella wandte sich ebenfalls nach dem kurzen Gespräch Malumis und Bartholomäus zu.

„Du hast die Spielregeln gebrochen!", sagte Bartholomäus in einer kleinen Kampfpause.

Malumis grinste schief. „Das sind nun mal meine Regeln: Besiege die anderen, indem du sie überlistest."

„Was für eine Weisheit!", meinte Bartholomäus ironisch.

„Gehen jetzt die Wortspiele wieder los?"

Bartholomäus zuckte die Schultern. „Da gäbe es wenigstens keine Regeln, die du brechen könntest!"

Und ohne Vorwarnung ging Bartholomäus plötzlich wieder auf Malumis los. Dieser wich erschrocken vor den Schwerthieben zurück, ließ jetzt aber immer wieder, während er sich verteidigte, Blitze auf seinen Gegner niedersausen, die dieser mit Magie abwehren musste. So schaffte er es nicht mehr, Wilhelm und Leila zu befreien.

Schließlich nutzte Bartholomäus seine Magie auch zum Angreifen. Er löste eine Druckwelle aus, die Malumis gegen die Rückwand des Gangs schleuderte. Malumis verzog das Gesicht und schoss als Antwort gleich mehrere Blitze zu Bartholomäus. Er wich ihnen aus und begann damit, Leila von dem Zauber zu befreien.

Leila atmete plötzlich heftig ein und fiel genau wie die anderen zu Boden, als Malumis unerwartet aufsprang und sich auf Bartholomäus warf. Die beiden wälzten sich herum und Malumis schlug Bartholomäus mehrmals ins Gesicht, bis dieser ihn mit einer Druckwelle an die Decke drückte.

Aber Malumis grinste an der Decke nur. „Mit deinen albernen Druckwellen kannst du mir nichts anhaben! Sie schieben mich nur herum", meinte er spöttisch.

„Ach, ja?", entgegnete Bartholomäus und drückte Malumis seine Hände krampfhaft entgegen, um den Druck zu erhöhen.

Malumis' Gesicht lief rot an, seine Augen quollen hervor und er begann zu husten, als er zwischen der Druckwelle und der Decke eingequetscht wurde. Schnell schoss er wieder mit ein paar Blitzen auf Bartholomäus, sodass dieser sich herumwälzen musste. Malumis fiel jäh zu Boden und bekam wieder Luft.

Dann ging der Kampf weiter. Malumis und Bartholomäus nahmen beide wieder ihre Waffen auf und gingen damit aufeinander los. Malumis schleuderte den Morgenstern auf Bartholomäus' Kopf zu, der duckte sich darunter hinweg und trat dem bösen Zauberer in den Magen.

Malumis ging zu Boden und Bartholomäus hob sein Schwert mit beiden Händen. Es sauste auf Malumis herab, doch dieser ließ sich rechtzeitig zur Seite kippen und zog Bartholomäus die Beine weg. So schnell sie konnten, rappelten sich beide wieder auf, nur um kurz darauf erneut den anderen zu Boden zu strecken oder um selbst zu Fall gebracht zu werden.

„Komm schon!", feuerte Bärbel Bartholomäus leise an, dessen Unterarm ihm langsam wieder zu schaffen machte. Seine Bewegungen wurden zunehmend langsamer, Malumis kam immer mehr zum Zuge und Bartholomäus' Gesichtsausdruck wurde immer gequälter.

Und obwohl sich das Blatt immer mehr zum Schlechten wendete, wagte es keiner der anderen einzugreifen. Ängstlich zitternd mussten sie ein um das andere Mal mit ansehen, wie Bartholomäus um ein Haar von Malumis' Waffe getroffen wurde.

Und schließlich war es so weit: Der Morgenstern traf erneut Bartholomäus' Unterarm. Er schrie auf und ging zu Boden. Wie in Zeitlupe fiel sein Schwert klirrend auf die Fliesen. Niemand regte sich.

Plötzlich sauste der Morgenstern erneut auf Bartholomäus herab, doch er konnte sich noch rechtzeitig herumwälzen. Mit einem lauten Krachen zertrümmerte die eiserne Kugel die Fliesen neben Bartholomäus und Malumis zog seine Waffe wieder hoch. Noch einmal schleuderte er sie auf seinen Gegner nieder, der ihr nur knapp entkam.

Dann konnte Bartholomäus nicht mehr ausweichen. Er lag auf dem Rücken und der Morgenstern kam auf ihn zugerast. Nur mit einer Druckwelle schaffte er es, die stachelige Kugel aufzuhalten. Sie blieb in der Luft stehen, hatte aber ihre Kraft nicht verloren. Zitternd drückte sie gegen Bartholomäus' Druckwelle und kam seinem Kopf näher und näher.

In diesem Moment kam Adrian durch die Schleusen. Er sah nur, wie der Morgenstern kurz vor Bartholomäus' Gesicht schwebte und alle anderen reglos danebenstanden und zuschauten.

Es dauerte einen Augenblick, bis Adrian verstand, was hier los war. Aber dann wurde ihm sofort klar, dass der Morgenstern jeden Moment in Bartholomäus' Gesicht einschlagen konnte. Ohne zu zögern, rannte er los, riss Pauline das Horn aus der Hand, sprang zu Malumis und stieß es ihm in den Rücken – mitten durch sein schwarzes Herz.

Ende und Anfang

Für einen Augenblick herrschte Stille bis auf das Klirren des Morgensterns, der aus Malumis' Hand rutschte und zu Boden fiel.

Dann begann das Horn zu leuchten und Malumis schrie auf. Er streckte seine Arme von sich, während sich das weiße Leuchten von der Stelle aus, in der das Horn steckte, über seinen ganzen Körper verbreitete. Plötzlich schossen Tausende Blitze daraus hervor und schlugen in den Boden ein, wo sie, ohne einen weiteren Schaden zu hinterlassen, verschwanden.

Das Leuchten erlosch, Simon sackte in sich zusammen und fiel auf Bartholomäus. Dieser schob ihn nur von sich herunter, rappelte sich auf, betrachtete seinen Unterarm und rauschte dann mit wütendem, Schmerz verzerrtem Gesicht an den anderen vorbei und verschwand durch die Schleusen, durch die jetzt auch andere Leute vom AGS hereinströmten. Der Lärm musste sie angelockt haben.

Pauline beugte sich zu Simon hinunter und zog das Horn aus seinem Rücken. Die Wunde verheilte sofort von selbst und das Horn hörte wieder auf zu leuchten.

Bärbel kümmerte sich um Wilhelm, der immer noch bewusstlos war und auf dem Boden lag. Der Teufelswurm hatte seinen Zauber aufgelöst und war abgehauen. Mit ein paar Zaubern gelang es Bärbel, Wilhelm zu heilen, und erleichtert half sie ihm auf die Beine.

Im selben Moment öffnete Simon die Augen und setzte sich auf. Er atmete keuchend und schnell und in seinen hektischen, umherschweifenden Blicken lagen blankes Entsetzen und riesige Angst.

„Es ist alles gut!", redete Pauline ihm gut zu, aber er bemerkte es gar nicht.

Er stotterte nur verwirrt vor sich hin: „Ich habe all diese Menschen verletzt. Ich wollte das nicht. Aber mein Körper hat mir nicht mehr gehorcht."

Pauline und Adrian tauschten ein paar Blicke, dann sagte Adrian: „Das warst nicht du. Ein böser Zauberer hat Besitz von deinem Körper ergriffen."

„Zauberer?", fragte Simon ungläubig und starrte Adrian an. „Du spinnst!"

„Wie erklärst du dir dann die Blitze und, dass Leila, Gabriella, Bastian und Wilhelm geschwebt sind?", entgegnete Adrian.

Simon schien darüber nachzudenken, schüttelte aber weiterhin ungläubig den Kopf.

„Aber sag mal, warum warst du überhaupt in Ammergau, als ... es angefangen hat, dass du deinen Körper nicht mehr beherrschen konntest?", wollte Adrian wissen.

„Ich ...", stammelte Simon. „Ich wohne dort bei meiner Mutter. Ich war gerade mit der Beute, die ich bei Kevin und Jonas gemacht hatte, auf dem Weg zu ihr. Weißt du, sie ist es, die mich dazu zwingt, euch zu terrorisieren und zu beklauen! Es tut mir so leid!"

Adrian traute seinen Ohren nicht. Simon entschuldigte sich bei ihm für alles, was er ihm je angetan hatte!

„Was meinst du, warum Malumis in seinem Körper geblieben ist und sich nicht den Körper vom Hüter des Blitzes geliehen hat?", fragte Pauline Franziska, doch die zuckte die Schultern.

„Er hat ihn nicht gefunden", antwortete dafür Bärbel, die jetzt mit Wilhelm hinter ihnen auftauchte. „Vor vielen

Jahren habe ich der damaligen Generation des Hüters des Blitzes eine neue Identität gegeben, damit niemand sie finden und töten oder missbrauchen kann – egal, warum. Das war auch der Grund, warum Bartholomäus und ich uns gestritten haben. Er wollte die Hüter des Blitzes auslöschen."

„Es gibt mehrere Hüter des Blitzes?", fragte Franziska verwundert und Bärbel nickte.

Plötzlich brach Tumult in dem Gang aus. Immer mehr Leute fanden sich dort ein und langsam erkannte man auch, dass das Kerkerräume waren. Alle redeten laut durcheinander und mit einem Mal schrie Leila: „Hey! Stehen geblieben!"

Walther hatte versucht, in der Menge zu verschwinden, aber Leila hatte es zum Glück rechtzeitig bemerkt und ihn aufgehalten.

„Was ist denn hier überhaupt los?", brüllte auch noch ein Mann aus den hinteren Reihen und drängelte sich nach vorne durch. Es war der fiese Mann, den Adrian vor Leilas Verurteilung im Aufzug gesehen hatte. Als er Leila und Adrian erblickte und bemerkte, dass Leila Walther festhielt, lief er rot an und schrie erneut auf: „Haben wir euch also endlich gefunden? Und was macht ihr? Prügelt auf unserem Chef herum, oder was? Das ist ja wohl die Höhe! Man sollte euch beide sofort hier umlegen!"

„Immer mit der Ruhe!", entgegnete Adrian laut, sodass ihn alle hören konnten. „Leila hat recht gehabt. Jemand hat versucht, die Hüter des Gleichgewichts zu benutzen, um die Regierung zu stürzen. Aber es war nicht Gabriella ... es war Walther! Und wenn Gerrit nicht gewesen wäre", Adrian zeigte auf Gerrit, „hätte er es auch geschafft."

„Das ist doch lächerlich!", schrie der Mann verärgert, wurde dabei noch roter und spuckte beim Sprechen in die Luft.

„Nein, ist es nicht!", mischte sich Gabriella ein. „Die beiden haben die ganze Zeit recht gehabt. Und, Adrian und Leila, ich muss mich bei euch entschuldigen, dass ich euch nicht geglaubt habe."

Adrian grinste und rief: „Tut mir leid, meine Damen und Herren, aber Sie werden alle bald keine Arbeit mehr haben!"

Wenig später saßen die vier Hüter des Gleichgewichts mit Leila, Bastian, Gerrit und auch Simon an einem Tisch im Speisesaal des AGS und schlangen tellerweise alles Essen herunter, was ihnen die Küche vorsetzte. Gabriella hatte es arrangiert, dass sie so viel essen konnten, wie sie wollten.

Gerade kam sie selber mit einem Teller Suppe von der Ausgabe und setzte sich zu ihnen. „Na, schmeckt es?"

Alle nickten.

„Wo ist eigentlich Bartholomäus?", fragte Adrian.

Gabriella zuckte mit den Schultern. „Ich weiß es nicht. Aber Bärbel und Wilhelm sind bei ihm."

„Warum war er eben so wütend?", fragte Adrian weiter. „Schließlich habe ich ihm doch das Leben gerettet!"

Franziska legte ihre Gabel beiseite und antwortete: „Er hat uns vor dem Kampf ausdrücklich erklärt, dass wir nicht in den Kampf eingreifen sollten, auch wenn Malumis kurz davor wäre, ihn zu töten. Er meinte, er müsste alleine gegen ihn gewinnen. Aber du hast in den Kampf eingegriffen."

„Zum Glück!", setzte Gabriella hinzu.

Adrian brachte nur ein leises „Oh!" hervor.

„Aber ich verstehe Bartholomäus nicht", meinte Gerrit. „Malumis hat doch auch unfair gekämpft."

Gabriella nickte. „Malumis hatte aber auch ein schwarzes Herz. Bartholomäus nicht. Für ihn ist es nicht richtig, auf unfaire Weise zu gewinnen."

„Aber dann hat er doch in einem Kampf gegen einen

bösen Zauberer immer einen Nachteil!", stellte Gerrit verwundert fest. „Das ist doch blöd für ihn!"

„Dafür fühlt er sich hinterher noch besser, wenn er gewinnt", sagte Gabriella.

„Und wenn sein Gegner noch unfairer wird? Dann verliert er und stirbt", konterte Gerrit.

Gabriella seufzte und gab es auf, mit Gerrit darüber zu diskutieren. Außerdem wurde sie von Leila gefragt, ob es das AGS nun wirklich gab oder nicht. „Meine Tante hatte ja bei ihren Nachforschungen nicht ein Indiz dafür gefunden, dass es das AGS gibt", erklärte Leila.

Gabriella lachte. „Das AGS gibt es schon. Es weiß nur wirklich niemand davon. Lediglich unser Staatspräsident und der Innenminister. Mit dem habe ich vorhin auch schon telefoniert. Er wird das AGS nach den Vorfällen wohl schließen lassen."

Leila nickte.

Da betraten Bartholomäus, Bärbel und Wilhelm den Speisesaal und gingen zu der Essensausgabe. Adrian stand auf und die anderen verfolgten gespannt, wie er Bartholomäus, der auf dem Weg zu einem anderen Tisch war, abfing und sich entschuldigte.

„Das muss dir nicht leidtun", entgegnete Bartholomäus. „Du hast das einzig Richtige getan. Wenn ich in einen Gang gekommen wäre und nur gesehen hätte, wie ein Freund kurz vor dem Tode steht, hätte ich genauso gehandelt wie du. Ich bin nur sauer auf mich selber. Dass ich es nicht geschafft habe, Malumis zu besiegen ..."

„Falls es stimmt, was die anderen mir von dem Kampf erzählt haben, hat Malumis doch aber unfair gekämpft!", versuchte Adrian, ihn zu trösten. „Du musstest gleichzeitig kämpfen und die anderen von dem Zauber befreien und Malumis hat auch noch die Spielregeln gebrochen. Da hätte so ziemlich jeder alt ausgesehen."

Adrian grinste schief und Bartholomäus lächelte. „Wahrscheinlich hast du recht."

„Dann kommt ihr auch an unseren Tisch?", fragte Adrian freudig.

Bartholomäus nickte. Bevor die beiden allerdings zu den anderen gingen, fragte Adrian Bartholomäus noch, ob er wusste, wo Malumis nun gefangen war. Doch Bartholomäus schüttelte den Kopf.

„Das braucht dich aber auch nicht zu interessieren", fügte er dann noch mit einem Augenzwinkern hinzu. „Du und die anderen Hüter des Gleichgewichts, ihr habt eure Aufgabe erfüllt und wirklich einen guten Job gemacht. Herauszufinden, wo Malumis nun gefangen ist, und darauf zu achten, dass er nicht noch einmal aus seinem Gefängnis ausbricht, das ist nun meine Aufgabe."

„Also glaubst du, dass er zurückkommen könnte?", schlussfolgerte Adrian und runzelte sorgenvoll die Stirn.

Bartholomäus zuckte mit den Schultern, aber dann lächelte er und zog Adrian mit sich zu den anderen. „Möglich wäre das natürlich. Aber dieses Mal wären wir gewarnt."

Adrian träumte gerade, wie er mit Bastian, Gerrit, Franziska, Pascal und Leila in einem schönen, klaren, hellblauen See schwimmen ging, als Gerrit auf ihn sprang.

„Aufstehen!", brüllte er laut und hüpfte solange lachend auf Adrian herum, bis dieser stöhnte: „Ich stehe ja schon auf!"

Gerrit ließ von ihm ab und rannte aus dem Zimmer. Adrian erhob sich, zog sich eine Jogginghose und einen Kapuzenpulli über und öffnete das Rollo vor seinem Fenster. Die Sonne strahlte herein und erhellte den Kleiderschrank, den Schreibtisch, das Bett, den Teppich, die Musikanlage und den Fernseher auf dem Regal.

Nachdem sie Malumis vertrieben hatten, war das AGS

tatsächlich vom Staat geschlossen worden, nur die Abteilung zum Schutz sonderbarer Tiere war erhalten worden. Die Angestellten waren alle großzügig vom Staat entschädigt worden.

Gabriella war in eine kleine Villa in Ammergau gezogen und hatte Gerrit, Bastian und Adrian bei sich aufgenommen. Ihre Abfindung war so groß gewesen, dass sie sich das Haus und die Einrichtung locker hatte leisten können und dass sie nicht mehr arbeiten gehen musste, wenn sie das Geld nur richtig auf der Bank anlegte.

Seitdem waren zwei Monate vergangen. Gerrit ging wieder ganz normal zur Schule, aber Bastian und Adrian bekamen noch Privatunterricht, um den ganzen Stoff nachzuholen, den sie nie gelernt hatten.

Franziska und Pascal lebten immer noch bei Bartholomäus, zeigten sich jetzt aber öfter. Pauline hatte eine Wohnung in Ressteinburg gemietet und Leila wohnte jetzt bei ihrer Tante in Hüttorf, einem kleinen Vorort von Ressteinburg. Sie alle trafen sich immer noch regelmäßig und hatten viel Spaß zusammen.

Malumis oder den Teufelswurm hatten sie aber zum Glück seitdem nie wieder zu Gesicht bekommen.

Adrian seufzte und wandte sich von dem Fenster ab. Sein Leben hatte sich so sehr verändert, seit er erfahren hatte, dass er ein Hüter des Gleichgewichts war, dass es ihm vorkam, als wäre das letzte halbe Jahr so lang gewesen wie sein ganzes vorheriges Leben. Gedankenverloren strich er über die Narbe an seinem Hals und fühlte dabei deutlich die Form der Flamme. All die Jahre hatte er die Narbe mit sich herumgetragen, ohne auch nur den blassesten Schimmer davon zu haben, für welch enorme Kräfte sie stand. Und nun hatte sie ihm so eine aufregende Zeit beschert.

„Komm endlich!", rief Gerrit von der Treppe aus und Adrian wollte gerade nach unten gehen, als sein Blick auf das goldene Medaillon fiel, das er über seine Nachttischlampe gehängt hatte. Ein paar Mal hatte er mit dem Gedanken gespielt, es zu benutzen, um seine Eltern kennenzulernen. Er war nicht einmal zwei Jahre alt gewesen, als sie ihn ins Kinderheim gegeben hatten, und er erinnerte sich kaum an sie. Doch je öfter er darüber nachgedacht hatte, desto irrsinniger hatte er die Idee gefunden. Seine Eltern brauchte er nicht mehr. Er hatte jetzt eine Familie und er war glücklich. Er würde das Medaillon wohl doch bald zurück in den dunklen Tunnel bringen und es wieder in dem kleinen Geheimversteck verstauen.

Nun hörte er jedoch endgültig auf, in alten Erinnerungen zu schwelgen oder über irgendetwas nachzudenken. Er ging aus dem Zimmer und lief über den Gang, auf dem auch noch Bastians, Gerrits und Gabriellas Zimmer und ein großes Badezimmer lagen, bis zur Treppe. Er ging hinunter und trat durch die erste Tür rechts in die Küche ein.

„Überraschung!"

Vor ihm standen Bartholomäus, Bärbel, Wilhelm, Gabriella, Pauline, Franziska, Leila, Pascal, Bastian und Gerrit – einfach alle – und grinsten ihn an. Ein paar bunte Girlanden hingen unter der Decke und auf dem Küchentisch lag ein gutes Dutzend Geschenke. In der Mitte thronte die größte und tollste Torte, die Adrian je gesehen hatte und auf der fünfzehn brennende Kerzen steckten.

Adrians Freunde begannen jetzt total schief „Happy Birthday" zu singen und Adrian war rundum glücklich. Er grinste breit und konnte gar nicht genug kriegen von dem tollen Anblick.

„Jetzt musst du alle Kerzen auf einmal ausblasen!", rief Franziska.

„Ja, und du musst dir etwas wünschen!", fügte Leila hinzu. Ihr Lächeln war schöner als das aller anderen und erfreute Adrian am meisten.

Er lächelte zurück, trat näher an die Torte heran und blies so fest er konnte. Dabei dachte er sich: „Ich wünsche mir, dass alles so bleibt, wie es ist."

Und als er merkte, dass nicht alle Kerzen ausgehen würden, half er ein wenig mit seinen Kräften nach ...

Der Autor

Florian Hück wurde 1993 in Düsseldorf geboren und besucht zurzeit die 13. Klasse des Erzb. Suitbertus-Gymnasiums in Düsseldorf-Kaiserswerth.

2009 veröffentlichte er seinen ersten Roman *Alles ganz normal*. Seine Freizeit verbringt Florian neben dem Schreiben mit Judo als Kämpfer und Trainer für Kinder und mit der Jugendarbeit in der katholischen Kirche. Außerdem besucht er gerne die Spiele seiner Lieblingsfußballmannschaft Fortuna Düsseldorf.

Papierfresserchens MTM-Verlag
Die Bücher mit dem Drachen

Eva Reichl
Cyberworld – Thomas und Online in der Verbotenen Zone
Taschenbuch
ISBN: 978-3-86196-133-8, 12,90 Euro

Thomas, ein schüchterner, zwölfjähriger Junge, zieht nach dem Tod seines Vaters mit der Mutter aufs Land, wo er keine Freunde hat. Deshalb verbringt er viel Zeit mit seinem Computer. Eines Tages geschieht etwas Seltsames. Im Inneren des Computers sitzt ein virtuelles Mädchen – Online – fest, weil Thomas die Verbindung zum Internet getrennt hat. Er freundet sich mit Online an, und sie zeigt ihm, wie er zu ihr ins weltweite Netz gelangen kann. Doch dann breitet sich plötzlich ein Virus aus ...

Nina Maruhn
Die Chroniken von Tydia – Weltenreiter
Taschenbuch
ISBN: 978-3-86196-058-4, 13,70 Euro

Als die fünfzehnjährige Kim erfährt, dass sie zur Weltenreiterin erwählt wurde, ist ihr noch nicht klar, wie sehr das ihr Leben verändern wird. Auf dem Rücken eines Zuhurs – dem einzigen Wesen, mit dem man durch Welten reisen kann – kommt sie in die Parallelwelt Tydia, die kurz vor einem großen Krieg steht. Schließlich beginnt dieser, und Kim ist nicht mehr länger das zurückhaltende Mädchen, das sie einmal war. Sie wird zu einer Kriegerin, die tapfer um Leben und Tod kämpft. Auf dem Spiel steht nicht nur die Zukunft der Jumias und die der göttlichen Zuhure. Auch Kims Liebe zu dem tauritischen Kämpfer Valirius wird auf eine harte Probe gestellt.

Diana Johne
Die Dopplinge
Taschenbuch
ISBN: 978-3-86196-069-0, 13,90 Euro

Die elfjährige Melosine erfährt in einem Traum von ihren Hexenfähigkeiten und von ihrem Doppling namens Cairissia. Der schreckliche Alasdair sprach elf Jahre zuvor einen Fluch aus, der es allen Magierfamilien unmöglich machte, weitere Dopplinge zu gebären. Nur die Kraft des einen Dopplingpaares würde Alasdair noch um seine Macht bringen können! Melosine reist mit ihrer Mutter zum Flur der Welten, von dem aus man in die verschiedenen Magischen Welten gelangt, wo sie auf ihren Doppling trifft. An der Hexenschule erlernen die Dopplinge gemeinsam die Hexerei und bereiten sich darauf vor, dem bösen Alasdair gegenüberzutreten ...

Irina Siefert
Zoran – Kind des Feuers
Taschenbuch
ISBN: 978-3-86196-125-3, 10,70 Euro

Als der 13-jährige Zoran eine Kreuzfahrt gewinnt, weiß er noch nicht, dass ihn diese Reise in eine völlig andere Welt führen wird. Auch kann er noch nicht ahnen, dass er lernen wird, das Feuer zu beherrschen. Die Macht über das Element macht ihm zum letzten fehlenden Mitglied der TAAF, einer Gruppe Jugendlicher, deren Aufgabe es ist, das Land vor der Vernichtung zu bewahren. Dafür muss Zoran die Ablehnung gegenüber seiner Gefährtin Jola überwinden, denn die beiden stellen bald fest, dass sie Entscheidungen zusammen treffen müssen, wenn sie das eigene Leben und das zahlloser anderer retten wollen. Wem können sie vertrauen?

Papierfresserchens MTM-Verlag
Heimholzer Straße 2, D-88138 Sigmarszell
www.papierfresserchen.de
info@papierfresserchen.de

MEIN BUCH - DEIN BUCH

Macht euer eigenes Buch!

- Schulen und Kindergärten
- Schreibgruppen für Kinder und Jugendliche
- Familien, die kreativ sein möchten
- Senioren, um Lebenserinnerungen niederzuschreiben und zu bewahren
- Und viele andere, die mit einem individuellen Buch die Erinnerung an eine gemeinsame Zeit festhalten möchten
- Eigene Illustrationen / Fotos möglich!

Wer einmal der „Faszination Buch" erlegen ist, kommt von ihr so schnell nicht mehr los. Dieser Aufgabe hat sich Papierfresserchens MTM-Verlag mit dem Kinder- und Jugendbuchprojekt „Mein Buch - Dein Buch" mit Leib und Seele verschrieben. Ein individuelles Buch für jeden Jungen und jedes Mädchen, das Lust am Lesen weckt!

Wie entsteht dieses Buch?

Sie schicken uns die Texte, Bilder und Zeichnungen per E-Mail oder CD-ROM ein, wir erstellen das Layout und lassen das Buch drucken. Natürlich zeigen wir Ihnen das fertige Buch als PDF vor Drucklegung! Lassen Sie sich für Ihr Projekt ein individuelles Angebot erstellen. Haben Sie weitere Fragen? Wir beantworten sie gerne!

Natürlich haben wir die Preise für ein solches Projekt moderat gehalten: Buchpreis pro gedrucktem Buch (Mindestbestellmenge 30 Bücher) ab 9 Euro (bis 100 Seiten Taschenbuch, einfarbiger Druck).

Beispiele: